10647204

L'ART D'ÉCOUTER LES BATTEMENTS DE CŒUR

Jan-Philipp Sendker est né en 1960 à Hambourg. Journaliste et écrivain, il a été correspondant du magazine *Stern* aux États-Unis de 1990 à 1995, puis en Asie, de 1995 à 1999. Il vit aujourd'hui à Berlin avec sa famille.

JAN-PHILIPP SENDKER

L'Art d'écouter
les battements de cœur

ROMAN TRADUIT AVEC L'AUTORISATION DE L'AUTEUR À PARTIR
DE LA VERSION ANGLAISE DE KEVIN WILIARTY PAR LAURENCE KIEFÉ

JC LATTÈS

Titre original :

THE ART OF HEARING HEARTBEATS
publié par Other Press LLC, New York

Ce livre a précédemment été publié chez France-Loisirs sous
le titre : *La mélodie du cœur qui bat.*

© Karl Blessing Verlag, 2002.
Publié en Allemagne sous le titre *Das Herzenhören* en 2002 par
Karl Blessing Verlag, un département de Verlagsgruppe
Random House GmBH.

© Kevin Wiliarty, 2006, pour la traduction anglaise.
Cette traduction a été publiée avec l'autorisation de Other Press LLC.

© Éditions Jean-Claude Lattès, 2014, pour la traduction française.
Première édition mars 2014.

ISBN : 978-2-253-06829-7 – 1re publication LGF

Pour Anna, Florentine et Jonathan
Et en souvenir de Vivian Wong (1969-2000)

I

1

Je fus d'abord frappée par les yeux du vieillard, enfoncés dans leurs orbites et fixés résolument sur moi. D'accord, tout le monde dans la maison de thé me dévisageait sans retenue mais lui était le plus obstiné. Comme si j'étais quelque créature exotique complètement inédite pour lui.

Tentant de l'ignorer, j'examinai l'établissement, une simple baraque en bois avec quelques tables et des chaises posées directement sur la terre sèche et poussiéreuse. Contre le mur du fond, une vitrine en verre offrait des pâtisseries et des gâteaux de riz sur lesquels des douzaines de mouches avaient élu domicile. À côté, sur un réchaud à gaz, l'eau pour le thé chauffait dans une bouilloire noire de suie. Dans un coin, des sodas de couleur orange étaient empilés dans des caisses en bois. Je ne m'étais jamais retrouvée dans pareil bouge. Il faisait une chaleur d'enfer. La sueur ruisselait le long de mes tempes et de mon cou. Mon jean me collait à la peau. J'étais là, assise, à essayer de trouver mes repères, lorsque, brusquement, le vieillard se leva et se dirigea vers moi.

— Mille excuses, jeune dame, si je m'adresse à vous de façon aussi directe, dit-il en s'installant à ma table. C'est d'une grande impolitesse, je le sais, d'autant que nous n'avons pas été présentés ou du moins vous ne me connaissez pas, même de vue. Je m'appelle U Ba et j'ai déjà beaucoup entendu parler de vous, même si je me dois de reconnaître que cela n'excuse en rien l'impertinence de ma conduite. Il est fort probable que vous trouvez embarrassant d'être accostée dans une maison de thé par un inconnu, dans une ville inconnue d'un pays inconnu. Je suis tout à fait conscient de votre situation mais je souhaite – ou, pour être plus franc, je veux – vous poser une question. J'attends cette occasion depuis si longtemps que je ne peux pas rester à vous observer en silence maintenant que vous êtes là.

«J'attends depuis quatre ans, pour être exact, et j'ai passé bien des après-midi à arpenter la grande rue poussiéreuse de ce quartier, là où l'autobus dépose les quelques touristes qui s'égarent dans notre ville. De temps à autre, les rares journées où un avion arrivait de la capitale et quand je pouvais me libérer, je suis allé jusqu'à notre petit aéroport afin d'y guetter, en vain, votre débarquement.

«Vous avez mis longtemps.

«Non que je songe à vous le reprocher. Je vous en prie, ne vous méprenez pas. Mais je suis un vieil homme et j'ignore combien d'années il me reste encore. Dans notre pays, on vieillit vite et on meurt jeune. La fin de ma vie approche sans doute et j'ai encore une histoire à vous narrer, une histoire qui vous est destinée.

«Vous souriez. Vous croyez que j'ai perdu la tête, que je suis un peu fou ou du moins plutôt excentrique ?

C'est votre droit le plus absolu. Mais je vous en prie, je vous en supplie, ne me tournez pas le dos. Ne vous fiez pas à mon apparence.

« Je vois dans votre regard que j'abuse de votre patience. S'il vous plaît, montrez-vous bienveillante. Personne ne vous attend, je me trompe ? Vous êtes venue seule, comme je l'avais prévu. Accordez-moi seulement quelques minutes de votre temps. Restez encore avec moi un petit moment, Julia.

« Vous êtes sidérée ? Vous écarquillez encore davantage vos beaux yeux bruns et, pour la première fois, vous me regardez vraiment. Vous devez être troublée. Vous devez vous demander comment diable je connais votre nom alors que nous ne nous sommes jamais rencontrés et que c'est votre premier voyage dans notre pays. Vous vous interrogez : aurais-je vu une étiquette quelque part, sur votre veste ou sur votre sac à dos ? La réponse est non. Je connais votre nom comme je connais le jour et l'heure de votre naissance. Je sais tout de la petite Julia qui n'aimait rien tant qu'écouter son père lui raconter des histoires. Je pourrais vous raconter ici même celle que vous avez toujours préférée : *Le Prince, la Princesse et le Crocodile*.

« Julia Win. Née le 28 août 1968 à New York. Mère américaine. Père birman. Le nom de votre famille est lié à mon histoire, il en fait partie depuis ma naissance. Au cours des quatre années qui viennent de s'écouler, il n'y a pas eu une journée sans que je pense à vous. Je vous expliquerai tout cela le moment venu, mais permettez-moi d'abord de vous poser une question : croyez-vous en l'amour ?

« Vous riez. Comme vous êtes belle ! Je suis sérieux. Croyez-vous en l'amour, Julia ?

« Bien entendu, je ne fais pas référence à ces explosions de passion qui nous poussent à dire et faire des choses que nous regrettons ensuite, qui nous amènent à croire que nous ne pouvons pas vivre sans telle personne et que la simple idée de la perdre nous laisse tremblants d'angoisse – un sentiment qui nous appauvrit plus qu'il ne nous enrichit puisque nous brûlons de posséder ce qui nous échappe, de nous raccrocher à ce qui se dérobe.

« Non. Je parle d'un amour qui rend la vue aux aveugles. D'un amour plus fort que la peur. Je parle d'un amour qui insuffle du sens à la vie, qui résiste aux lois naturelles de l'usure, qui nous épanouit, qui ne connaît aucune limite. Je parle du triomphe de l'esprit humain sur l'égoïsme et la mort.

« Vous secouez la tête. Vous ne croyez pas à pareille chose. Vous ne savez pas de quoi je parle. Ça ne m'étonne pas. Attendez un moment. Vous comprendrez de quoi il s'agit lorsque je vous aurai raconté l'histoire que je conserve pour vous dans mon cœur depuis quatre ans. Je ne réclame qu'un peu de patience de votre part. Il est tard et votre long voyage vous a sûrement beaucoup fatiguée. Si cela vous convient, nous pourrions nous retrouver demain à la même heure, à cette table, dans cet établissement. Au fait, c'est ici que j'ai rencontré votre père et, à vrai dire, il était assis sur votre tabouret quand il m'a raconté son histoire et moi j'étais exactement à l'endroit où je suis aujourd'hui, stupéfait – je dois l'avouer –, incrédule et même désorienté. Jamais encore je n'avais entendu quelqu'un raconter ainsi une histoire. Les mots peuvent-ils avoir des ailes ? Peuvent-ils scintiller dans l'air comme des papillons ? Peuvent-ils nous emporter, captifs, dans un autre monde ? Peuvent-ils ouvrir les ultimes chambres secrètes de nos âmes ? Julia, j'ignore si les mots seuls ont la force d'accomplir ces exploits mais ce qu'a dit votre père ce jour-là, on ne l'entend qu'une seule fois dans sa vie.

« Bien qu'il parlât assez bas, la tonalité de sa voix a ému aux larmes tous les clients de cette maison de thé. Ses phrases ont rapidement pris la forme d'un récit et de ce récit a émergé toute une vie, une vie chargée d'une puissance magique. Depuis que je connais cette histoire, mes certitudes sont aussi fortes que celles de votre père.

« "Je n'ai rien d'un homme pieux et l'amour, U Ba, est la seule force en laquelle je crois vraiment." Ce sont les mots exacts que votre père a prononcés.

U Ba se leva. Il joignit les mains à hauteur de poitrine, s'inclina légèrement et quitta la maison de thé en quelques pas rapides et légers.

Je l'observai jusqu'à ce qu'il disparût dans l'animation de la rue.

Non, avais-je envie de crier. Si je croyais en l'amour ? Quelle question ! Comme si l'amour était une religion en laquelle on pouvait croire ou pas. Non, avais-je envie de dire à ce vieil homme, aucune force n'est plus puissante que la peur. On ne triomphe jamais de la mort. Non.

Affalée sur mon tabouret bas, j'avais l'impression d'entendre encore sa voix. Une voix calme, mélodieuse, assez semblable à celle de mon père.

Restez encore ici avec moi un petit moment, Julia, Julia, Julia…

Croyez-vous en l'amour, en l'amour…

Les mots de votre père, de votre père…

J'avais mal à la tête; j'étais épuisée. Comme si je m'éveillais juste d'un implacable cauchemar d'insomnie. J'étais cernée de mouches bourdonnantes qui se posaient sur mes cheveux, mon front, mes mains. Je n'avais pas la force de les chasser. Devant moi, trois pâtisseries racornies. La table était poisseuse de sucre roux.

Je tentai de boire mon thé. Il était froid et j'avais la main qui tremblait. Pourquoi avais-je écouté si longtemps cet inconnu? J'aurais pu lui demander de se taire. J'aurais pu partir. Mais quelque chose m'avait retenue. Au moment même où je m'apprêtais à lui tourner le dos, il avait dit : Julia, Julia Win. Je n'aurais jamais imaginé que le fait d'entendre prononcer mon nom pût être aussi troublant. Comment le connaissait-il? Avait-il vraiment rencontré mon père? Quand l'avait-il vu pour la dernière fois? Savait-il, s'il était encore vivant, où il pouvait bien se cacher?

2

Le serveur ne voulut pas de mon argent.

— Les amis d'U Ba sont nos invités, déclara-t-il en s'inclinant.

Quand même, je pris un billet dans la poche de mon pantalon. Il était sale et abîmé. Dégoûtée, je le glissai sous la soucoupe. Le serveur débarrassa la table mais laissa l'argent. Je le lui désignai du doigt. Il sourit.

Était-ce un trop petit billet ? Trop sale ? J'en sortis un plus gros et plus propre. Il s'inclina, sourit à nouveau et le laissa, lui aussi, là où il était.

Dehors, il faisait encore plus chaud. Une chaleur paralysante. Plantée devant la maison de thé, j'étais incapable de faire un pas. Le soleil me brûlait la peau et la lumière éblouissante me piquait les yeux. Je coiffai ma casquette de base-ball que j'enfonçai bas sur mon visage.

La rue fourmillait de monde, pourtant tout était étrangement calme. Les gens marchaient ou se déplaçaient à vélo. Trois charrettes tirées par des chevaux et une par un bœuf attendaient à un carrefour. Les rares véhicules à moteur étaient de vieux camions japonais, tout rouillés et cabossés, bourrés de paniers tressés et de sacs auxquels des jeunes gens se cramponnaient de toutes leurs forces.

La rue était bordée d'échoppes en bois, branes, avec des toits de tôle ondulée où des marchands proposaient de tout, depuis du riz, des cacahuètes, de la farine, du shampooing jusqu'à de la bière et du Coca-Cola. Il n'y avait aucune logique – du moins aucune qui me sautât aux yeux.

Une boutique sur deux semblait être une maison de thé dont les clients étaient installés dehors, sur des petits tabourets. Ils étaient coiffés de serviettes rouges et vertes. En guise de pantalon, les hommes portaient un vêtement qui évoquait une jupe drapée.

Devant moi, deux femmes, qui s'étaient enduit les joues, les sourcils et le nez d'une pâte jaune, fumaient de longs cigarillos vert foncé. Les gens étaient tous minces sans être décharnés et se déplaçaient avec une élégance et une légèreté identiques à celles que j'avais toujours admirées chez mon père.

Et cette façon de me dévisager, en me regardant droit dans les yeux, tout sourire ! Des sourires que je ne savais pas déchiffrer. À quel point un rire anodin peut paraître menaçant !

D'autres me saluaient d'un signe de tête. Quoi, ils me connaissaient ? Avaient-ils tous guetté mon arrivée, comme U Ba ? Je m'efforçai de ne pas les regarder. Je parcourus la grande rue le plus vite possible, les yeux fixés sur quelque point imaginaire, au loin.

New York, avec son raffut et sa circulation, me manquait. Avec le visage impassible des piétons, indifférents les uns aux autres. Je voulais me retrouver dans un endroit dont je connaissais les règles, comment me conduire, comment me déplacer.

Au bout d'une centaine de mètres, il y eut une bifurcation. J'avais oublié où était mon hôtel. Je ne voyais que les bougainvillées géantes, encore plus grandes que les baraques qu'elles cachaient. Les champs desséchés, les trottoirs poussiéreux, les nids-de-poule assez profonds pour engloutir un ballon de basket. Toutes les directions n'offraient qu'une perspective sinistre, inhospitalière.

— Miss Win, miss Win ! cria quelqu'un.

Osant à peine me retourner, je jetai un coup d'œil par-dessus mon épaule. Il y avait un jeune homme, qui me rappelait le groom de l'hôtel. Ou le porteur à l'aéroport de Rangoon, ou le chauffeur de taxi. Ou peut-être le serveur dans la maison de thé.

— Vous cherchez quelque chose, miss Win ? Puis-je vous aider ?

— Non, merci, dis-je d'emblée car je ne souhaitais pas m'en remettre à cet inconnu. Euh… oui… mon hôtel, corrigeai-je, désirant par-dessus tout un endroit où me cacher, au moins dans la chambre de cet hôtel où j'étais descendue ce matin.

— En haut de la colline, à droite. À moins de cinq minutes de marche, expliqua-t-il.

— Merci.

— J'espère que vous appréciez votre séjour dans notre ville. Bienvenue à Kalaw, déclara-t-il en souriant tandis que je faisais volte-face.

À l'hôtel, je passai aussi vite que silencieusement devant l'employé souriant à l'accueil, montai le massif escalier de bois jusqu'à l'étage et m'écroulai sur le lit.

Le voyage de New York à Rangoon avait duré plus de soixante-douze heures. Ensuite, j'avais passé une nuit entière plus une demi-journée dans un car délabré bourré de gens qui puaient, de gens vêtus seulement de jupes crasseuses, de T-shirts usés jusqu'à la corde et chaussés de sandales immondes. Avec des poulets et des cochons qui couinaient. Un trajet de vingt-quatre heures sur des chemins qui ne ressemblaient guère à des routes. Au lit desséché des rivières, plutôt. Tout ça simplement pour aller de la capitale à ce petit village de montagne loin de tout.

Je dus m'endormir. Le soleil disparut; la nuit tomba. Une demi-obscurité envahit la pièce. Ma valise, posée sur l'autre lit, était toujours fermée. Je regardai autour de moi, mes yeux erraient partout comme si j'avais oublié l'endroit où je me trouvais. Un vieux ventilateur en bois était accroché au plafond, très haut. La chambre était grande et l'ameublement spartiate lui donnait un air monastique. À côté de la porte, un placard tout simple, près de la fenêtre une table et une chaise, entre les lits, une petite table de chevet. Les murs blanchis à la chaux étaient nus, sans tableau ni miroir. Le vieux plancher de bois était poli par l'usage. Le seul luxe était un minuscule réfrigérateur coréen. Il ne fonctionnait pas. L'air frais du soir entrait par les fenêtres ouvertes.

Dans le crépuscule, maintenant que plusieurs heures s'étaient écoulées, ma rencontre avec le vieil homme paraissait encore plus absurde et mystérieuse qu'en plein jour. J'en avais un souvenir flou, brouillé. Des images spectrales me traversaient l'esprit, des images que je n'aurais su interpréter, des images incohérentes. Je tentai de rassembler mes souvenirs. Il portait une chemise blanche jaunie par l'usage, un longyi vert et des claquettes en caoutchouc. Il avait une épaisse chevelure blanche, coupée court. Son visage était creusé de rides. Je n'aurais su dire quel âge il avait. Soixante ans, peut-être soixante-dix. Sur ses lèvres encore un autre sourire dont je n'aurais su deviner le sens. Était-il railleur, moqueur ? Compatissant ? Qu'attendait-il de moi ?

De l'argent. Quoi d'autre ? Il ne m'en avait pas demandé mais ses remarques à propos de ses dents et de sa chemise étaient suffisamment claires. Je savais où il voulait en venir. Il avait très bien pu apprendre mon nom par l'hôtel. Il était probablement de mèche avec la réception. Un escroc qui voulait aiguiser ma curiosité, faire son petit effet avant de m'offrir ses services pour me prédire l'avenir. Non, non… Un astrologue. Pas question de me laisser avoir. Il perdait son temps.

Avait-il dit quoi que ce fût laissant entendre qu'il avait effectivement connu mon père ? Mon père qui était censé lui avoir dit : «Je ne suis pas un homme pieux et l'amour, U Ba, est la seule force en laquelle je crois vraiment.» Mon père n'aurait jamais pensé pareille chose et encore moins prononcé pareille phrase. Et surtout pas en s'adressant à un inconnu. Ou bien je m'égarais ? N'était-ce pas plutôt ridiculement présomptueux de ma part d'imaginer que je comprenais les pensées et les sentiments de mon père ? À quel point l'avais-je vraiment connu ? Le père que j'avais cru connaître aurait-il disparu comme ça, sans même laisser un mot ? Aurait-il abandonné sa femme, son fils et sa fille sans la moindre explication, sans envoyer la moindre lettre ?

On perdait sa trace à Bangkok, d'après la police. Il avait pu être volé et assassiné en Thaïlande.

Ou avait-il été victime d'un accident dans le golfe du Siam ? Espérait-il profiter de quinze jours de paix et de calme, pour une fois ? Peut-être s'était-il rendu au bord de la mer et s'était-il noyé en se baignant ? Telle était la version de la famille, la version officielle en tout cas.

La brigade des homicides le soupçonnait de mener une double vie. Ils refusaient de croire ma mère lorsqu'elle affirmait tout ignorer des vingt premières années de la vie de son époux. Cette idée même leur paraissait si absurde que, dans un premier temps, ils la soupçonnèrent d'avoir joué un rôle dans sa disparition, soit comme complice soit comme criminelle. Ce ne fut que lorsqu'il devint évident qu'il n'y avait aucune assurance-vie confortable à récupérer et que personne ne tirerait profit financièrement de sa mort présumée qu'ils acceptèrent d'oublier leurs soupçons. Quelque facette inconnue de mon père pouvait très bien se cacher derrière le mystère de ces vingt années, depuis longtemps enfuies, une facette qui nous avait toujours échappé, à nous, sa famille.

3

Mon dernier souvenir de lui date déjà de quatre ans. C'était le lendemain du jour où j'avais obtenu mon diplôme de droit. Nous avions célébré mon succès la veille au soir et, après, je n'avais pas voulu rentrer chez moi. Pour une raison inconnue, j'avais eu envie de commencer la journée dans la tiédeur rassurante des rituels de mon enfance. Sentir cette sécurité particulière. Encore une fois.

Peut-être avais-je une prémonition.

Mon père m'avait réveillée de bonne heure, debout au pied de mon lit, avec son pardessus gris démodé et son borsalino marron. Quand j'étais petite fille, je le regardais partir au travail ainsi vêtu. Tous les matins, je lui faisais des signes d'adieu à la fenêtre et parfois je pleurais parce que je ne voulais pas qu'il s'en aille. Des années plus tard, alors que son chauffeur l'attendait et qu'il n'avait que trois pas à faire pour traverser le trottoir et monter dans sa limousine, il portait toujours manteau et chapeau. Durant toute cette période, il avait conservé la même garde-robe ; il se contentait d'acheter à intervalles réguliers pardessus et chapeaux neufs, se limitant exclusivement aux borsalinos. Il en possédait six : deux noirs, deux marron et deux bleu marine. Lorsqu'il devint impossible de trouver encore ce modèle de pardessus, même dans le plus classique des magasins de vêtements pour hommes de New York, il commença à se les faire faire sur mesure.

Le borsalino était son talisman. Il avait acheté ce feutre italien pour aller à son premier entretien d'embauche. Il avait décroché le poste. À l'époque, ce couvre-chef était une preuve manifeste de bon goût et de classe. Les années passant, cependant, il avait commencé à paraître démodé puis excentrique, jusqu'à donner finalement l'impression qu'il sortait tout droit d'un film des années cinquante. Lorsque j'étais adolescente, la façon dont mon père s'habillait me mettait terriblement mal à l'aise. Il paraissait totalement décalé et, pour saluer les mères de mes amis, n'hésitait pas à s'incliner. Les autres gamins pouffaient lorsqu'il venait me chercher à l'école. Il ne portait jamais de baskets, ni de jean ni de sweat. Il méprisait la désinvolture de la garde-robe des Américains qui, d'après lui, flattait les plus bas instincts de l'humanité, dont l'un était la recherche frénétique du confort.

Mon père, debout près de mon lit, chuchotait mon nom. Il déclara qu'il avait un rendez-vous à Boston et qu'il ignorait la date de son retour. Sans doute pas avant quelques jours, ce qui était étrange car le calendrier de ses rendez-vous était aussi fiable que sa montre. En outre, il se rendait très souvent à Boston et n'y passait jamais la nuit. Mais j'étais trop fatiguée pour réagir. Il m'embrassa sur le front.

— Je t'aime, ma toute petite. N'oublie jamais ça, tu m'entends ?

— Moi aussi je t'aime, avais-je répondu, totalement abrutie.

Je m'étais retournée, le nez dans l'oreiller et je m'étais rendormie. Je ne le revis jamais plus.

Le premier indice que quelque chose clochait surgit dès 10 heures, le matin même. J'avais dormi tard et je m'apprêtais à entrer dans la cuisine. Ma mère m'attendait pour que nous prenions le petit déjeuner ensemble. Assise dans le solarium avec une tasse de café, elle feuilletait *Vogue*. Toutes les deux, nous étions encore en peignoir. Sur la table, il y avait des petits pains chauds à la cannelle ainsi que des bagels frais. J'étais assise à ma place de toujours, le dos contre le mur, les pieds sur le bord de la chaise, les genoux entre les bras, et je buvais du jus d'orange en racontant mes projets d'été à ma mère lorsque le téléphone sonna. Susan, la secrétaire de mon père, voulait savoir s'il était malade. Son rendez-vous de 10 heures – en aucune façon un rendez-vous insignifiant – se demandait où il était passé. Personne n'avait jamais eu vent d'un voyage à Boston.

Quelque chose avait dû se produire au dernier moment, se dirent les deux femmes. Il n'avait pas réussi à prévenir, il était pour l'instant coincé dans une réunion et on aurait sûrement de ses nouvelles dans les deux prochaines heures.

On termina le petit déjeuner. Je me sentais plutôt inquiète mais à voir ma mère aussi paisible, je me calmai. Ensuite, on partit se faire faire un soin du visage avant de traverser Central Park pour aller au Bergdorf Goodman. C'était une de ces journées tièdes du début d'été quand New York est tout pimpant. Le parc répandait une odeur d'herbe, les gens paressaient au soleil sur le Pré aux Moutons et des jeunes gens, torse nu, jouaient au Frisbee. Deux hommes plus âgés faisaient du roller côte à côte en se tenant par la main.

Ma mère m'entraînait. Au Bergdorf Goodman, elle m'offrit une robe d'été avec des fleurs jaunes et ensuite, comme on pouvait le prévoir, nous allâmes prendre le thé au Plaza.

Cet hôtel ne me plaisait pas particulièrement. Son faux style Renaissance française était un peu trop chargé pour moi, trop kitsch, mais depuis belle lurette, j'avais renoncé à tenter d'emmener ma mère prendre le thé ailleurs. Elle adorait le hall avec ses hauts plafonds, ses murs ornés de stuc doré et ses colonnes aux motifs tellement compliqués on aurait dit du sucre glace. L'attitude prétentieuse des serveurs la remplissait d'aise, ainsi que la façon dont la saluait le maître d'hôtel («*Bonjour, madame Win*»). Nous nous installâmes entre deux palmiers, près d'un petit buffet de gâteaux, confiseries et glaces. Deux violonistes déambulaient dans la salle en jouant des valses de Vienne. Ma mère commanda des blinis au caviar et deux coupes de champagne.

— Y a-t-il autre chose à fêter ? demandai-je.

— Ton diplôme, ma chérie.

Nous goûtâmes les blinis. Ils étaient trop salés et le champagne tiède. Ma mère fit signe au serveur.

— Laisse tomber, maman, protestai-je. Tout va bien.

— Absolument pas, répliqua-t-elle sans douceur, comme si je ne connaissais rien à rien.

Elle réprimanda le serveur qui reprit notre commande en s'excusant abondamment. Elle pouvait s'exprimer d'une voix tellement froide et hargneuse.

À une certaine époque, cette voix me faisait peur. Ce jour-là, je la trouvai simplement désagréable.

— Tu les aurais mangés, toi, hein ? me demanda-t-elle.

Je hochai la tête.

— Ton père aussi. Par bien des aspects, vous vous ressemblez beaucoup.

— Qu'est-ce que tu veux dire ?

À l'écouter, cela ne semblait pas un compliment.

— Est-ce par humilité, par passivité ou par peur du conflit ? m'interrogea-t-elle. À moins que ce ne soit de l'arrogance ?

— Qu'est-ce que l'arrogance a à voir là-dedans ?

— Ni l'un ni l'autre vous n'avez jamais souhaité vous occuper du service, déclara-t-elle.

Je ne comprenais pas la colère qui bouillait dans sa voix. Cela n'avait plus aucun rapport avec le champagne tiède et les blinis salés.

— Ces gens-là ne sont pas assez intéressants. J'appelle cela de l'arrogance.

— C'est simplement que ce n'est pas très important pour moi, dis-je.

Ce qui n'était qu'à moitié vrai. Me plaindre de quelque chose me paraissait gênant, que ce fût au restaurant, à l'hôtel ou dans une boutique. N'empêche, ces choses-là m'importaient plus que je ne voulais l'avouer. Elles me restaient sur le cœur et souvent, après, j'étais fâchée contre moi-même de m'être montrée aussi

27

timorée. Avec mon père, c'était différent. Son silence face à pareille situation était sincère. Pour lui, ça n'avait vraiment aucune importance. Il souriait quand il voyait quelqu'un le doubler dans une queue. Il ne recomptait jamais sa monnaie. Ma mère, elle, vérifiait chaque *cent*. J'enviais le sang-froid de mon père. Pour ma mère, c'était une attitude incompréhensible. Elle était aussi stricte envers les autres qu'envers elle-même – mon père uniquement envers lui-même.

— Comment peux-tu accepter de ne pas obtenir ce pour quoi tu as payé ? Ça me dépasse.

— Si on laissait tomber le sujet ? proposai-je de façon plus suppliante qu'autoritaire. Tu ne t'inquiètes pas pour papa ?

— Non. Je devrais ?

À bien y réfléchir, je me demande aujourd'hui si la sérénité de ma mère n'était pas feinte. Aucune de nous deux ne fit la moindre allusion au rendez-vous raté. Elle ne rappela pas son bureau pour vérifier s'il avait donné de ses nouvelles. Pourquoi était-elle aussi certaine que rien de fâcheux n'avait pu lui arriver ? À moins que cela ne lui fût égal ? Ou bien soupçonnait-elle depuis des années que cela finirait ainsi ? Sa désinvolture apparente, ce jour-là, avait une allure de soulagement – et même de bonheur – tel qu'on pourrait en ressentir quand une catastrophe inévitable et prévue de longue date arrive enfin.

«Un important avocat de Wall Street disparaît sans laisser de trace», annonça le *New York Times* quelques jours après la disparition de mon père. Dans la période qui suivit, les journaux émirent toutes sortes d'hypothèses. S'agissait-il d'un meurtre, un client désireux de se venger ? D'un enlèvement spectaculaire ? Était-ce lié à Hollywood ? Ce que la police découvrit au cours des deux premières semaines ne fit qu'épaissir le mystère qui entourait cette affaire. Tôt le matin, le jour de sa disparition, mon père s'était effectivement rendu à l'aéroport JFK mais au lieu de s'envoler pour Boston, il était parti à Los Angeles. Il avait acheté son billet à l'aéroport et n'avait enregistré aucun bagage. De Los Angeles, il avait voyagé en première classe jusqu'à Hong Kong sur le vol 888 de United Airlines. Une des hôtesses de l'air se souvenait de lui parce qu'il n'avait pas bu de champagne et qu'il était plongé dans un recueil de poésie de Pablo Neruda au lieu de lire le journal. L'hôtesse décrivait mon père comme très calme et d'une politesse exceptionnelle. Il n'avait pas mangé grand-chose et à peine dormi, il n'avait regardé aucun film et passé presque tout son temps à lire.

Apparemment, mon père était resté une nuit à Hong Kong, à l'hôtel Peninsula, chambre 218 ; il avait commandé au room service du poulet au curry et de l'eau minérale et, d'après le personnel, n'avait pas quitté sa chambre. Le lendemain, il avait embarqué à bord du vol 615 de Cathay Pacific à destination de Bangkok, où il avait passé une nuit au Mandarin Oriental. Il n'avait fait aucune tentative pour effacer ses traces. Il descendait dans les mêmes hôtels que lorsqu'il était en voyage d'affaires et réglait toutes ses dépenses par carte de crédit, comme s'il savait que ce serait la fin du voyage, en tout cas pour les enquêteurs. Quatre semaines plus tard, un ouvrier du bâtiment trouva son passeport dans les environs de l'aéroport de Bangkok.

Un faisceau de circonstances laissait penser qu'il n'avait jamais quitté la Thaïlande. La police vérifia les listes de passagers pour tous les vols quittant Bangkok. Son nom n'apparaissait nulle part. À l'occasion, les inspecteurs envisagèrent qu'il s'était procuré un faux passeport en Thaïlande avant de s'envoler ailleurs sous un nom d'emprunt. Plusieurs membres du personnel navigant de Thai Airways affirmèrent l'avoir vu : l'un sur un vol à destination de Londres, l'autre en route pour Paris et un troisième encore à bord d'un avion pour Phnom Penh. Toutes ces pistes se révélèrent des impasses.

D'après les services de l'immigration, mon père était venu de Birmanie aux États-Unis avec un visa étudiant en 1942. Après avoir étudié le droit à New York, il était devenu citoyen américain en 1959. À en croire les documents, il était né à Rangoon, la capitale de l'ancienne colonie britannique. Les enquêtes menées par le FBI et l'ambassade des États-Unis à Rangoon ne menèrent nulle part. Win est un nom très banal en Birmanie et personne ne semblait avoir jamais entendu parler de la famille de mon père.

4

Il peut donc arriver dans la vie quelque chose comme un tournant catastrophique, lorsque le monde tel qu'on le connaît cesse d'exister. Un moment qui fait de nous quelqu'un d'autre en l'espace d'un battement de cœur. Le moment où un amant avoue qu'il a rencontré quelqu'un d'autre et s'en va. Ou le jour où on enterre un père, une mère ou un meilleur ami. Ou le moment où le médecin nous apprend la présence d'une tumeur cérébrale maligne.

Ou bien ces moments sont-ils plutôt la conclusion dramatique d'un long processus, une conclusion prévisible si on avait su lire les présages au lieu de les négliger ?

Et si ces tournants existent vraiment, en avons-nous conscience au moment où ils se produisent ou bien n'identifions-nous cette rupture que bien plus tard, rétrospectivement ?

Ces questions ne m'avaient jamais intéressée jusque-là et d'ailleurs je n'avais aucune réponse à leur apporter. En tout cas, la disparition de mon père n'était pas du même acabit. J'aimais mon père, il me manquait, mais ma vie, au cours des quatre années qui venaient de s'écouler, n'aurait pas été différente et mes décisions auraient été identiques s'il avait été encore présent parmi nous. Du moins, j'avais toujours raisonné ainsi.

Une semaine auparavant, alors que je rentrais du travail juste après 20 heures, le portier m'appela au moment où je prenais l'ascenseur. Il pleuvait à verse. Mes chaussures étaient trempées. J'étais gelée et impatiente de retrouver mon appartement.

— Qu'y a-t-il ? demandai-je impatiemment.

— Un paquet.

Je jetai un coup d'œil par les grandes baies vitrées du hall. Dans la rue, les phares des voitures se reflétaient sur l'asphalte mouillé. Je mourais d'envie de prendre une douche chaude et une tasse de thé. Le portier me tendit un sac contenant un paquet brun à peu près de la taille d'un carton à chaussures. Je le fourrai sous mon bras et montai dans mon studio au trente-cinquième étage. Mon père me l'avait acheté avant que j'achève mes études de droit.

Je vérifiai mon répondeur téléphonique : deux messages. Sur la table s'empilaient les factures et le courrier publicitaire. Une odeur de désinfectant flottait dans l'air, j'allai donc ouvrir la porte-fenêtre. Il pleuvait encore et les nuages étaient si bas que je distinguais à peine l'autre berge de l'East River. En dessous, la circulation envahissait Second Avenue et le pont de Queensboro.

Après ma douche, je sortis le paquet du sac. Je reconnus d'emblée l'écriture de ma mère. Elle m'envoyait régulièrement des cartes de vœux ou des coupures de presse susceptibles, d'après elle, de m'intéresser – ou qui auraient dû m'intéresser. Elle n'avait que mépris pour les répondeurs et c'était là sa manière de laisser un message. Cependant, cela faisait belle lurette qu'elle ne m'avait pas envoyé de colis. À l'intérieur, je trouvai un stock de vieilles photos, de documents et de papiers appartenant à mon père, ainsi que quelques lignes de la main de ma mère.

Julia,
J'ai découvert cette boîte en rangeant le grenier. Elle était tombée derrière le vieux buffet chinois. Peut-être tout cela t'intéresse-t-il. J'y ai rajouté la dernière photo où nous sommes tous les quatre. Je n'ai plus besoin de tout ça. Appelle-moi.
Bien à toi,
Judith

J'étalai les clichés sur la table. Le premier était une photo de la famille prise le jour où j'avais reçu mon diplôme. Je suis entre mes deux parents, je les tiens par le bras et je suis rayonnante. Mon frère est debout derrière moi, les mains sur mes épaules. Ma mère sourit d'un air fier devant l'objectif. Mon père sourit, lui aussi. Le bonheur familial parfait. Ce que les photos peuvent mentir… Rien ne vient indiquer que ce sera le dernier cliché de nous quatre ensemble ; pis encore, rien n'indique que l'un de nous a prévu de longue date de disparaître. Ma mère m'avait également envoyé deux passeports périmés, le certificat de naturalisation américaine de mon père et deux vieux carnets de rendez-vous, bourrés d'annotations minuscules.

Boston. Washington. Los Angeles. Miami. Londres. Hong Kong. Paris. Certaines années, mon père faisait plusieurs fois le tour du monde. Il avait réussi à devenir associé, un des huit associés de son cabinet d'avocats, et il s'était très vite spécialisé dans l'industrie des loisirs. Il était le conseiller des studios de Hollywood pour les contrats cinématographiques, les rachats et les fusions. En outre, il comptait parmi ses clients les plus grandes stars.

Les raisons d'une telle réussite professionnelle n'ont jamais été claires pour moi. Il travaillait beaucoup mais semblait détaché de toute ambition personnelle. Il n'avait aucune vanité et ne cherchait nullement à utiliser la célébrité de ses clients. Son nom n'apparaissait jamais dans les colonnes des journaux à scandale. Il ne se rendait dans aucune réception, pas même les somptueux bals de charité organisés par ma mère et ses amies. Le besoin d'intégration, si caractéristique des immigrés, lui semblait totalement étranger. C'était un solitaire et l'antithèse de l'image qu'on a généralement de l'avocat des vedettes. Peut-être était-ce justement cette qualité qui inspirait confiance et faisait de lui un négociateur tellement recherché : son calme et sa mesure, son manque de prétention, son air absent mêlé d'une certaine innocence. Cependant, certains de ses comportements mettaient ses associés et ses rares amis mal à l'aise. Par exemple, il avait une trop bonne mémoire et un talent troublant pour juger d'une personnalité. Un coup d'œil hâtif lui suffisait pour mémoriser pratiquement n'importe quoi ; il citait mot pour mot des rapports et des lettres datant de plusieurs années. Quand il démarrait une conversation, il fermait les yeux pour se concentrer sur la voix de son interlocuteur comme s'il se perdait dans une chanson, un système qui lui permettait de déterminer précisément l'état d'esprit de l'autre, s'il était sûr de lui, s'il disait la vérité ou s'il bluffait. À l'en croire, c'était quelque chose qu'on pouvait apprendre mais qui le lui avait enseigné, quand et où, il n'en disait mot en dépit de mes supplications. Pas une seule fois dans ma vie, je ne réussis à le prendre en défaut.

L'agenda le plus ancien datait de 1960. Je le feuilletai – rien, si ce n'était des rendez-vous d'affaires, des lieux, des noms et des horaires inconnus. Au milieu de tout cela, il y avait quelques lignes tracées de la main de mon père :

Que dure la vie d'un homme, après tout ?
Vit-il mille jours, ou un seul ?
Une semaine, ou plusieurs siècles ?
Que dure la mort d'un homme ?
Que veut dire « pour toujours » [1] *?*

Pablo Neruda

Puis, tout à la fin, une mince enveloppe bleue de courrier par avion, proprement pliée en un petit rectangle. Je l'ai prise et je l'ai dépliée. Elle était adressée à :

Mi Mi
38 Circular Road
Kalaw, État de Chan
Birmanie

1. Extrait d'un poème du recueil *Extravagaria* de Pablo Neruda.

J'hésitai. Ce modeste papier pelure bleu contenait-il la clé pour comprendre mon père ? La lettre à la main, je m'approchai de la cuisinière. Je pouvais la brûler. En quelques secondes, les flammes réduiraient en cendres ce papier si fin. J'allumai le brûleur, j'entendis le gaz siffler, l'étincelle automatique cliqueter, la flamme. Je mis l'enveloppe au-dessus. Un geste et la famille retrouverait la paix. Je ne sais plus combien de temps je restai devant la cuisinière ; je sais seulement que brusquement, je me mis à pleurer. Les larmes ruisselaient sur mes joues. J'ignorais pourquoi je pleurais mais les larmes continuaient à couler, plus vite, plus fort, jusqu'à ce que je me retrouve sur mon lit, à hurler et sangloter comme une petite fille.

Lorsque je me réveillai, la pendule sur ma table de chevet indiquait 5 h 20. Je sentais encore la douleur du chagrin. Le temps de quelques respirations, je ne pus en retrouver la raison et j'espérai que tout cela n'avait été qu'un rêve. Je dépliai la lettre très doucement, comme si elle risquait d'éclater, telle une bulle de savon, entre mes mains.

24 avril 1955
Ma Mi Mi bien-aimée,
Cinq mille huit cent soixante-quatre jours se sont écoulés depuis la dernière fois où j'ai entendu ton cœur battre. Te rends-tu compte du nombre d'heures que cela représente ? Du nombre de minutes ? Imagines-tu la détresse d'un oiseau qui ne peut pas chanter, d'une fleur qui ne peut pas s'épanouir ? Imagines-tu le malheur d'un poisson hors de l'eau ?

C'est difficile de t'écrire, Mi Mi. Je t'ai écrit tant de lettres que je n'ai jamais envoyées. Que pourrais-je te dire que tu ne sais déjà? Comme si nous avions besoin d'encre et de papier, de lettres et de mots pour communiquer. Tu as été à mes côtés durant chacune de ces cent quarante mille sept cent trente-six heures – oui, cela fait déjà si longtemps – et tu y resteras jusqu'à ce que nous nous retrouvions. (Pardonne-moi pour cette fois de répéter l'évidence.) Quand le moment sera venu, je reviendrai. Comme les plus beaux mots sonnent creux et plat! Quelle vie morne et monotone mènent ceux qui ont besoin de mots, qui ont besoin de toucher, de voir ou d'entendre l'autre rien que pour le sentir proche! Qui ont besoin de prouver leur amour ou même de l'affirmer rien que pour être certains. J'ai le sentiment que ces lignes, elles non plus, ne se frayeront pas un chemin jusqu'à toi. Tu as compris depuis bien longtemps tout ce que je pourrais écrire et donc ces lettres sont en réalité adressées à moi-même, maigres tentatives pour apaiser mon désir.

Je la lus une deuxième fois puis une troisième; je la repliai et la glissai dans l'enveloppe. Je regardai l'heure. Samedi matin, un peu plus de 7 heures. La pluie avait cessé, les nuages avaient laissé place à un ciel bleu limpide sous lequel Manhattan se réveillait lentement. Le soleil se levait de l'autre côté du fleuve. La journée allait être froide et belle.

Je saisis un bout de papier pour rédiger quelques notes, analyser la situation, envisager une stratégie, exactement comme je l'aurais fait au bureau. Mais la feuille demeura blanche; j'avais déjà franchi le point de non-retour. La décision avait déjà été prise, sans que je puisse dire par qui.

Je connaissais par cœur le numéro de United Airlines. Le prochain vol pour Rangoon partait dimanche et faisait escale à Hong Kong puis à Bangkok. Là, il faudrait que je me procure un visa pour continuer le mercredi sur Thai Air jusqu'en Birmanie.

— Et le billet de retour ?

Je réfléchis un petit moment.

— Laissez-le open.

Puis j'appelai ma mère.

5

Lorsque j'arrivai chez elle, ma mère était déjà en train de boire du café en lisant le *Times*.

— Je pars en voyage demain, annonçai-je encore plus lâchement que je ne l'avais craint. En Birmanie.

— Ne sois pas ridicule, répliqua-t-elle sans lever le nez de son journal.

C'était avec des phrases comme celle-ci qu'elle avait réussi à me faire taire toute ma vie. Je la regardai en buvant une gorgée d'eau minérale. Elle avait à nouveau fait couper ses cheveux gris teints en blond foncé. Cette coupe courte la rajeunissait mais lui donnait l'air plus sévère. Avec les années, son nez pointu était devenu plus proéminent. Sa lèvre supérieure avait presque disparu et les commissures de sa bouche, toujours dirigées vers le bas, imprimaient à son visage une expression amère. Ses yeux bleus avaient perdu l'éclat dont j'avais gardé le souvenir. Était-ce un effet de l'âge ou étaient-ce les traits d'une femme qui n'avait pas été aimée – du moins pas comme elle en aurait eu besoin ou envie ? Était-elle au courant de l'existence de Mi Mi et l'avait-elle cachée à ses enfants ? Elle avala une gorgée de café, le visage impénétrable.

— Combien de temps vas-tu partir ?

— Je ne sais pas.

— Et ton travail ?

— Je ne sais pas.

— Tu mets ta carrière en danger.

Elle avait raison. J'ignorais qui était Mi Mi, où elle se trouvait, le rôle qu'elle avait joué dans la vie de mon père et même si elle était encore de ce monde. J'avais un nom et une vieille adresse dans un village que je n'aurais su situer. Je ne suis pas le genre à agir de façon impulsive. Je fais davantage confiance à mon intellect qu'à mon instinct.

Et pourtant.

— Qu'espères-tu découvrir là-bas ? demanda-t-elle.

— La vérité.

C'était censé être une affirmation mais cela ressemblait plutôt à une question.

— La vérité de qui ? Celle de ton père ? La tienne ? Je peux te donner la mienne, là tout de suite, en trois phrases. Si tu souhaites l'entendre.

Elle paraissait fatiguée, à bout.

— J'aimerais savoir ce qui est arrivé à mon père.

— Quelle importance cela a-t-il aujourd'hui ?

— Il est peut-être encore vivant.

— Quand bien même… Ne penses-tu pas qu'il se serait mis en rapport avec nous s'il souhaitait encore nous voir ?

Voyant que j'étais décontenancée, elle ajouta :

— Ou bien as-tu envie de jouer les détectives ?

Je secouai la tête en la regardant.

— Que veux-tu savoir ?

— La vérité, répétai-je.

Lentement, elle posa le journal et me dévisagea longuement.

— Ton père m'a quittée bien avant le jour où il a disparu. Il m'a trahie. Pas une fois, pas deux fois. Il m'a trahie chaque heure, chaque jour durant les trente-cinq ans où nous avons été mariés. Non pas avec quelque maîtresse qui l'aurait accompagné en secret dans ses voyages ou avec qui il aurait passé ses soirées lorsqu'il était censé travailler tard. J'ignore même s'il a jamais eu une liaison. Ça n'a pas d'importance. Il a fait de fausses promesses. Il s'est promis à moi. Il est devenu catholique pour moi. Il a répété les paroles du prêtre au mariage : « Dans les bons comme dans les mauvais jours. » Mais il n'y croyait pas. Sa foi était une imposture, son amour pour moi était une imposture. Il ne s'est jamais donné à moi, Julia, même pas dans les bons jours.

Elle s'interrompit.

— Crois-tu donc, reprit-elle, que je ne l'ai jamais interrogé sur son passé ? Crois-tu vraiment que je me fichais comme d'une guigne des vingt premières années de sa vie ? La première fois que je lui ai posé des questions, il m'a cajolée, il m'a regardée avec cette douceur et cette compréhension auxquelles je n'avais pas encore appris à résister, et il m'a promis qu'un jour il me raconterait tout. C'était avant notre mariage et je le croyais, je lui faisais confiance. Plus tard, je l'ai harcelé. J'ai pleuré, j'ai gémi, je l'ai menacé de divorcer. Je lui ai dit que j'allais partir et que je ne reviendrais que le jour où il cesserait d'avoir des secrets pour moi.

Il répondait qu'il m'aimait, n'était-ce pas suffisant ? Comment peut-on sincèrement affirmer qu'on aime quelqu'un si on n'est pas prêt à tout partager avec cette personne, y compris son passé ?

« Après ta naissance, j'ai trouvé une vieille lettre dans un de ses livres. Il l'avait écrite peu de temps avant notre mariage. C'était une lettre d'amour adressée à une femme en Birmanie. Il a voulu me donner des explications mais, moi, je n'ai rien voulu entendre. C'est bizarre, Julia, mais un aveu, une révélation, ça n'a plus de valeur si ça vient au mauvais moment. Si c'est trop tôt, on se retrouve écrasé. On n'est pas prêt et on ne peut en apprécier l'intérêt. Si c'est trop tard, l'occasion est perdue. La méfiance et la déception sont déjà trop prégnantes ; la porte est désormais fermée. Dans les deux cas, la chose même qui devrait favoriser l'intimité ne fait que créer la distance. Pour moi, il était trop tard. Ces histoires-là ne m'intéressaient plus. Elles n'auraient pas pu nous rapprocher ; elles n'auraient fait qu'envenimer les plaies. Je lui ai dit que si je trouvais une autre lettre de ce type, quelle que soit la date à laquelle elle avait été écrite, je le quitterais et qu'il ne me reverrait plus, et ses enfants non plus. Je n'ai jamais rien trouvé d'autre, pourtant j'ai fouillé ses affaires de fond en comble très régulièrement.

Elle se tut, avala un verre d'eau et me regarda longuement. Je tentai de lui prendre la main mais elle se dégagea en secouant la tête. Pour cela, aussi, il était trop tard.

— Comment pouvais-je me défendre ? Comment pouvais-je lui faire payer ce que je devais endurer ? J'ai décidé de cultiver mes propres secrets. J'ai partagé de moins en moins de choses avec lui, j'ai gardé mes pensées et mes sentiments pour moi. Il ne m'a jamais posé de questions. De son point de vue, si j'avais quelque chose à lui dire, quelque chose à partager, je le ferais. Et donc nous avons continué à vivre dans des mondes parallèles jusqu'au matin où il a disparu.

Elle se leva pour prendre un autre verre d'eau, fit le tour de la cuisine puis se rassit. Je demeurai silencieuse.

— J'étais jeune, même pas vingt-deux ans, et très naïve, quand nous nous sommes rencontrés. C'était à l'anniversaire d'un ami. Je l'ai vu franchir la porte, grand et mince avec ses lèvres pleines, cette bouche qui esquissait toujours un sourire. Il était bel homme et les femmes l'adoraient, même si lui restait imperturbable. Peut-être ne s'en rendait-il même pas compte. N'importe laquelle de mes copines aurait été heureuse de mettre la main dessus. Son nez assez fort, son grand front et ses joues étroites donnaient à son visage un air ascétique qui séduisait tout le monde. Ses lunettes rondes à la monture noire soulignaient ses yeux magnifiques. Il y avait une telle aisance dans ses mouvements, une telle élégance dans ses traits et dans sa voix, il avait une aura qui impressionnait même mes parents. Pour eux, il aurait été le gendre idéal – cultivé, intelligent, une éducation parfaite, sûr de lui sans la moindre arrogance –, si seulement il avait été blanc. Jusque sur leur lit de mort, ils ne m'ont pas pardonné d'avoir épousé un «homme de couleur». Cela a été la première et la dernière fois que je me suis vraiment rebellée contre eux.

«Comme tu le sais, je ne suis pas ce genre de personne. J'ai franchi cette ligne une seule et unique fois et j'ai payé cet écart tout le reste de ma vie.

Elle me raconta que mon père ne voulait pas l'épouser.

— Au début, il disait que nous ne nous connaissions pas suffisamment, qu'il fallait attendre de mieux nous connaître. Après, il affirmait que nous étions trop jeunes et que nous devions prendre notre temps. Peu de temps avant le mariage, il m'a prévenue qu'il ne pourrait pas m'aimer comme je m'attendais à l'être, comme j'avais sans doute besoin de l'être.

«Mais je n'ai pas voulu l'écouter. Je ne le croyais pas. Ses réticences, ses hésitations ne faisaient que renforcer ma détermination. C'était lui que je voulais, lui et personne d'autre. Durant les premiers mois, je l'ai soupçonné d'avoir une femme en Birmanie mais il m'a affirmé qu'il n'était pas marié. C'est la seule chose qu'il m'a dite sur les années vécues dans son pays natal. Et à ce moment-là, ça ne m'intéressait pas vraiment. J'étais convaincue que, à long terme, il serait incapable de résister, à mon amour, à moi. La Birmanie, c'était loin.

«C'était moi qui m'endormais et qui me réveillais à son côté, continua-t-elle. Je voulais le conquérir. Était-ce ma vanité blessée? Ou l'enfant bien élevée, issue d'une famille respectable, en rébellion contre ses parents? Quelle meilleure protestation contre le monde de mon père que d'épouser un homme basané? Je ne sais pas. Je ne sais toujours pas.

«Pendant des années, j'ai tenté de trouver la réponse à ces questions. Sans succès. Peut-être était-ce un mélange de ces raisons. Quand je me suis rendu compte que je ne parviendrais pas à changer ton père comme je le souhaitais, il était déjà trop tard. Au début, nous sommes restés ensemble pour vous deux, ton frère et toi. Ensuite, nous n'avons pas eu le courage de nous séparer. Du moins, je ne l'ai pas eu. En ce qui concerne ton père, je suis incapable de dire quelles étaient ses motivations.

« Va en Birmanie si c'est ce que tu veux, conclut-elle, à bout de forces. À ton retour, je ne te poserai pas une seule question et je souhaite que tu gardes tout cela pour toi. Quoi que tu découvres là-bas, ça ne m'intéresse pas.

Je partis le lendemain. La limousine qui devait me conduire à l'aéroport attendait devant mon immeuble. C'était un matin froid et clair. Le souffle du chauffeur montait en nuage dans l'air glacé tandis qu'il marchait de long en large devant la voiture. Le portier se chargea de mes valises et les rangea dans le coffre. Je ne me sentais pas bien. J'avais peur, j'étais triste et inquiète. Je ne m'étais jamais rendu compte à quel point le mariage de ma mère avait été malheureux. Je pensais à une phrase qu'elle m'avait dite la veille : « Ton père m'a quittée bien avant le jour où il a disparu. »

Et moi, alors ? pensai-je. Depuis combien de temps mon père m'avait-il quittée ?

6

J'avais beau être terrassée par la lassitude et l'épuisement, je restai longtemps les yeux ouverts et dormis d'un mauvais sommeil. Des questions me taraudaient. À plusieurs reprises durant la nuit, je m'éveillai en sursaut et me redressai dans mon lit pour regarder le petit réveil de voyage à côté de moi. 2 h 30. 3 h 10. 3 h 40.

Au matin, je ne me sentais pas mieux. J'étais sur le qui-vive. J'avais la migraine et mon cœur battait la chamade comme si on m'écrasait la poitrine. Une sensation qui m'était familière à New York, à la veille de conférences ou de négociations importantes.

Une légère brise passait par les fenêtres ouvertes et la fraîcheur de l'aube se glissa lentement sous mes couvertures. Un parfum exotique et léger, que je n'aurais su définir, emplit la chambre.

Il faisait jour. Je me levai pour aller à la fenêtre. Le ciel sans nuages était d'un bleu sombre. Le soleil traînait encore quelque part derrière les montagnes. Sur la pelouse devant l'hôtel, il y avait des arbres, des fleurs et des buissons épanouis dignes d'un conte de fées – des couleurs fortes et violentes telles que je n'en avais jamais vues. Même les coquelicots paraissaient plus rouges que rouges.

Il n'y avait pas d'eau chaude dans la douche.

Les murs et le plafond de la salle du petit déjeuner étaient lambrissés de bois sombre, presque noir. Une table était dressée près de la fenêtre. J'étais l'unique cliente de cet hôtel.

Le serveur s'approcha et fit un profond salut. J'avais le choix entre du thé et du café, entre des œufs brouillés ou au plat. Les corn-flakes lui étaient inconnus. Il n'y avait ni fromage ni saucisse.

— Brouillés ou au plat ? répéta-t-il.

— Brouillés. Et du café.

Je le regardai disparaître de l'autre côté d'une porte battante, au fond de la grande salle. Il se déplaçait avec une telle légèreté que je n'entendais pas le bruit de ses pas et j'avais l'impression qu'il flottait à quelques centimètres au-dessus du sol.

J'étais seule. Le silence me mettait mal à l'aise. Les tables et les chaises, vides, devaient avoir les yeux fixés sur moi, guettant le moindre de mes gestes, mon plus petit souffle. Je n'avais pas l'habitude d'un calme pareil. Pour faire du café, combien de temps fallait-il ? Pour faire des œufs brouillés ? Pourquoi n'entendait-on aucune voix, aucun bruit venant de la cuisine ? Cet endroit m'écrasait. Je le trouvais de plus en plus terrifiant et je me demandais s'il était possible d'augmenter le silence comme on augmente le son. Comme en réponse à ma question, le silence s'intensifia avec le temps qui passait jusqu'à devenir insupportable, jusqu'à me faire mal aux oreilles. Je m'éclaircis la voix et donnai un petit coup de couteau sur mon assiette, rien que pour entendre quelque chose.

Je me levai et allai jusqu'à la porte qui menait au jardin. Je l'ouvris et sortis. Il y avait du vent. Jamais jusque-là le bruissement d'un arbre, le bourdonnement d'une abeille, la stridulation d'une sauterelle ne m'avaient paru si apaisants.

Lorsque le petit déjeuner arriva enfin, le café était tiède, les œufs brouillés brûlés. Le serveur se planta dans un coin, tout sourire, et hocha la tête pendant que je mangeais mes œufs carbonisés, buvais mon café tiède tout en hochant la tête moi aussi et en lui rendant son sourire. Je commandai une deuxième tasse de café et me mis à feuilleter mon guide de voyage. Kalaw ne méritait pas plus d'une page.

« Située sur le bord occidental du plateau de Chan, villégiature montagnarde appréciée des Anglais. Aujourd'hui, une ville paisible, tranquille où subsiste encore une certaine atmosphère coloniale. Altitude : 1 300 mètres, fraîcheur agréable, un endroit parfait pour marcher dans les forêts de pins et de bambous, avec des points de vue impressionnants sur les montagnes et les vallées de l'État du même nom.

Population : un mélange unique de Chans, de Birmans, de différentes tribus montagnardes, de musulmans birmans et indiens, de Népalais (les Gurkha qui servaient jadis dans l'armée britannique) dont une grande partie a été scolarisée dans les écoles de missionnaires. Jusque dans les années soixante-dix, les missionnaires américains enseignaient dans ces écoles.

Surtout parmi les habitants les plus âgés, beaucoup parlent encore anglais aujourd'hui. »

Trois pagodes et le marché étaient considérés comme valant le détour. Il y avait apparemment un restaurant birman, un restaurant chinois et un népalais, un cinéma et plusieurs maisons de thé. Mon hôtel style Tudor était l'œuvre d'un Anglais. Même à l'époque coloniale, c'était l'établissement le plus coté de la région. Il y avait, en plus, un certain nombre de petits hôtels et pensions « pour satisfaire des besoins plus modestes ».

Le petit déjeuner terminé, j'allai au jardin m'asseoir sur un banc en bois, sous un pin. Plus aucun souvenir de la fraîcheur du matin. Le soleil avait amené la chaleur. Un parfum lourd et sucré flottait dans l'air.

Où commencer mes recherches ? Mon unique point de référence, c'était l'adresse sur la mince enveloppe bleue.

38 Circular Road
Kalaw, État de Chan
Birmanie

Ça datait de près de quarante ans.

J'avais désespérément besoin d'un véhicule et d'un gars du coin qui connaissait les environs. Quoi d'autre ?

Je fis une liste dans mon carnet.

Louer une voiture avec chauffeur
Trouver un guide
Éplucher l'annuaire téléphonique

Acheter une carte de la région
Repérer l'adresse
Interroger les voisins et/ou la police
Interroger la police à propos de papa
Vérifier auprès du maire et/ou du bureau des permis de séjour
Peut-être tenter de trouver d'autres Américains et Anglais
Montrer la photo de papa dans les maisons de thé, les hôtels et les restaurants
Vérifier tous les hôtels, les clubs, etc.

C'était toujours ainsi que je me préparais pour les conférences et les négociations avec mes clients – en faisant des listes et des recherches systématiques. C'était une tâche familière et rassurante.

L'hôtel me recommanda un chauffeur qui pouvait également jouer le rôle de guide. Il était actuellement en déplacement avec deux touristes danois mais ensuite il était libre. Il était censé arriver à l'hôtel vers 20 heures, le soir même. Cela valait le coup de l'attendre, même si cela signifiait remettre mes recherches au lendemain. En outre, même si U Ba était un imposteur, j'avais bien envie de l'interroger à propos de l'adresse. Selon toutes apparences, il avait passé toute sa vie à Kalaw.

Il était à peine plus de midi et je décidai d'aller courir. Après ce long voyage, mon corps avait impérativement besoin d'exercice. Certes, il faisait chaud mais l'air sec des montagnes et le vent rendaient la chaleur supportable. J'étais en forme et j'avais l'habitude de courir plusieurs kilomètres dans Central Park, même les soirs d'été les plus torrides et les plus étouffants.

L'effort physique me fit du bien. Ce fut libérateur. Je cessai de m'inquiéter d'être ainsi dévisagée. Trop occupée à me concentrer sur mes jambes, je n'avais plus à me soucier d'éviter les regards. J'avais l'impression de pouvoir fuir tout ce qui était sinistre et inconnu, de pouvoir observer le monde sans être moi-même observée. Je traversai la petite ville en suivant la grande rue, je passai devant une mosquée et une pagode, je contournai largement le marché et je croisai des chars à bœufs, des charrettes à cheval ainsi que plusieurs jeunes moines. Il avait fallu que je me mette à courir pour remarquer à quel point les gens du cru flânaient tranquillement, sans se presser, en dépit de la légèreté de leur démarche. Désormais, j'étais prête à les accepter. Je pouvais avancer à mon rythme. Je n'avais plus besoin de me conformer au leur.

Après une douche, je m'allongeai sur le lit pour me reposer. Je me sentais mieux. Sur le chemin de la maison de thé, cependant, la lassitude s'empara de moi. Chaque pas était une épreuve. J'étais nerveuse, agitée et je me demandais ce qui m'attendait. Je ne suis pas de ces gens qui apprécient les surprises. Qu'allait donc me raconter U Ba et qu'est-ce que je pourrais croire de ce récit ? J'avais l'intention de lui poser des questions précises. S'il s'emmêlait dans des contradictions, je le planterais là immédiatement.

U Ba était déjà arrivé. Il se leva, s'inclina et prit mes mains dans les siennes. Il avait la peau douce et les paumes agréablement tièdes. Il commanda deux verres de thé et des pâtisseries. Au bout d'un instant, il ferma les yeux et, après une profonde inspiration, commença son récit.

7

Au mois de décembre, à Kalaw, il fait froid. Le ciel est bleu et sans nuages. Le soleil passe d'un côté à l'autre de l'horizon mais ne monte pas suffisamment haut pour donner une quelconque chaleur. L'air est frais et limpide et seules les personnes les plus sensibles réussissent encore à détecter les traces de cette odeur lourde et sucrée, celle de la saison des pluies sous les tropiques, lorsque les nuages planent bas sur le village et la vallée et que les averses torrentielles dégringolent des cieux comme pour étancher la soif d'un monde desséché. Durant la saison des pluies, il fait chaud et humide. Au marché, ça pue la viande pourrissante et des grosses mouches noires colonisent les entrailles et les crânes des moutons et des bœufs. On dirait que la terre elle-même transpire. Les vers et les insectes lui sortent par tous les pores. D'inoffensifs ruisselets se transforment en torrents déchaînés qui dévorent les petits cochons, les moutons ou les enfants imprudents pour les restituer, sans vie, plus bas dans la vallée.

Mais décembre promet à la population de Kalaw une période de répit. Décembre promet des nuits froides et des journées d'une fraîcheur miséricordieuse. Décembre, pensa Mya Mya, était hypocrite.

Assise sur un tabouret de bois devant sa maison, elle contemplait les champs et la vallée jusqu'au sommet des collines, au loin. L'air était si limpide qu'elle avait l'impression de regarder aux confins de la terre avec une longue-vue. Le temps ne lui inspirait pas confiance. Même si elle n'avait pas le souvenir d'avoir jamais vu un nuage dans un ciel de décembre, elle n'excluait pas la possibilité d'une averse brutale. Ou d'un typhon, même si, de mémoire d'homme, jamais aucun typhon n'avait réussi à se frayer un chemin depuis le golfe du Bengale jusqu'aux montagnes qui entouraient Kalaw. Ce n'était pas impossible. Puisqu'il y avait des typhons partout, pourquoi n'y en aurait-il pas eu un pour dévaster le pays natal de Mya Mya ? Ou la terre pouvait trembler. Même, et peut-être particulièrement, un jour comme aujourd'hui quand rien ne laissait prévoir une catastrophe. Toute complaisance était dangereuse et la confiance était un luxe que Mya Mya ne pouvait pas s'offrir. Cela, elle le savait au tréfonds de son cœur. Pour elle, il n'y aurait plus ni paix ni repos. Pas dans ce monde. Pas dans sa vie.

Elle avait appris cette leçon dix-sept ans auparavant durant ce jour torride d'août, alors qu'elle jouait près de la rivière avec son frère jumeau. Quand il avait glissé sur les pierres lisses. Il avait perdu l'équilibre et il s'était mis à battre l'air de ses bras, impuissant, comme une mouche sous un verre. Il était tombé dans l'eau qui l'avait aussitôt entraîné. Emporté. Pour son dernier voyage. Elle était restée sur la berge, incapable de lui venir en aide. Elle avait vu son visage émerger encore une fois des flots, une dernière fois.

Un prêtre aurait dit que c'était la volonté de Dieu, une preuve de leur foi que le Seigneur, dans son infinie sagesse, avait envoyée à leur famille. Les voies du Seigneur sont mystérieuses.

Les moines bouddhistes justifièrent cette tragédie en se référant aux vies antérieures du jeune garçon. Au cours d'une de ces vies, il avait dû commettre un acte abominable dont cette mort était la conséquence.

Le lendemain de l'accident, l'astrologue du village proposa sa propre explication : les enfants n'auraient jamais dû partir jouer vers le nord, pas avec leur date de naissance, pas ce samedi d'août. Rien d'étonnant à ce qu'ils aient eu des ennuis. Si seulement lui, l'astrologue, avait été consulté plus tôt, il aurait pu les avertir. La vie était aussi simple, aussi compliquée.

Une partie d'elle-même était morte avec son frère mais il n'y eut aucune cérémonie funéraire pour cette mort-là. Une disparition qui passa inaperçue de sa famille. Ses parents étaient des paysans, accaparés par la moisson, les semailles et quatre autres enfants. Il était déjà assez difficile comme ça de mettre sur la table, tous les soirs, du riz et quelques légumes.

Mya Mya, la demi-morte, était seule. Dans les années qui suivirent, elle travailla dur pour mettre de l'ordre dans ce monde en déroute. Tous les après-midi, elle allait s'asseoir au bord de l'eau, là où elle avait vu son frère pour la dernière fois, et elle attendait qu'il refasse surface. La rivière s'était emparée de son corps comme d'un butin et ne l'avait jamais rendu. Le soir, avant de dormir, elle venait lui raconter sa journée, certaine qu'il l'entendait. Elle dormait de son côté à lui sur la paillasse qu'ils avaient partagée, sous sa couverture à lui, et des années plus tard, elle pouvait encore sentir son odeur.

Elle refusait d'aider sa mère à laver le linge dans la rivière. À vrai dire, elle évitait généralement le contact de l'eau et ne se lavait qu'avec ses parents. Comme si elle risquait de se noyer dans un seau. Elle portait certains vêtements certains jours, refusa jusqu'à l'âge de quinze ans de parler le samedi et jeûnait toujours le dimanche. Elle tissa autour d'elle un motif compliqué de rituels dans lesquels elle s'enferma complètement.

Les rituels lui offraient une certaine sécurité. Depuis la mort de son frère, la famille ne se contentait pas de consulter l'astrologue une fois par an. Ils le voyaient presque toutes les semaines. Ils s'accroupissaient à son côté. Ils étaient suspendus à ses lèvres. Ils suivaient ses instructions, avides de se sentir protégés contre tous les maux du monde. Mya Mya prenait à cœur les paroles de l'astrologue, encore plus que ses parents. Étant née un jeudi, elle devait se méfier surtout du samedi, un jour où le malheur menaçait, particulièrement en avril, août et décembre. Afin de ne prendre aucun risque, elle refusa de quitter la maison le samedi jusqu'au jour où, en avril justement, une couverture prit feu à côté du foyer, dans la cuisine. Les flammes étaient dévasta-trices. En quelques minutes, elles avaient non seule-ment dévoré la cabane en bois mais également anéanti chez Mya Mya le dernier lambeau d'espoir qu'il existât dans le monde un endroit sûr pour elle.

Face à tous ces souvenirs, elle se sentit frissonner. Le feu crépitait dans la cuisine et elle se leva. Une fine couche de glace, délicate et fragile, recouvrait l'eau du seau. Elle donna un coup de pied dedans et observa les minuscules fragments de glace brisée disparaître dans l'eau.

Elle inspira profondément en tenant son ventre à deux mains et examina son corps. Elle était jeune et belle, même si personne ne le lui avait jamais dit, même si elle n'en avait pas conscience. Sa longue chevelure noire, qu'elle tressait, descendait presque jusqu'à ses hanches. Ses grands yeux sombres, presque ronds, et ses lèvres pleines donnaient à ses traits une expression sensuelle. Elle avait de longs doigts fins et des membres minces mais musclés. Son ventre était rond, gros, épais – si gros qu'il lui paraissait étranger, même après tous ces mois. Elle sentit un coup, un deuxième et elle se dit : ça recommence.

La veille au soir, c'était toutes les heures. Maintenant, les coups survenaient toutes les deux ou trois minutes. Comme des vagues se brisant contre des remparts, toujours plus, plus haut, plus fort. Elle tenta de s'appuyer sur quelque chose, un bras, une branche, une pierre. Il n'y avait rien. Elle ne voulait pas de l'enfant, pas aujourd'hui, pas un samedi de décembre.

D'après sa voisine, qui avait déjà mis quatre enfants au monde, ce fut une naissance facile, surtout pour un premier. Mya Mya elle-même n'en eut aucun souvenir ; des heures durant, elle avait vécu dans un autre univers, un univers où ses mains et ses jambes ne lui obéissaient plus, où son corps ne lui appartenait plus.

Elle n'était plus rien qu'une gigantesque blessure. Elle vit de gros nuages noirs de pluie et un papillon se posa sur son front. Elle vit son frère dans le courant. Une ultime fois. Une idée l'effleura, comme une plume au gré du vent. Son enfant ? Ce samedi ? Un signe ? Une renaissance de son frère ?

Elle entendit un bébé pleurer. Rien de gémissant, un cri rebelle, un cri de colère. Un garçon, dit quelqu'un. Mya Mya ouvrit les yeux et chercha son frère. Non, pas cette chose laide, fripée, maculée de sang. Ce paquet sans défense avec sa tête déformée.

Mya Mya ne savait rien des besoins d'un enfant. Elle abordait la maternité les mains vides. Tout l'amour qu'elle avait possédé avait disparu, balayé depuis si longtemps, un jour de chaleur torride, en plein mois d'août.

8

Personne n'aurait pu nier les efforts de Mya Mya durant ces premiers jours de la vie de son fils. Elle faisait tout ce que la voisine lui disait. Elle le couchait contre son sein rebondi et le nourrissait de son lait. Elle le berçait pour l'endormir ou le promenait quand il était agité. Elle le portait contre elle quand elle sortait faire des courses au village. La nuit, elle restait éveillée entre son mari et son enfant, l'oreille tendue pour capter le souffle du petit, suivre ses respirations brèves et rapides, pour ressentir quelque chose. Ressentir quelque chose lorsqu'elle l'allaitait, lorsqu'il lui saisissait le doigt de sa petite main potelée. Elle aurait voulu que quelque chose vienne remplir ce vide en elle. N'importe quoi.

Couchée sur le côté, elle le serrait contre elle, une étreinte entre la violence et l'évanouissement. Elle serrait plus fort et deux grands yeux bruns la regardaient, effarés. Mya Mya ne sentait rien. La mère et le fils étaient comme deux aimants qui se repoussaient mutuellement. Elle avait beau le serrer, ils ne se toucheraient jamais.

Cela aurait pu être une simple question de temps. Elle aurait pu finalement réussir, cet instinct nourrisseur aurait pu se transformer en affection et l'affection devenir le miracle de l'amour, s'il n'y avait eu cet incident avec les poulets.

Cela se produisit un samedi, deux semaines exactement après la naissance. Au lever du soleil, Mya Mya sortit dans la cour chercher de quoi alimenter le feu dans la cuisine. C'était un matin froid et elle ne traîna pas. En quête de brindilles et de quelques bonnes bûches, elle se rendit à l'arrière de la maison. Le poulet mort se trouvait juste devant le tas de bois. Elle faillit marcher dessus. Elle découvrit le deuxième vers midi, l'heure de la naissance, le troisième et le quatrième peu de temps après et le coq dans l'après-midi. Son mari examina les volailles mortes mais sans trouver d'explication. La veille au soir, ils se pavanaient autour de la maison en gloussant avec ardeur et rien n'indiquait qu'un chien ou un chat, encore moins un tigre, ne se soit jeté dessus. Pour Mya Mya, il n'y avait aucun doute. Les cadavres confirmaient ses pires craintes. Ils représentaient l'averse brutale – non, bien pire –, le typhon en décembre, le tremblement de terre qu'elle avait toujours redoutés et secrètement désirés : son fils était la proie d'une malédiction. Il était le présage du malheur. C'était la prophétie de l'astrologue. Elle n'aurait jamais dû mettre un enfant au monde un samedi, et en décembre en plus.

Dans les jours qui suivirent, plus d'une douzaine de poulets appartenant aux voisins connurent la même mort mystérieuse ; mais cela ne rassura nullement Mya Mya. Au contraire. Elle savait désormais que ce n'était que le début et que la malédiction ne se limite-rait pas à sa famille.

La nuit, désormais, elle demeurait éveillée dans la peur de la catastrophe suivante. Ce n'était qu'une question de temps. Chaque toux, chaque respiration, chaque soupir résonnaient comme un coup de tonnerre à l'horizon. Osant à peine bouger, elle guettait le moindre geste de l'enfant. Comme si son souffle même était le bruit des pas que faisait la catastrophe dans son approche furtive.

Au bout d'une semaine, son lait se tarit. Ses seins mous pendaient sur son ventre, comme deux ballons dégonflés. Une amie de la voisine, une femme qui venait d'accoucher elle aussi, prit le relais de l'allaite-ment. Mya Mya jouissait de chaque heure où son fils était hors de la maison. Elle voulait en discuter avec son mari. La situation ne pouvait plus continuer ainsi. Ils devaient faire quelque chose.

9

D'après Khin Maung, sa femme exagérait le problème. Bien sûr, lui aussi croyait à la puissance des étoiles. Tout le monde sait que le jour, l'heure, même la minute de la naissance déterminent le cours de l'existence – c'était indubitable. Et il y avait des subtilités qu'il valait mieux respecter, des jours où il convenait de rester inactif, des rites à suivre pour éviter de provoquer des catastrophes. Là encore, Khin Maung était d'accord avec sa femme. Une naissance un samedi de décembre ne soulevait l'enthousiasme de personne, évidemment. Tout le monde savait que les étoiles ne souriaient pas à ces enfants-là, qu'ils auraient une vie difficile, que l'essor de leur âme était plutôt compromis. Toutes les familles connaissaient un oncle ou une tante ou au moins un voisin ou encore l'ami d'un voisin qui connaissait quelqu'un qui avait un cousin né ainsi sous de mauvais auspices et qui traversait furtivement la vie comme un chien battu, qui restait petit et rabougri comme une plante sans soleil. Son fils aurait des difficultés, Khin Maung ne se faisait aucune illusion, mais en conclure d'emblée qu'il était maudit, c'était aller un peu trop loin (même si l'épisode des poulets l'inquiétait vraiment, ce que, évidemment, il n'aurait jamais avoué à sa femme). Lorsque Mya Mya proposa qu'ils consultent l'astrologue, Khin Maung accepta bien volontiers, et pas seulement parce qu'il était le genre d'homme qui n'aimait pas dire non. Il espérait que le vieillard, dans sa grande sagesse, saurait consoler sa femme ou, si les étoiles venaient confirmer ses craintes, qu'il leur donnerait des conseils pour amoindrir, si ce n'était prévenir, la catastrophe qui menaçait leur enfant.

L'astrologue vivait dans une modeste cabane en bois à la lisière du village. Rien ne trahissait la considération dont il jouissait dans sa communauté. On ne construisait pas une seule maison sans lui demander d'abord si l'emplacement était adéquat ou si le premier coup de pioche avait été donné le bon jour. Avant chaque mariage, le futur couple ou leurs parents venaient le consulter pour vérifier que les horoscopes des mariés étaient bien assortis. L'astrologue interrogeait les étoiles sur les meilleures dates pour aller chasser ou pour entreprendre un voyage à la capitale. Au fil des années, ses augures s'étaient révélés d'une telle exactitude que les gens commençaient à venir le consulter du fin fond de la province. Il avait si bonne réputation qu'on disait – il n'y avait rien de certain mais la rumeur était persistante – que de nombreux Anglais vivant à Kalaw et qui, en public, ridiculisaient l'astrologie birmane en affirmant que c'était de la superstition, venaient lui rendre visite.

Le vieil homme était assis en tailleur au milieu de la petite pièce. Une tête aussi ronde que la lune, pensa

Khin Maung. Les yeux, le nez et la bouche étaient harmonieux et les proportions parfaites du visage n'étaient perturbées que par les deux grandes oreilles proéminentes. Personne ne savait son âge. Même l'ancêtre du village affirmait n'avoir aucun souvenir de lui jeune homme ; donc, on pouvait imaginer qu'il était né bien plus de quatre-vingts ans auparavant. Un sujet qu'il n'abordait jamais. Son allure et sa force de concentration paraissaient défier les ravages des années. Depuis des temps immémoriaux, il avait une voix douce et paisible et son ouïe et sa vue étaient celles d'un homme de vingt ans. Si son visage était buriné par les années, il n'avait pas la peau du corps flasque et pendante, comme c'est le cas chez les vieillards.

Khin Maung et Mya Mya s'inclinèrent sur le seuil. Depuis qu'elle était enfant, Mya Mya était si souvent venue qu'elle ne comptait plus ses visites mais, chaque fois, elle sentait encore son ventre et ses genoux trembler. Aucune familiarité, seulement de la vénération. Doublée d'une certaine crainte.

C'était la première visite de Khin Maung et son respect se mêlait de curiosité. Ses parents étaient toujours venus consulter l'astrologue seuls et même pour son mariage avec Mya Mya, c'étaient eux qui l'avaient interrogé pour savoir s'ils avaient trouvé la bonne épouse pour leur fils.

Avant de saluer une deuxième fois, Khin Maung examina les lieux. Le sol et les murs étaient en teck sombre. Des grains de poussière dansaient dans la lumière qui passait par les fenêtres ouvertes. Le soleil dessinait deux rectangles luisants sur le parquet patiné par les années. Cet éclat fit frémir Khin Maung. Puis il aperçut un Bouddha doré, en bois sculpté. Dans toute son existence, jamais Khin Maung n'en avait vu un aussi beau. Il tomba à genoux et s'inclina jusqu'à ce que son front frôle le sol. Devant le Bouddha étaient déposées deux compositions florales et une assiette remplie d'offrandes. Quelqu'un avait empilé avec amour quatre oranges en pyramide. À côté, il y avait deux bananes, une papaye et plusieurs doses de thé en petits tas. Les murs étaient couverts de papiers blancs bourrés de chiffres et de lettres minuscules. Aux quatre coins de la pièce, des bâtons d'encens brûlaient dans des vases alourdis de sable.

Le vieil homme hocha la tête. Khin Maung et Mya Mya s'agenouillèrent devant lui, sur deux nattes de paille. Mya Mya n'entendait rien, ne sentait rien que son cœur qui battait la chamade. C'était à Khin Maung de parler et de poser les bonnes questions ; elle le lui avait clairement signifié avant de venir. Ils étaient mariés depuis à peine un an, mais la passivité de son époux ne lui avait pas échappé. C'était un homme tranquille qui pouvait ne prononcer que quelques phrases au cours d'une soirée. Elle ne l'avait jamais vu fâché, en colère ou énervé. Même sa joie et sa satisfaction, il avait du mal à les exprimer. Seul un fantôme de sourire révélait l'ampleur de ses émotions.

Il n'avait rien de mollasson. Au contraire, c'était un des paysans les plus travailleurs du village et on le voyait souvent cultiver son champ dès l'aube, longtemps avant les autres. Mais il considérait la vie comme un fleuve tranquille dont le cours, bien tracé, était prédéterminé. Toute tentative de modification était clairement condamnée à l'échec. Khin Maung était dur à la tâche mais sans ambition, curieux mais discret, heureux mais d'humeur toujours égale.

— Maître vénérable, nous sommes venus vous demander conseil, finit par dire Khin Maung après un long silence.

Le vieillard hocha la tête.

— Notre fils est né samedi il y a trois semaines et nous souhaitons savoir s'il est menacé de catastrophe.

Prenant une craie et une petite ardoise, le vieil homme réclama la date et l'heure exactes de la naissance.

— Le 3 décembre à midi moins vingt, répondit Khin Maung.

L'astrologue inscrivit les chiffres en petits pavés et se lança dans des calculs. Il en ajouta d'autres, il en ôta certains et traça plusieurs cercles et demi-cercles sur diverses lignes, comme s'il écrivait la vie sous une forme musicale.

Au bout de quelques minutes, il posa son ardoise et regarda Mya Mya et Khin Maung. Toute trace de sourire avait disparu de son visage.

— L'enfant sera source de chagrin pour ses parents, annonça-t-il. De grand chagrin.

Mya Mya sentit qu'elle s'enfonçait dans un bourbier. Quelque chose la tirait vers le fond et il n'y avait personne pour l'aider, rien à quoi se raccrocher. Pas de main. Pas de branche. Elle entendait la voix du vieillard et celle de son époux mais elle ne suivait plus l'échange des mots. Leurs voix lui parvenaient étouffées et très lointaines – comme venues d'une autre pièce, d'une autre vie. Grand chagrin. Grand chagrin.

— Quel genre de chagrin ? demanda Khin Maung.

— Des genres différents, surtout d'ordre médical, répondit le vieillard.

Il reprit son ardoise et recommença à griffonner.

— Dans la tête, finit-il par dire.

— Où dans la tête ? insista Khin Maung, un mot après l'autre, prononçant cette phrase comme s'il arrachait chaque lettre, une à une.

Rétrospectivement, il serait lui-même surpris de cette curiosité obstinée qui lui ressemblait si peu.

Le vieux regarda l'ardoise qui lui révélait tous les secrets de l'univers. C'était le livre de la vie et de la mort, le livre de l'amour. Il aurait pu raconter aux parents ce qu'il voyait d'autre, les capacités exceptionnelles que cet enfant allait manifester, la magie latente en lui et ce don pour l'amour. Mais il savait que Mya Mya n'écoutait pas et que Khin Maung ne pourrait pas comprendre.

— Dans les yeux, dit-il seulement.

Cette partie du dialogue avait échappé à Mya Mya. Sur le chemin du retour, tandis que son mari s'exprimait avec une véhémence inédite, elle avançait en trébuchant, fermée au monde. Les mots bourdonnaient dans sa tête comme des mouches. Grand chagrin.

Dans les mois qui suivirent, Khin Maung tenta à plusieurs reprises d'expliquer à sa femme que l'astrologue avait certes parlé de chagrin, et même de grand chagrin, mais essentiellement d'un chagrin d'ordre médical et qu'il n'avait été nullement question de malédiction ni de signes avant-coureurs de catastrophe. Elle refusait de l'écouter. Il le voyait à ses yeux. Il le voyait à la façon dont elle traitait leur fils, s'occupant de lui sans le toucher, le regardant sans le voir.

Tin Win n'avait pas vingt et un jours lorsque sa mère estima que le destin de son fils était déjà tout tracé. Une vie déjà vécue. Perdue. Désormais, il ne s'agissait plus pour elle que de traverser cette épreuve le plus élégamment possible.

Épreuve qui allait se révéler insurmontable.

10

Puisque les étoiles avaient parlé, puisque le destin de son enfant était tracé, Mya Mya dormait d'un sommeil plus paisible. Elle savait à quoi s'attendre. Si les coups du sort et la malchance étaient pour elle monnaie courante, la joie et le bonheur la rendaient nerveuse tant ils lui étaient inconnus, étrangers. Elle n'avait plus besoin de s'empoisonner avec de faux espoirs. Aucune illusion ne venait ronger son âme, aucun rêve ne faisait courir son imagination. Ce qui la calmait.

Dans les jours et les semaines qui suivirent la visite à l'astrologue, ce fut au tour de Khin Maung de demeurer éveillé à côté de sa femme et de son enfant endormis, l'esprit torturé par les pensées les plus abominables. Peut-être le vieil homme avait-il commis une erreur ? Un destin auquel on ne pouvait échapper, cela existait-il vraiment ? Si nous n'étions pas les maîtres de notre propre vie, qui l'était alors ? Il n'avait nulle envie d'écouter ce que disaient les étoiles.

— Mya Mya. Mya Mya, dit-il en se redressant dans le lit, cette première nuit.

Sa femme dormait.

— Mya Mya.

On aurait dit une incantation.

Elle ouvrit les yeux.

La lune était pleine et il n'y avait pas un nuage dans le ciel ; dans la lumière blafarde qui tombait de la fenêtre, il distingua le contour de son visage, les mouvements de ses yeux, son nez fin. Il la trouva belle et se rendit compte que c'était la première fois. Il l'avait épousée parce que ses parents la lui avaient choisie. L'amour viendrait plus tard, lui avaient-ils assuré, et il les avait crus – d'abord parce qu'il faisait toujours ce qu'ils lui disaient de faire, et ensuite parce qu'il n'avait que de très vagues notions de ce que pouvait être l'amour. Il le considérait comme un cadeau, une bénédiction accordée à certains et pas à d'autres. Ce n'était en aucun cas un droit.

— Mya Mya, il faut, nous devons, il ne faut pas…

Il y avait tant de choses qu'il souhaitait lui dire.

— Je sais, Khin Maung, répondit-elle en se redressant. Je sais.

Elle se coula vers lui, lui prit la tête à deux mains et le serra contre son sein. Un geste rare pour Mya Mya, pour qui la tendresse était un luxe aussi extravagant que l'eau chaude le matin ou un sourire quand on se quittait. C'était réservé aux rêveurs, à ceux qui avaient du temps, des forces et des émotions en trop. Elle n'appartenait à aucune de ces catégories.

Mya Mya croyait savoir ce qui se passait dans la tête de son mari et elle avait pitié de lui. D'après les battements de son cœur, d'après les convulsions de son corps, d'après leur étreinte, elle sentait qu'il allait avoir besoin de temps. Il croyait encore qu'ils pourraient se protéger, qu'il y avait une chance de changer ce qui ne pouvait plus l'être.

Khin Maung, couché dans les bras de sa femme, se mit à parler. Pas à voix haute, pas à elle. Elle ne comprit pas un mot de ce qu'il disait. Il se parlait à lui-même, très vite et de façon ininterrompue. Un chuchotement qui paraissait exiger, provoquer, presque menacer puis implorer, supplier, douter, un flot de paroles intarissables. On aurait dit qu'il veillait quelqu'un sur son lit de mort, quelqu'un qui n'était maintenu en vie que par le son de sa voix.

Il voulait se battre pour son fils. Toute vie était promesse, se répétait il, et lui, Khin Maung, explorerait tous les chemins pour son fils, pour faire aboutir cette promesse. Si cela devait être sans l'aide de sa femme, eh bien, tant pis.

C'était cela qu'il tenait à lui dire, dès l'aube naissante, avant même le petit déjeuner. Puis il s'endormit.

L'occasion d'une discussion réelle ne se présenta jamais, que ce fût avant le petit déjeuner ou le soir, après la journée de travail.

La nuit suivante, il se remémora tous les détails de leur visite chez l'astrologue. La maison surgit devant ses yeux, d'abord floue puis de plus en plus nette, comme un paysage quand le brouillard se lève. Il vit la pièce, les bougies, les bâtons d'encens, l'ardoise qui révélait les mystères de l'existence. Le grand livre de l'amour. Il entendit les déclarations du vieillard, les laissa s'enfoncer dans son esprit, lentement, mot à mot. Il n'avait jamais été question de malédiction. Il allait parler à sa femme. Dès le lendemain matin, à l'aube.

L'occasion ne se présenta jamais.

Ainsi passèrent les nuits. Et les jours. Si Khin Maung avait été différent, il n'aurait pas attendu une occasion ; il l'aurait provoquée et il aurait sauté dessus. Mais c'était contraire à sa nature. Il aurait dû dépasser ses propres limites et il n'avait rien d'un héros. Il ne s'autorisait que le droit de réfléchir et, très vite, il fut au bout de ses forces. Les doutes revinrent et, une fois sa résistance brisée, ils lui tombèrent dessus comme des rats et des vautours sur la charogne. Les étoiles n'avaient pas menti. Un samedi de décembre. Grand chagrin sous tous les angles. Cela aurait difficilement pu être plus limpide.

Peu de temps après l'incident des poulets, une grand-tante mourut – huit semaines jour pour jour après la naissance du garçon. Certes, elle était vieille et malade, elle ne quittait plus sa cabane depuis des années et, l'espace d'un instant, Khin Maung avait eu envie de souligner ces points pour sa femme. Un bref instant – puis, à son tour, il comprit le sens de ce signe et renonça à contredire sa femme.

Il déclara forfait par rapport à son fils en se consolant avec l'idée que le gamin, après tout, n'était que le premier des nombreux enfants que lui, Khin Maung, allait avoir avec Mya Mya et qu'ils ne viendraient pas tous au monde un samedi de décembre, d'avril ou d'août. Il confia à un autre l'exploitation de son champ et se fit engager comme jardinier et caddy au golf des Anglais. Un travail qui payait mieux que le champ à cultiver et qui, en outre, lui permettait d'éviter la maison même pendant la saison sèche, lorsque les paysans n'avaient guère de travail. Le golf, c'était toute l'année.

Mya Mya s'engloutit dans les tâches ménagères. La famille vivait dans une petite baraque de bois et de terre, derrière une imposante villa à étage appartenant à un lointain oncle de Khin Maung. Elle se dressait au sommet d'une colline, elle dominait la petite ville et, comme la plupart des maisons bâties à Kalaw par les seigneurs coloniaux, elle était de style Tudor.

La ville connaissait son pic de fréquentation pendant la saison sèche. Alors que la température à Rangoon, la capitale, et à Mandalay atteignait les quarante degrés, Kalaw, située à plus de mille deux cents mètres d'altitude, offrait un refuge contre la chaleur du delta et des marécages. Les ressortissants anglais qui ne quittaient pas le pays après leur retraite venaient s'installer dans les villes de montagne comme Kalaw. Un officier anglais avait lui-même bâti cette villa pour s'y retirer le moment venu mais, tragiquement, il n'était jamais revenu de la chasse au tigre dans laquelle il s'était lancé quinze jours à peine après en avoir terminé avec le service de Sa Majesté.

Sa veuve avait vendu la maison à l'oncle de Khin Maung, qui avait conquis le respect et une jolie fortune comme baron du riz à Rangoon. Il faisait partie de ces rares Birmans qui avaient réussi à s'imposer dans un marché dominé par la minorité indienne ; il était richissime. La villa ne l'intéressait pas. Depuis six ans qu'il en était propriétaire, il ne s'était jamais dérangé pour la voir. C'était un gage de son aisance, un symbole de son statut social dont il fallait faire mention pour impressionner ses associés de la capitale. Mya Mya et Khin Maung gardaient la propriété et devaient l'entretenir en permanence comme si le maître des lieux risquait de débarquer à tout moment. Depuis la naissance de son fils, Mya Mya consacrait toute son énergie à cette tâche. Elle cirait les parquets quotidiennement, comme s'il s'agissait de les transformer en miroirs. Elle époussetait les étagères le matin et recommençait le soir alors que pas un grain de poussière ne s'était déposé dessus dans les douze heures qui venaient de s'écouler. Elle nettoyait les carreaux toutes les semaines et coupait la pelouse aux ciseaux, ce qui lui permettait d'être plus minutieuse qu'avec la tondeuse. Elle veillait à limiter l'expansion des bougainvillées et s'occupait avec passion des parterres de fleurs.

Mya Mya vit les deux policiers gravir la colline. Elle était en train de laver des carottes à la cuisine. C'était un de ces jours limpides et froids de décembre ; Mya Mya était pressée. Elle s'était attardée trop longtemps à cirer le parquet à l'étage et s'inquiétait maintenant à l'idée de n'avoir pas terminé la cuisine cet après-midi ; si le maître arrivait demain, il ne trouverait pas sa propriété tirée au cordeau et alors tout le travail des années précédentes serait gâché car il penserait que Mya Mya n'avait pas entretenu sa maison. Un jour de désordre peut gâcher mille jours d'ordre, pensa-t-elle en regardant la vallée.

Les policiers, vêtus de leurs impeccables uniformes bleus, n'avaient pas suivi la route des chars à bœufs et des rares voitures. Ils avaient préféré prendre l'étroit chemin qui zigzaguait entre les pins puis au milieu des champs jusqu'en haut de la colline. Mya Mya vit les hommes approcher, elle distingua leurs visages et sentit monter la panique. C'était le sixième anniversaire de Tin Win et elle avait toujours été convaincue que c'était une date particulièrement funeste où elle devait s'attendre à n'importe quelle catastrophe.

Le souffle court, elle sentit la peur s'emparer d'elle, de son âme, de son esprit, de son corps. Son ventre et ses entrailles se contractèrent comme si un géant les tordait à deux mains. De plus en plus fort. Elle ne parvenait plus à respirer. Elle s'entendit gémir. Elle s'entendit supplier. Elle s'entendit implorer. Que ce ne soit pas vrai.

Les hommes ouvrirent la barrière, pénétrèrent dans la cour et refermèrent derrière eux. Ils avancèrent lentement vers Mya Mya. Elle sentait à quel point ils agissaient à contrecœur. À chacun de leurs pas, elle prenait un coup de pied. Le plus jeune des deux avait la tête basse. Le plus âgé la regardait droit dans les yeux. Elle avait déjà eu l'occasion de le rencontrer en ville. Leurs regards se croisèrent et, le temps d'un battement de cœur, Mya Mya parvint à déchiffrer son expression. Cela lui suffit. Elle comprit tout et la peur, ce monstre qui la dévorait vivante, disparut aussi vite qu'elle était apparue. Elle comprit qu'une abominable calamité s'était abattue sur elle, que la situation était sans remède, que plus rien ne serait plus jamais pareil, que cela lui arrivait aujourd'hui pour la troisième fois et qu'elle n'avait pas la force de le supporter.

Les policiers étaient devant elle et le plus jeune n'osait toujours pas relever la tête.

— Votre mari a eu un accident, déclara le plus âgé.

— Je sais, répondit Mya Mya.

— Il est mort.

Mya Mya ne dit rien. Elle ne s'assit pas. Elle ne pleura pas. Elle ne se répandit pas en lamentations. Elle ne dit rien.

Elle entendit les hommes raconter quelque chose à propos d'une balle de golf apparemment détournée de sa trajectoire par le vent. Droit dans la tempe. Mort sur le coup. L'Anglais prendrait à sa charge les dépenses pour les funérailles. Une petite compensation. Pas l'aveu d'une quelconque culpabilité. Un geste de compassion. Rien de plus. Mya Mya hocha la tête.

Une fois les policiers partis, elle se retourna pour regarder son fils. Il jouait tout seul derrière la maison. À côté de lui, il y avait un tas de pommes de pin. Il essayait de les envoyer dans un trou qu'il avait creusé quelques mètres plus loin. La plupart tombaient bien au-delà de leur cible.

Mya Mya voulut l'appeler pour lui annoncer la mort de son père. Mais à quoi bon ? Il était sans doute déjà au courant. Après tout, cette catastrophe, il l'avait provoquée ; Mya Mya remarqua qu'elle avouait pour la première fois qu'elle l'en rendait responsable. Ce n'était pas simplement une conjonction malheureuse des étoiles ; c'était Tin Win, ce garçon discret avec ses cheveux noirs et ses yeux énigmatiques, si impénétrables qu'elle ne savait jamais s'il la regardait vraiment. Elle ne parvenait pas à lire dans ces yeux-là. C'était lui qui avait attiré le malheur, lui qui avait semé le chaos. Il l'avait créé de la même manière que les autres enfants construisent des grottes ou jouent à cache-cache.

Mya Mya souhaitait laisser tout ça derrière elle. Elle souhaitait ne jamais revoir cet enfant.

Durant les trente-six heures qui suivirent, elle se comporta comme quelqu'un qui n'avait qu'un seul but en tête, un but qui lui servait de moteur, un but auquel elle se consacrait totalement. Elle joua la veuve éplorée, reçut voisins et amis, organisa l'enterrement pour le lendemain, se tint devant la tombe ouverte de son mari et regarda le cercueil en bois disparaître dans la terre.

Le lendemain matin, elle rangea ses quelques affaires – deux corsages et deux longyis, des sandales de rechange, un peigne, une barrette – dans un vieux sac de balles de golf que son mari avait un jour rapporté du club. Tin Win, debout à côté d'elle, l'observait sans mot dire.

— Il faut que je parte quelques jours, annonça-t-elle sans lever les yeux.

Son fils ne répondit rien.

Elle quitta la maison. Il courut après elle. Elle se retourna, il s'immobilisa.

— Tu ne peux pas venir, déclara-t-elle.

— Quand reviens-tu ? demanda-t-il.

— Bientôt.

Mya Mya fit volte-face et se dirigea vers la barrière. Elle entendit ses pas légers derrière elle. Elle se retourna encore une fois.

— Tu n'as pas entendu ce que je t'ai dit ? cria-t-elle d'une voix sèche.

Son fils hocha la tête.

— Tu restes ici. Tu n'as qu'à t'asseoir là pour m'attendre, dit-elle en désignant la souche d'un pin.

Tin Win courut jusqu'à la souche et se hissa dessus. De là, il avait une bonne vue sur le chemin qui montait jusqu'à chez eux. Mya Mya ouvrit et referma la barrière de la cour, cette fois sans se retourner. Marchant d'un pas rapide, elle prit le chemin qui descendait vers le village.

Tin Win la regarda partir. Il la vit traverser les champs et pénétrer dans le bois. L'endroit était bien choisi. De là, il la verrait revenir, et même de très loin.

11

Tin Win attendait.

Il attendit le reste de la journée et toute la nuit. Accroupi sur la souche plate, il ne sentit ni la faim ni la soif, ni même le froid qui tomba sur les montagnes et les vallées le soir venu. Ce froid l'effleurait sans le toucher, comme l'oiseau survole la clairière.

Il attendit tout le jour suivant. Ce fut la nuit puis la barrière, les taillis et les champs émergèrent à nouveau des ténèbres. Il fixait l'horizon, là où les arbres se dressaient aux limites de sa vue. C'était par là que reviendrait sa mère et, avec sa veste rouge, il la reconnaîtrait de très loin et il sauterait de la souche, il escaladerait la barrière et il courrait vers elle. Il pleurerait de joie, elle s'agenouillerait, elle le serrerait fort dans ses bras. Très fort.

C'était ainsi qu'il se représentait la scène – quand il jouait seul, quand il rêvait – alors que ses parents ne se baissaient jamais pour le prendre dans leurs bras, même quand il se plantait devant eux en se cramponnant à leurs jambes. Il sentait bien qu'ils évitaient le moindre contact. C'était sa faute, il n'y avait aucun doute là-dessus. C'était une punition, une juste punition, mais il ignorait de quoi on le punissait et il espérait que, quel que fût le crime, la période d'expiation serait bientôt terminée. Un espoir d'autant plus fervent maintenant qu'on avait couché son père, raide et glacé, dans un cercueil de bois avant de l'enterrer dans un trou profond. Le désir de retrouver sa mère et son amour étaient si forts qu'ils le ligotaient sur cette souche à attendre patiemment que surgisse le point rouge à l'horizon.

Le troisième jour, une voisine lui apporta de l'eau et un bol de riz aux légumes ; elle lui demanda s'il ne préférait pas attendre chez elle. Il secoua la tête avec véhémence. Comme si aller chez cette femme risquait de lui faire rater sa mère. Il ne toucha pas à la nourriture. Il voulait la garder pour elle, la partager avec elle quand elle reviendrait affamée de son long voyage.

Le quatrième jour, il avala quelques gorgées d'eau.

Le cinquième jour, Su Kyi, la sœur de la voisine, vint lui apporter du thé, encore du riz et des bananes. Inquiet pour sa mère, il ne mangea ni l'un ni l'autre. Désormais, cela ne pouvait plus durer longtemps. «Bientôt», avait-elle dit.

Le sixième jour, il ne parvenait plus à distinguer les arbres les uns des autres. La forêt était brouillée, comme s'il avait de l'eau plein les yeux. On aurait dit un morceau de tissu ondulant dans le vent, tacheté de minuscules points rouges. Des points qui grossissaient en s'approchant. Ce n'était pas des vestes mais des boules qui fonçaient violemment vers lui. Elles passaient en sifflant à gauche, à droite et au-dessus de sa tête, si près qu'il sentait l'air qu'elles déplaçaient.

Elles volaient droit sur lui, en un flot ininterrompu, et ne déviaient de leur trajectoire que dans les derniers mètres pour s'écraser sur le sol à quelques centimètres de lui.

Le septième jour, il ne bougeait plus, tout raide et figé. De loin, Su Kyi le crut mort. Il était froid et blanc comme le givre qui recouvrait l'herbe devant la maison par ce matin de janvier particulièrement glacé. Son visage était creux, son corps une coquille vide, un cocon inerte. De plus près, elle s'aperçut qu'il respirait encore ; sous la chemise, sa mince poitrine se soulevait, tel un poisson pantelant juste ramené du marché.

Tin Win ne la vit ni ne l'entendit. Autour de lui, le monde était enveloppé d'un brouillard d'un blanc laiteux dans lequel il était en train de sombrer, lentement mais sûrement. Son cœur battait. Il y avait encore en lui quelques réserves de vie, mais avoir perdu tout espoir lui donnait l'air d'avoir perdu la vie.

Il sentit que deux mains le touchaient, le soulevaient, le serraient et l'emportaient.

Su Kyi avait décidé de s'occuper de lui. Une femme vigoureuse, d'un certain âge, avec une voix grave et un rire que les vicissitudes de la vie n'avaient pas réussi à éteindre. Son unique enfant était mort à la naissance. L'année suivante, la malaria lui avait pris son mari. Une fois veuve, elle avait été obligée de vendre la cabane qu'ils venaient à peine de terminer. Depuis, elle vivait avec des parents, plus tolérée que bienvenue. Ils la considéraient comme une vieille grincheuse, plutôt énervante et avec des idées excentriques sur la vie et la mort. Contrairement à la coutume, elle refusait de donner un sens aux malheurs dont le destin l'avait accablée. Pas plus qu'elle ne croyait que des conjonctions défavorables d'étoiles avaient provoqué la mort de ses bien-aimés. Ces deuils démontraient simplement que le destin était capricieux, un fait qu'il fallait accepter si on aimait la vie. Et elle, elle aimait la vie. La prédestination n'était vraiment pas son affaire. Le bonheur pouvait trouver à se loger chez tout le monde. Elle n'osait jamais affirmer ses convictions à voix haute, mais tout le monde les connaissait et elles firent d'elle la première alliée de Tin Win.

Au fil des années, elle avait souvent observé le fils de ses voisins et elle était surprise de sa peau claire, le brun léger des aiguilles de pin ou des feuilles d'eucalyptus. Il était tellement plus clair que ses parents. En grandissant, il était devenu dégingandé et timide comme une des chouettes qu'elle entendait si souvent sans jamais les voir ; il ne traînait jamais en compagnie d'autres gamins.

Elle l'avait rencontré une fois dans les bois. Elle rentrait à la maison et lui était assis sous un pin en train d'examiner une petite chenille verte qui lui rampait sur la main.

— Tin Win, qu'est-ce que tu fabriques ici ? lui demanda-t-elle.

— Je joue, répondit-il sans lever les yeux.

— Pourquoi tu es tout seul ?

— Je suis pas tout seul.

— Où sont tes amis ?

— Partout. Tu ne les vois pas ?

Su Kyi regarda autour d'elle. Il n'y avait personne.

— Non, dit-elle.

— Les scarabées, les chenilles et les papillons sont mes amis. Et les arbres. Ce sont mes meilleurs amis.

— Les arbres ? interrogea-t-elle, surprise.

— Ils ne s'enfuient jamais. Ils sont toujours là et ils racontent de si belles histoires. Tu n'as pas d'amis, toi ?

— Bien sûr que si, répliqua-t-elle avant d'ajouter, après un silence : ma sœur, par exemple.

— Non, des vrais amis.

— Ni arbres ni animaux, si c'est ce dont tu parles.

Il leva la tête ; ce visage d'enfant lui fit peur. Ne l'avait-elle donc encore jamais regardé ou était-ce la lumière du bois qui altérait ainsi ses traits ? Ils paraissaient taillés dans la pierre, parfaitement proportionnés et, en même temps, terriblement dépourvus de vie. Puis leurs regards se croisèrent et il l'observa, avec beaucoup trop de gravité et de sévérité pour son jeune âge ; à nouveau, elle eut peur parce qu'elle sentait à quel point cet enfant connaissait déjà trop bien la vie. Quelques secondes plus tard, un sourire – elle n'en avait jamais vu de plus tendre et mélancolique – illumina ce visage de pierre. Ce sourire la marqua à jamais. Elle en fut tellement impressionnée qu'elle y pensa pendant des jours et des jours. Elle le voyait le soir lorsqu'elle fermait les yeux et au matin lorsqu'elle les ouvrait.

— Est-ce vrai que les chenilles se transforment en papillons ? demanda-t-il soudain alors qu'elle s'apprêtait à partir.

— Oui, c'est vrai.

— Et nous, en quoi on se transforme ?

Su Kyi réfléchit.

— Je ne sais pas, finit-elle par dire.

Le silence s'installa.

— Tu as déjà vu des animaux pleurer ? s'enquit-il.

— Non.

— Et des arbres et des fleurs ?

— Non.

— Moi, si. Ils pleurent sans larmes.

— Alors, comment sais-tu qu'ils pleurent ?

— Parce qu'ils ont l'air triste. Si on y regarde de près, on le voit très bien.

Il se leva et lui montra la chenille dans le creux de sa main.

— Elle pleure, elle ? demanda-t-il.

Su Kyi examina la petite bête.

— Non, se décida-t-elle à dire.

— Tu as raison. Mais tu as répondu au hasard.

— Comment le sais-tu ?

Il sourit à nouveau sans rien dire, comme si la réponse était trop évidente.

Dans les semaines qui suivirent la disparition de Mya Mya, Su Kyi s'occupa de Tin Win ; elle fit si bien qu'elle lui rendit la santé. Au bout d'un mois sans nouvelles de sa famille de Rangoon ou Mandalay, elle s'installa chez lui en promettant de prendre soin de lui et d'entretenir la maison de son oncle jusqu'au retour de sa mère. Tin Win n'émit aucune objection. En revanche, il se replia davantage sur lui-même, hors d'atteinte de la vigueur d'une femme aussi optimiste que Su Kyi. Son humeur variait d'un jour à l'autre, parfois même d'une heure à l'autre. Il pouvait se taire des journées entières, passant presque tout son temps seul dans le jardin ou les bois avoisinants. Ces soirs-là, quand ils mangeaient leur portion de riz assis au coin du feu, dans la cuisine, il gardait la tête baissée sans rien dire. Lorsque Su Kyi l'interrogeait sur les jeux auxquels il avait joué dans le bois, il la regardait d'un œil transparent.

Les nuits, ça se passait tout à fait différemment. Dans son sommeil, il se glissait près d'elle pour se pelotonner contre la douceur de son corps rond. Parfois, il l'entourait de son bras et la serrait si fort que cela la réveillait.

D'autres jours, il l'entraînait dans le jardin et le bois pour lui raconter tout ce que ses amis les arbres lui disaient. Il avait donné un nom à chacun. Ou bien il venait la rejoindre avec une poignée de scarabées, d'escargots ou de somptueux papillons qui étaient venus se poser sur ses mains et qui ne s'envolaient qu'au moment où il levait le bras. Les animaux n'avaient pas peur de lui.

Le soir, avant d'aller se coucher, il demandait à Su Kyi de lui raconter une histoire. Il écoutait sans bouger puis, quand c'était fini, il réclamait :

— Chante-m'en une autre.

Su Kyi riait en disant :

— Mais je ne chante pas !

Et Tin Win répondait :

— Mais si, tu chantes. Ça ressemble à une chanson. S'il te plaît, encore une autre.

Su Kyi lui en racontait une autre et puis encore une autre et elle continuait à raconter tant qu'il n'était pas endormi.

Elle soupçonnait qu'il lui fallait ce langage formalisé pour se laisser atteindre car l'univers dans lequel il s'était enfermé ne lui permettait pas autre chose ; un univers qu'elle devait approcher avec autant de respect que de précaution. Elle-même avait vécu tant de malheurs, la vie l'avait si peu épargnée qu'elle ne cherchait jamais à forcer la porte de ses refuges. Elle avait vu de ses yeux des individus devenir prisonniers de ces bastions et de leur solitude, dans lesquels ils se repliaient jusqu'à leur dernier jour. Elle espérait que Tin Win apprendrait ce qu'elle avait fini par apprendre au fil des années : il y a des blessures que le temps ne guérit pas, mais il les réduit à un encombrement acceptable.

12

Su Kyi ne parvenait pas à se souvenir de la première fois où elle l'avait remarqué. Était-ce le matin où elle se tenait devant la maison ? Tin Win était à côté de la barrière. Elle l'avait appelé et il avait regardé autour de lui, en tournant la tête de tous côtés, comme s'il la cherchait. Ou peut-être était-ce quelques jours plus tard, pendant le dîner, alors qu'ils étaient assis sur un tronc, près de la cuisine, en train de manger leur riz. Elle avait montré du doigt un oiseau à quelques mètres d'eux, sur la pelouse.

— Où ça ? avait-il demandé.

— Là, à côté de la pierre.

— Ah, avait-il dit en hochant la tête dans la mauvaise direction.

Il semblait emprunter toujours les mêmes chemins dans la cour, dans la maison ou dans les prés et les champs voisins, et quand il déviait de ses trajets balisés, il trébuchait souvent sur des branches ou des pierres. Lorsqu'elle lui donnait une écuelle ou une tasse, il tendait la main en tâtant l'espace entre eux pendant une fraction de seconde qui, pour elle, durait une éternité. Fixer quelque chose à plus de quelques mètres de distance le faisait loucher. Comme s'il devait regarder à travers l'épais brouillard qui noyait la vallée si souvent le matin.

À vrai dire, Tin Win ignorait quand cela avait commencé. Les montagnes et les nuages à l'horizon n'avaient-ils pas toujours été flous ?

Son état empira après la disparition de sa mère. À un moment, de la cour, il ne distingua plus les bois ; les lignes sombres des troncs se mélangeaient les unes aux autres, formant une mer lointaine d'un brun-vert. À l'école, un brouillard gris enveloppa lentement le maître. Il l'entendait sans aucun problème, comme s'ils étaient assis côte à côte, mais il ne parvenait plus à distinguer son image – il en allait de même avec les arbres, les champs, la maison ou Su Kyi dès que la distance augmentait.

Donc, Tin Win cessa simplement de s'intéresser aux objets et à leurs détails. Il vécut désormais dans un univers constitué essentiellement de couleurs. Le vert était synonyme de bois, le rouge renvoyait à la maison, le bleu au ciel, le brun à la terre, le violet à la bougainvillée et le noir à la barrière qui entourait la cour. Mais les couleurs aussi perdirent de leur fiabilité. Elles pâlirent jusqu'à ce que, finalement, il se retrouvât enfoui dans un tissu d'un blanc laiteux qui noyait tout dans un rayon de quelques mètres. Ainsi, le monde disparut à ses yeux, mourant comme un feu épuisé qui ne donne plus ni chaleur ni lumière.

Intérieurement, Tin Win devait bien s'avouer que cela ne le dérangeait pas particulièrement. Il ne craignait nullement les ténèbres éternelles – ni quoi que ce fût qui allait remplacer les images que ses yeux avaient vues. Même s'il était né aveugle, se disait-il, il n'aurait pas raté grand-chose. Pas plus qu'il ne pensait rater beaucoup de choses s'il devenait complètement aveugle, comme cela finit effectivement par arriver. Quand il ouvrit les yeux trois jours après son dixième anniversaire, le brouillard avait complètement englouti le monde.

Ce matin-là, Tin Win resta dans son lit sans bouger, respirant calmement. Inspire, expire. Il referma les yeux et les rouvrit. Rien. Il regarda dans la direction où il y avait eu un plafond, si peu de temps auparavant, et ne vit rien qu'un trou blanc. Il se redressa et tourna la tête d'un côté et de l'autre. Où se trouvait le lambris de bois avec les clous rouillés ? La fenêtre ? La vieille table sur laquelle il rangeait l'os de tigre que son père avait trouvé dans les bois tant d'années auparavant ? Partout où son regard se posait, c'était une voûte blanche et lisse, sans relief ni arrière-plan. Sans limites. Comme s'il contemplait l'infini.

À côté de lui, il le savait, reposait Su Kyi. Elle dormait mais elle allait bientôt bouger. Il l'entendait dans sa façon de respirer.

Dehors, il faisait déjà jour – le chant des oiseaux le lui disait. Il se leva avec précaution, tâtant du bout des orteils le rebord de sa paillasse. Il sentit les jambes de Su Kyi et passa par-dessus puis se mit debout et réfléchit un instant à l'endroit où devait être la cuisine. Il avança de quelques pas et trouva la porte sans se cogner. Il entra, contourna le foyer, dépassa le placard avec les écuelles en métal et sortit dans la cour. Il n'avait pas trébuché une seule fois ni même tendu la main pour tâter devant lui. Sur le seuil, il s'immobilisa, profitant du soleil sur son visage, stupéfié par l'aisance avec laquelle il se déplaçait dans ce brouillard, dans ce no man's land.

Sauf qu'il avait oublié le tabouret de bois. Sa tête heurta la terre dure et la douleur dans son tibia lui arracha un cri. Quelque chose lui lacéra le visage et il se retrouva barbouillé de salive ensanglantée.

Il ne bougea plus. Quelque chose rampa le long de sa joue, de son nez et sur son front avant de disparaître dans ses cheveux. C'était trop rapide pour être une chenille. Une fourmi, peut-être ? Un scarabée ? Il ne savait pas et il se mit à pleurer, doucement, sans larmes. Comme les animaux. Il refusait que quiconque fût témoin de ses larmes.

Il tâta la terre du plat de la main, en nota les irrégularités, enfonça ses doigts dans les creux et les bosses comme s'il découvrait un terrain inexploré. Comme la terre était rocailleuse, comme on sentait les pierres et les ornières ! Comment tout cela avait-il pu lui échapper jusque-là ? Il fit rouler une brindille entre son pouce et son index ; il avait l'impression de la voir. Cette image et toutes les impressions visuelles stockées dans sa mémoire allaient-elles disparaître ? Ou, à l'avenir, verrait-il le monde seulement à travers la fenêtre du souvenir et de l'imagination ?

Il tendit l'oreille. La terre bourdonnait, elle fredonnait doucement, de façon à peine audible.

Su Kyi vint le relever.
— Le tabouret était juste devant toi, dit-elle.
C'était une observation, pas une accusation.

Elle alla chercher un linge et de l'eau. Il se rinça la bouche et elle lui lava le visage. Elle respirait bruyamment, comme quelqu'un qui a eu très peur.

— Ça te fait mal ? demanda-t-elle.

Il hocha la tête. Il avait le goût âcre du sang dans la bouche.

— Viens dans la cuisine, dit-elle en se levant.

Tin Win demeura immobile, ne sachant où aller. Quelques secondes plus tard, Su Kyi ressortit de la maison.

— Qu'est-ce que tu attends ?

Son hurlement résonna jusqu'au cœur du village et, des années après, les habitants de Kalaw discutaient encore de la peur immense qui s'était emparée de ceux qui l'avaient entendu.

Le médecin du petit hôpital au bout de la grande rue resta perplexe. La cécité, à cet âge, sans le moindre traumatisme, juste comme ça. Il n'avait jamais entendu parler d'une chose pareille. Il ne pouvait qu'émettre des hypothèses. Peu de risques que ce fût une tumeur cérébrale, car le patient ne montrait aucun signe de vertiges ou de maux de tête. Peut-être des troubles neuraux ou génétiques. Sans connaître la cause précise, il lui était impossible de prescrire un traitement. Il n'y avait pas de remède. On pouvait seulement espérer qu'il récupère la vue aussi mystérieusement qu'il l'avait perdue.

13

Au cours de ces premiers mois, Tin Win lutta pour reconquérir son univers – la maison, la cour, les champs avoisinants. Il restait assis pendant des heures dans la cour, près de la barrière, sur la souche de pin, sous l'avocatier et devant les coquelicots, s'efforçant de découvrir là où chaque endroit, chaque arbre avait un parfum unique et particulier, comme une personne. Le jardin derrière la maison avait-il une odeur différente de celle qu'il avait d'habitude ?

Il arpentait les allées, calculant les distances et dressant des cartes mentales qui incluaient tout ce qu'il touchait des pieds et des mains, chaque buisson, chaque arbre, chaque caillou. Ils ne devaient pas bouger. Ils remplaceraient ses yeux. Avec leur aide, il imposerait un ordre dans le brouillard opaque qui l'ensevelissait.

Cela ne marcha pas.

Le lendemain, plus rien ne se trouvait au même endroit que la veille. Comme si quelqu'un avait déplacé les meubles pendant la nuit. Dans ce monde, rien n'avait une place fixe. Tout était en mouvement.

Le médecin avait affirmé à Su Kyi que les autres sens finiraient par compenser la perte de la vue. Les aveugles apprennent à utiliser leurs oreilles, leur nez et leurs mains ; ainsi, après une phase d'adaptation et de réajustement, ils naviguent à nouveau dans leur environnement.

Pour Tin Win, il semblait que l'on fût dans un cas totalement opposé. Il trébuchait sur des pierres qu'il connaissait depuis des années. Il se cognait contre des arbres et des branches qu'il avait naguère escaladés. Même dans la maison, il butait contre les murs et les montants de porte. À deux reprises, il aurait mis le pied dans le foyer si les cris de Su Kyi ne l'avaient pas alerté à temps.

Quelques semaines plus tard, lorsqu'il s'aventura pour la première fois en ville, il faillit être écrasé par une voiture. Debout au bord de la route, il écoutait le bruit de moteur qui approchait. Il entendait des voix, des bruits de pas, un cheval qui s'ébrouait. Il entendait les oiseaux, la volaille et un bœuf déféquer mais aucun de ces bruits n'avait de sens ni ne lui donnait la moindre indication sur la direction à prendre. Ses oreilles lui étaient encore moins utiles que son nez qui, au moins, pouvait sentir un feu, ou ses mains, qui l'avertissaient de la présence d'obstacles. Pas une journée ne se passait sans genoux couronnés, bleus sur le corps, coups sur la tête ou égratignures aux bras.

C'était particulièrement difficile à l'école avec les religieuses et le *padre* venu d'Italie. Même si, désormais, on l'autorisait à s'asseoir au premier rang et même si, régulièrement, on lui demandait s'il suivait le cours, il comprenait de moins en moins bien ce qu'on lui expliquait. En présence de ses enseignants, il se sentait plus seul que jamais. Il entendait leurs voix, il sentait leur souffle mais il ne pouvait pas les voir. Ils se tenaient à côté de lui, à portée de main, et pourtant, ils étaient hors d'atteinte, à des kilomètres de lui.

La promiscuité avec les autres enfants était encore plus intolérable. Leurs voix l'exaspéraient et leurs rires résonnaient encore dans ses oreilles le soir lorsqu'il était couché. Pendant qu'ils couraient dans la cour à côté de l'église, en chahutant et en gambadant, lui restait assis sur un banc, sous le cerisier, comme s'il y était enchaîné ; chaque pas qu'il entendait, chaque cri, chaque exclamation joyeuse, aussi anodins fussent-ils, resserraient encore ses liens.

Su Kyi n'aurait su dire si le monde s'était bel et bien dissous devant ses yeux ou si Tin Win ne s'était pas plutôt enfoui le plus loin possible. Et s'il était dans de telles dispositions d'esprit, jusqu'où irait-il ? Ses oreilles, elles aussi, lui refuseraient-elles bientôt tout service ? Son nez ? Ses doigts fins et délicats cesseraient-ils de sentir ce qu'ils touchaient pour dégénérer en appendices engourdis et inutiles ? Il était fort, bien plus fort qu'il ne le croyait lui-même ou que sa minceur ne le laissait penser. C'était une chose qu'elle avait comprise au fil des années. Et, sans aucun doute, il était capable de se retirer aux confins de la terre. Ce garçon pouvait amener son cœur à cesser de battre, s'il le souhaitait, tout comme ses yeux avaient cessé de voir. Dans le plus profond de son âme, elle sentait qu'un jour ou l'autre il mettrait fin à sa vie de cette façon-là et pas d'une autre.

14

U Ba se tut.

Depuis combien de temps parlait-il ? Trois heures ? Quatre ? Cinq ? Je ne l'avais pas quitté des yeux et brusquement, je me rendis compte que tout le monde était parti. Les tables étaient vides. La salle était silencieuse. On n'entendait pas un bruit, excepté le ronflement paisible d'un homme assis derrière la vitrine contenant les pâtisseries. Son souffle sifflait et roulait comme la vapeur sortant d'une bouilloire. Deux bougies brûlaient sur la table entre U Ba et moi. Je pris conscience que je frissonnais. Le reste de la pièce était plongé dans l'obscurité.

— Vous ne me croyez pas, Julia ?

— Je ne crois pas aux contes de fées.

— C'est un conte de fées ?

— Si vous me connaissiez aussi bien que vous le prétendez, vous ne seriez pas du tout surpris que je ne croie pas à la magie. Ni aux pouvoirs surnaturels. Ni même en Dieu. Et encore moins aux étoiles et aux constellations. Des gens qui abandonnent un enfant à cause de quelque alignement des étoiles au moment de sa naissance ? Ce sont des malades.

Je pris une profonde inspiration. Quelque chose m'avait déstabilisée. Je tentai de me calmer. Je ne voulais pas lui montrer que j'étais en colère.

— Vous avez voyagé dans le monde entier, Julia, alors que j'ai rarement quitté notre ville. Et lorsque je l'ai fait, ma route ne m'a pas emmené plus loin que notre petite capitale de province, une journée de trajet dans une charrette à cheval. Ma dernière excursion date de bien des années mais vous, vous avez vu le monde. Qui suis-je pour vous contredire ?

Cette humilité ne fit que décupler ma colère.

— Si vous le dites, continua-t-il, alors je serai heureux de croire que, dans votre monde, il n'y a pas de pères ni de mères incapables d'aimer leurs enfants, quelle qu'en soit la raison. Peut-être que seuls les idiots ignares se conduisent ainsi, une preuve supplémentaire de notre arriération, pour laquelle je ne puis qu'implorer votre indéfectible patience.

— Je n'ai évidemment pas voulu dire cela. Mais pour nous, cela n'a aucun rapport avec les étoiles.

Il me regarda sans rien dire.

— Je n'ai pas parcouru dix mille kilomètres pour entendre raconter des histoires. Où est mon père ?

— Je vous en prie, encore un peu de patience. C'est l'histoire de votre père.

— C'est vous qui le dites. Où sont les preuves ? Si, à un moment quelconque de son existence, mon père avait été aveugle, vous ne croyez pas que nous, sa famille, l'aurions su ? Il nous l'aurait raconté.

— Vous en êtes certaine ?

Il savait très bien que je ne l'étais pas.

Je lui répliquai que je n'avais pas l'habitude de pratiquer l'introspection ni de me regarder le nombril. J'étais probablement une des rares New-Yorkaises à n'avoir jamais pris rendez-vous avec un psy. Je n'étais pas du genre à chercher la cause de tous mes problèmes dans mon enfance et je n'avais aucun respect pour ceux qui agissaient ainsi. Je répétai encore que je ne pouvais pas croire que mon père ait pu être aveugle à une période de sa vie, mais plus je parlais, moins je m'adressais directement à U Ba. Il écoutait en hochant la tête. On aurait dit qu'il comprenait exactement ce que je voulais dire et qu'il m'approuvait. Lorsque j'eus terminé, il voulut savoir ce que c'était, un psy.

Il prit une gorgée de thé.

— Julia, je crains de devoir me retirer pour l'instant. Je ne suis plus habitué à discuter si longtemps. Je passe souvent des journées entières dans le silence. À mon âge, il ne reste plus grand-chose à dire. Je sais que vous souhaiteriez m'interroger sur Mi Mi, la femme à qui votre père écrivait. Vous voudriez savoir qui elle est, où elle se trouve et quel rôle elle joue dans la vie de votre père et par conséquent – peut-être – dans la vôtre. Je vais vous raccompagner jusqu'à la porte, conclut-il en se levant et en me saluant.

J'avais une bonne tête de plus que lui mais U Ba ne paraissait pas petit. Au contraire, c'était moi qui étais trop grande. À le voir avancer avec aisance et rapidité, je me sentais raide et maladroite.

— Vous retrouverez le chemin de votre hôtel ?

Je hochai la tête.

— Si vous le souhaitez, je peux vous y chercher demain après le petit déjeuner pour vous emmener chez moi. Là-bas, nous ne serons pas dérangés. Je vous montrerai quelques photographies.

Il s'inclina et partit.

J'étais déjà en train de descendre la rue lorsque j'entendis à nouveau sa voix, derrière moi.

— Et votre père, Julia, il est ici – tout près. Le voyez-vous ? chuchota-t-il.

Je fis volte-face mais U Ba avait disparu, avalé par les ténèbres.

15

De retour à l'hôtel, je m'allongeai sur le lit. J'ai de
nouveau quatre ou cinq ans. Mon père est assis sur le
bord de mon lit. La chambre est peinte en rose pâle.
Un mobile est accroché au plafond – des abeilles à
rayures, jaunes et blanches. À côté de mon lit, deux
casiers remplis de livres, de puzzles et de jeux. Au
fond, une poussette dans laquelle dorment trois pou-
pées. Je suis environnée de peluches : Hopsy, le lapin
jaune, qui m'apporte des œufs en chocolat une fois
par an. Dodo, la girafe, dont j'envie souvent le long
cou. Arika, le chimpanzé, dont je sais, moi et personne
d'autre dans notre entourage, qu'il sait marcher. Deux
dalmatiens, un chat, un éléphant, trois ours et Winnie
l'ourson.

Je tiens dans mes bras Dolorès, ma poupée préférée, avec ses cheveux noirs emmêlés. Elle a perdu
une main. Mon frère la lui a coupée pour se venger de
moi. Il fait bon, c'est un soir d'été à New York. Mon
père a ouvert la fenêtre et, venue du dehors, souffle
une petite brise qui fait danser les abeilles au-dessus
de ma tête.

Mon père a des cheveux noirs et des yeux sombres, la peau couleur cannelle et un nez proéminent sur lequel reposent des lunettes aux verres épais. Elles sont rondes, avec une monture noire ; des années plus tard, je tomberai sur une photo de Gandhi et m'émerveillerai de la ressemblance.

Penché vers moi, il sourit en inspirant profondément. J'entends sa voix, une voix qui est bien plus qu'une voix. On dirait un instrument de musique, un violon, une harpe. Il ne parle jamais fort. Je ne l'ai jamais entendu crier. Sa voix, elle me porte et me console. Elle me protège et m'aide à m'endormir. Et quand elle me réveille, j'ouvre les yeux en souriant. Elle peut m'apaiser comme rien ni personne au monde, même encore aujourd'hui.

Prenez le jour où j'ai perdu l'équilibre sur mon nouveau vélo à Central Park et où je me suis ouvert la tête sur une pierre. Le sang coulait de deux plaies béantes comme de robinets ouverts. Une ambulance m'a emmenée à l'hôpital dans la 70e rue. Un auxiliaire médical m'a fait un pansement mais le sang a débordé de la compresse et a coulé sur mon visage et dans mon cou. Je me souviens des sirènes, de l'expression inquiète de ma mère et du jeune médecin avec des sourcils touffus. Il m'a recousue mais le sang continuait à couler.

Ce dont je me souviens après, c'est de la présence de mon père. J'avais entendu sa voix dans la salle d'attente. Il m'a pris la main, il m'a caressé la tête et il m'a raconté une histoire. Une minute ne s'était pas écoulée que le flot rouge qui sortait de ma tête s'était tari. Comme si sa voix s'était posée en douceur sur mes plaies, qu'elle les avait recouvertes et étanchées.

Les histoires que me racontait mon père finissaient rarement bien. Ma mère les détestait. Cruelles et brutales, disait-elle. Mais n'est-ce pas le cas de tous les contes de fées ? demandait mon père. Oui, reconnaissait ma mère, mais les tiennes sont embrouillées, bizarres, dépourvues de morale et complètement inadaptées pour les enfants.

Mais comme je les aimais – précisément parce qu'elles étaient si particulières, tellement différentes de toutes les fables et les contes que j'avais pu lire ou entendre. Elles étaient toutes birmanes, ces histoires qu'il racontait, et me donnaient une vision rare de son passé mystérieux dans son ancienne vie. Peut-être était-ce la raison pour laquelle elles me fascinaient tant.

Le Prince, la Princesse et le Crocodile était mon conte préféré. Mon père me l'a raconté tant et tant de fois que j'en connaissais chaque phrase, chaque mot, chaque silence, chaque variante par cœur.

Il était une fois une belle princesse. La princesse vivait sur la berge d'un grand fleuve. Elle vivait avec sa mère et son père, la reine et le roi, dans un vieux palais. Un palais avec des murs hauts et épais derrière lesquels tout était froid, sombre et silencieux. Elle n'avait ni frère ni sœur et se trouvait bien seule à la cour. Ses parents ne lui adressaient jamais la parole. Ses servantes ne lui disaient que « Oui, Votre Majesté » ou « Non, Votre Majesté ». Dans tout le palais, il n'y avait personne avec qui bavarder ou jouer. Elle s'ennuyait terriblement et elle était toujours mélancolique. Le temps passant, elle devint une princesse vraiment triste et solitaire, qui avait même oublié la dernière fois où elle avait ri. Parfois, elle se demandait si elle savait encore comment faire. Alors, elle se regardait dans un miroir et tentait de sourire. Une grimace tordait son visage. Ce n'était même pas drôle. Lorsque, vraiment, la tristesse devenait intolérable, elle descendait jusqu'au fleuve. Là, elle s'asseyait à l'ombre d'un figuier et elle écoutait le rugissement du courant en prêtant l'oreille aux oiseaux et aux cigales. Elle aimait les milliers de petites étoiles que le soleil faisait danser sur les vagues. Alors elle retrouvait un peu de joie de vivre et rêvait d'un ami qui saurait la faire rire.

Sur l'autre rive du même fleuve vivait un roi célèbre dans tout son royaume pour sa sévérité. Pas un seul de ses sujets n'osait se laisser aller à l'oisiveté ou à la rêverie. Les paysans s'acharnaient toute la journée à cultiver leurs champs ; les artisans travaillaient sans relâche dans leurs ateliers. Et pour être sûr que tous ses sujets étaient bel et bien absorbés dans leurs tâches, le roi envoyait ses inspecteurs dans tout le pays. Toute personne surprise en train de se tourner les pouces écopait de dix bons coups de canne de bambou. Le fils du roi était soumis au même régime. Il devait étudier du matin jusqu'au soir, jour après jour. Pour son éducation, le roi convoquait à la cour les érudits les plus respectés de son royaume. Il avait l'intention de faire de son fils le prince le plus brillant qui ait jamais existé.

Mais un jour, le jeune homme réussit à s'échapper du palais. Enfourchant son destrier, il descendit jusqu'au fleuve, où il se mit à contempler la princesse assise sur l'autre rive. Elle avait planté des fleurs jaunes dans sa longue chevelure noire. Il n'avait jamais vu plus belle jeune fille et brûla aussitôt d'un seul et unique désir : traverser le fleuve.

Cependant, il n'y avait ni pont ni bac pour franchir ce torrent. À vrai dire, les deux rois, qui se détestaient cordialement, avaient interdit à leurs sujets respectifs de poser le pied dans le royaume de l'autre. Quiconque désobéissait à cet ordre le payait de sa vie. En outre, le fleuve grouillait de crocodiles prêts à bondir sur le premier paysan ou pêcheur qui oserait s'y aventurer.

Le prince envisagea d'abord de traverser à la nage mais l'eau lui arrivait à peine aux genoux que déjà s'approchaient les crocodiles, la gueule grande ouverte. Le prince regagna la rive juste à temps. S'il ne pouvait pas parler à la princesse, il pouvait du moins la contempler.

C'est ainsi que, tous les jours, il revint en secret au bord de l'eau ; il s'asseyait sur une pierre et admirait la princesse, le cœur débordant. Les semaines passèrent, les mois passèrent jusqu'à ce qu'enfin, un jour, un des crocodiles vînt le trouver.

— Voilà un bon moment que je t'observe, mon cher prince, déclara-t-il. Je sais à quel point tu es malheureux et j'ai pitié de toi. J'aimerais pouvoir t'aider.

— Mais comment peux-tu m'aider ? riposta le prince, sidéré.

— Monte sur mon dos et je vais t'emmener sur l'autre rive.

Le prince examina le crocodile avec méfiance.

— C'est une ruse, dit-il. Vous les crocodiles, vous êtes affamés et avides. Vous n'avez jamais laissé personne sortir de ce fleuve vivant.

— Tous les crocodiles ne sont pas ainsi, protesta le crocodile. Fais-moi confiance.

Le prince hésitait.

— Fais-moi confiance, répéta le crocodile.

Le prince n'avait pas le choix. S'il voulait rejoindre la belle princesse, il était obligé de faire confiance au crocodile. Il grimpa donc sur son dos et celui-ci l'amena, comme promis, sur l'autre rive.

La princesse n'en crut pas ses yeux lorsqu'elle vit soudain le prince devant elle. Elle-même l'avait souvent observé et, secrètement, elle espérait qu'il finirait par trouver le moyen de traverser. Le prince, embarrassé, ne savait trop quoi dire. Il se mit à bafouiller, à s'embrouiller dans ses phrases et, très vite, ces deux-là se mirent à rire. Et la princesse riait comme elle n'avait pas ri depuis longtemps, si longtemps. Lorsque vint l'heure de se séparer, elle devint toute triste et le supplia de rester.

— Je ne peux pas, dit-il. Grande sera la colère de mon père s'il apprend que j'ai passé la journée avec toi. À coup sûr, il m'enfermera et je ne pourrai plus jamais descendre seul jusqu'au fleuve. Mais je te promets de revenir.

L'aimable crocodile ramena le prince de l'autre côté de l'eau.

Le lendemain, la princesse attendit, pleine d'impatience. Elle avait déjà perdu tout espoir quand elle aperçut enfin le prince sur son cheval blanc. Le crocodile était là, lui aussi, mettant son dévouement au service du prince. Et c'est ainsi que le prince et la princesse se virent désormais tous les jours.

Les autres crocodiles étaient furieux. Une fois, au milieu du fleuve, ils barrèrent la route au crocodile et au prince.

— Donne-le-nous, donne-le-nous ! crièrent-ils en ouvrant grand leur gueule pour engloutir le prince.

— Laissez-nous tranquilles ! rugit le crocodile en traversant le fleuve le plus vite qu'il pouvait.

Mais il se retrouva rapidement à nouveau cerné.

— Entre dans ma gueule, cria-t-il à son ami l'homme. À l'intérieur, tu seras en sécurité.

Il ouvrit la gueule aussi large que possible et le prince s'y glissa. Mais les autres crocodiles ne lâchèrent pas ces deux-là d'une patte. Où qu'ils aillent, ils les suivaient, toujours aux aguets. Après tout, il faudrait bien que le prince finisse par sortir. Mais le gentil crocodile était patient et, au bout de plusieurs heures, les méchants renoncèrent et s'en allèrent ailleurs. Le crocodile nagea alors vers la rive et ouvrit grand la gueule. Le prince ne bougea pas. Le crocodile se secoua en criant :

— Mon ami, mon ami, cours à terre, cours, le plus vite que tu peux !

Le prince ne bougea toujours pas.

Alors, la princesse, elle aussi, se mit à crier de l'autre rive :

— Mon prince chéri, je t'en prie, sors !

Mais ce fut peine perdue, car le prince était mort. Étouffé dans la gueule de son ami.

Lorsque la princesse comprit ce qui s'était passé, elle tomba à terre elle aussi, victime de son cœur brisé.

Les deux rois décidèrent chacun de leur côté non pas d'enterrer leurs enfants mais de les incinérer sur la berge du fleuve. Le hasard faisant bien les choses, les deux cérémonies tombèrent le même jour, à la même heure. Les rois jurèrent et se menacèrent mutuellement, chacun reprochant à l'autre la mort de son enfant.

Très vite, les flammes rugirent et les deux corps s'embrasèrent. Mais les feux s'étouffèrent. Comme il n'y avait pas un souffle de vent, l'on vit monter droit dans le ciel deux épaisses colonnes de fumée. Un grand silence s'abattit. Les flammes cessèrent de crépiter et brûlèrent sans bruit. Le fleuve cessa de rire et de gazouiller. Même les rois se turent.

Alors, les animaux commencèrent à chanter. D'abord les crocodiles.

Mais les crocodiles ne chantent pas, je proteste tous les soirs.

Bien sûr que si, répond mon père très tranquillement. Les crocodiles chantent, si tu les laisses faire. Il faut seulement se taire pour les entendre.

Et les éléphants aussi ?

Les éléphants aussi.

Et qui s'est mis à chanter après ?

Les serpents et les lézards. Les chiens ont chanté, puis les chats, les lions et les léopards. Les éléphants se sont joints à eux, ainsi que les chevaux et les singes. Et évidemment les oiseaux. Les animaux chantaient en chœur, de façon encore plus belle que d'habitude et soudain, sans qu'on sache pourquoi, les deux colonnes de fumée se sont lentement rapprochées l'une de l'autre. Plus le chant animal s'élevait clair et puissant, plus les colonnes se rapprochaient, jusqu'à ce que, finalement, elles s'enlacent pour ne plus en former qu'une, comme seuls font les amoureux.

Je ferme les yeux, j'entends mes animaux et je pense : mon père a raison. Ils chantent. Leur chant me berce doucement et je m'endors.

Ma mère n'aimait pas cette histoire parce qu'elle n'avait pas une fin heureuse. Mon père estimait qu'elle avait bel et bien une fin heureuse. Tant était profond le fossé qui séparait mes deux parents.

Quant à moi, j'ai toujours hésité entre les deux.

II

1

Cette nuit-là, le silence fut une torture. Couchée dans ma chambre d'hôtel, je mourais d'envie d'entendre des bruits familiers. Les avertisseurs des voitures. Les sirènes des pompiers. De la musique rap ou les dialogues à la télévision dans l'appartement voisin. La sonnette de l'ascenseur. Rien. Même pas le craquement d'une marche ou les pas des autres hôtes dans le couloir.

Au bout d'un certain temps me parvint la voix d'U Ba. Tel un intrus invisible, elle parlait en rôdant dans la chambre, du bureau au placard en passant par le lit voisin du mien. Impossible de me sortir son histoire de la tête. Je pensais à Tin Win. Même après quelques heures de recul, je ne parvenais pas à retrouver mon père en lui. Mais quelle importance cela avait-il ? Que savons-nous de nos parents, et que savent-ils de nous ? Et si nous ne connaissons même pas ceux qui nous accompagnent depuis notre naissance – et si eux ne nous connaissent pas non plus –, alors que pouvons-nous espérer savoir de tout un chacun ? Ne faut-il pas imaginer, dans cette perspective, que n'importe qui soit capable de n'importe quoi, même du crime le plus atroce ? De quoi, de qui, de quelles vérités en fin de compte dépendons-nous ? Existe-t-il des individus à qui faire inconditionnellement confiance ? Pareille personne existe-t-elle, d'ailleurs ?

Même le sommeil ne fut pas une délivrance. Je rêvai de ce Tin Win. Il était tombé, frappé de cécité, et je le voyais pleurer devant moi. Je voulais le relever, je me penchais sur lui mais – en dépit de sa petite taille – il pesait incroyablement lourd. Je l'attrapais par les mains et je tirais. J'entourais de mes bras ce corps d'enfant, mais j'aurais pu aussi bien tenter de soulever une enclume. Je m'agenouillais comme je l'aurais fait à côté d'une victime d'un accident de voiture, en train de saigner sur le bord de la route. Je m'efforçais de le réconforter, je le rassurais en lui disant que les secours étaient en route. Il m'implorait de ne pas partir, de ne pas le laisser seul. Brusquement, mon père se retrouva avec nous. Il ramassa l'enfant en lui chuchotant quelque chose à l'oreille. Dans les bras de mon père, Tin Win se laissa enfin consoler. Il posa la tête sur son épaule en sanglotant puis il s'endormit. Ils me tournèrent le dos et s'éloignèrent.

Lorsque je me réveillai, il faisait chaud et une vague odeur sucrée planait, comme de la barbe à papa. Dehors, des insectes bourdonnaient et deux hommes bavardaient sous ma fenêtre. En me levant, j'avais encore mal aux cuisses mais je me sentais beaucoup mieux que la veille. Ce long sommeil avait été réparateur. Avec cette chaleur, la douche froide était supportable. Même le café était meilleur que la veille. Je sentis ma détermination revenir et, pendant un moment, je fus même prête à repartir à la recherche de Mi Mi ; mais quelque chose me retint. L'histoire d'U Ba. Cette histoire m'avait ensorcelée.

Je m'installai devant l'hôtel et observai un vieillard tondre la pelouse avec des grandes cisailles. Dans les massifs de fleurs, les coquelicots se déchaînaient au milieu des freesias, des glaïeuls et des orchidées jaune vif. Au-dessus, des branches ployant sous le poids de centaines de fleurs d'hibiscus rouges, blanches et roses. Au milieu de la pelouse se dressait un poirier ; en dessous, l'herbe était jonchée de fleurs blanches. Un peu plus loin, je voyais deux palmiers et un avocatier alourdi de fruits. Il y avait des haricots et des pois, des radis, des carottes, des fraises, des framboises.

U Ba vint me chercher juste après 10 heures. Je le vis venir de très loin. Il salua un cycliste qu'il croisa dans la rue et entra dans l'hôtel. Pour faciliter ses mouvements, il soulevait son longyi à deux mains, comme une femme relèverait sa jupe pour enjamber une flaque. Il me salua d'un sourire et d'un clin d'œil complice, comme si nous nous connaissions depuis des années et que nous ne nous étions pas séparés en froid la veille.

— Bonjour, Julia. Avez-vous bien profité de votre repos nocturne ?

Cette façon archaïque de s'exprimer me fit sourire.

— Ah ! vos yeux sont d'une beauté rayonnante ! Exactement comme ceux de votre père. Ces lèvres pleines et ces dents blanches, c'est aussi de lui que vous les tenez. Pardonnez-moi si je me répète. Ce n'est pas parce que je suis simple d'esprit mais parce que vous êtes si belle.

Je me sentis gênée par ce compliment. Dans la rue, nous prîmes un chemin qui nous emmena jusqu'au fleuve. Il était bordé d'une végétation aussi indécemment florissante que dans le jardin de l'hôtel. Nous étions entourés de palmiers dattiers, de manguiers et de grandes plantes vertes chargées de petites bananes jaunes. L'air tiède sentait le jasmin frais et les fruits mûrs.

Près du fleuve, plusieurs femmes, de l'eau jusqu'aux genoux, lavaient leur linge en chantant. Elles étalaient les chemises et les longyis essorés sur les pierres, au soleil, pour les faire sécher. Quelques-unes d'entre elles saluèrent U Ba en m'examinant d'un œil inquisiteur. Après avoir traversé un petit pont de bois et escaladé la berge de l'autre côté, il fallut emprunter un sentier escarpé. La chanson des femmes nous suivit jusqu'en haut.

La vue sur la vallée et les sommets au loin me mit assez mal à l'aise. Quelque chose clochait dans ce panorama de carte postale. Sur les pentes, on ne voyait que quelques rares pins, plutôt jeunes. Entre les arbres, l'herbe était sèche et brûlée.

— À une époque, d'ici, vous n'auriez vu que d'épaisses forêts de pins, dit U Ba comme s'il lisait dans mes pensées. Dans les années soixante-dix, les Japonais ont débarqué et ont coupé les arbres.

J'avais envie de demander pourquoi ils avaient laissé faire et s'il y avait quand même eu une certaine résistance, mais je décidai plutôt de tenir ma langue.

Le chemin passait devant de vieilles demeures anglaises délabrées et des baraques minables, sans fenêtres, dont les murs de guingois étaient un entrelacs d'herbe et de feuilles sèches. Quand, enfin, on s'arrêta devant une des rares maisons de bois. En teck presque noir, elle était bâtie sur des pilotis d'un mètre cinquante de haut, avec un toit en tôle ondulée et une véranda étroite. Un cochon était en train de fouiller la terre en dessous. Des poules gambadaient librement dans la cour.

U Ba me fit monter les marches pour pénétrer dans une vaste pièce avec quatre fenêtres sans vitres. Les meubles étaient manifestement des vestiges de l'époque coloniale. Des ressorts dépassaient d'un fauteuil en cuir marron installé à côté de deux canapés usés jusqu'à la corde, d'une table basse et d'un buffet sombre. Une peinture à l'huile représentant la Tour de Londres était accrochée au-dessus.

— Mettez-vous à l'aise. Je vais préparer du thé, dit U Ba avant de disparaître.

J'allais m'asseoir lorsque j'entendis un étrange bourdonnement. Un petit essaim d'abeilles traversa la pièce sous mon nez, de la fenêtre au buffet et retour. J'aperçus alors leur nid, plus gros qu'un ballon de foot, suspendu à l'étagère la plus haute. Je me réfugiai prudemment de l'autre côté de la pièce et restai assise, sans bouger.

— J'espère que vous n'avez pas peur des abeilles, dit U Ba en revenant avec une théière et deux tasses.

— Seulement des guêpes, répondis-je en mentant.

— Mes abeilles ne piquent pas.

— Vous voulez dire qu'elles n'ont encore jamais piqué personne.

— Ce n'est pas la même chose ?

— Que faites-vous du miel ?

— Quel miel ?

— Celui des abeilles.

— Pas question d'y toucher, répliqua U Ba en m'observant. Il appartient aux abeilles.

Je suivis le vol des abeilles d'un regard circonspect. Était-il sérieux ?

— Mais alors, pourquoi ne pas faire déplacer le nid ?

— Pourquoi devrais-je les chasser ? s'exclama-t-il en riant. Au contraire, je me sens honoré qu'elles aient choisi ma maison. Voilà cinq ans que nous cohabitons paisiblement. Nous, les Birmans, nous pensons qu'elles portent bonheur.

— Est-ce vrai ?

— Un an après l'arrivée des abeilles, votre père est revenu. Et maintenant, vous êtes assise en face de moi.

Souriant, il versa le thé.

Où avons-nous été contraints d'interrompre notre histoire ? Tin Win était devenu aveugle et Su Kyi tentait de trouver de l'aide, c'est bien ça ?

Et il reprit son récit.

2

La pluie tambourinait sur le toit de tôle comme si la maison était en train de s'écrouler sous un déluge de pierres. Tin Win s'était réfugié dans le coin le plus reculé de la cuisine. Il n'aimait guère ces averses. Ça faisait trop de bruit et la violence avec laquelle le ciel se déchirait en deux le rendait nerveux. Il entendit la voix de Su Kyi mais la pluie engloutit ce qu'elle dit.

— Mais où es-tu donc fourré ? cria-t-elle à nouveau en passant la tête par la porte. Viens, allons-y. Ça va s'arrêter bientôt.

Su Kyi avait raison, comme presque toujours quand il s'agissait de météorologie. Elle affirmait sentir les tempêtes et les pluies tropicales dans ses entrailles et surtout dans ses oreilles, qui commençaient par chauffer puis chatouiller avant de la démanger terriblement juste avant que tombent les premières gouttes. Depuis belle lurette, Tin Win avait confiance dans ses prévisions. Deux minutes plus tard, ils étaient devant la maison ; la pluie avait cessé et on n'entendait plus que le bruit de l'eau qui coulait du toit et des feuilles avant de se ruer en torrent vers le fossé de l'autre côté de la cour.

Su Kyi lui prit la main. Le sol était glissant ; la boue s'infiltrait entre ses orteils à chaque pas. Il était encore tôt, guère plus de 7 heures. Le soleil, apparu derrière les nuages, lui chauffait agréablement le visage, même s'il n'allait pas tarder à lui brûler la peau et faire monter une vapeur blanche de la terre, comme s'il la faisait transpirer. En pataugeant, ils passèrent devant les huttes emplies du vacarme matinal : pleurs des enfants, aboiements des chiens, cliquetis des marmites en métal.

Elle voulait l'emmener en ville, jusqu'au monastère où un moine du nom d'U May était prêtre. Elle le connaissait depuis longtemps et l'estimait capable de l'aider. U May était sans doute la seule personne en qui Su Kyi avait confiance, la seule personne qu'elle considérait comme une âme sœur. S'il n'avait pas été là, elle n'aurait jamais survécu à la mort de sa fille et de son mari. U May lui même était déjà âgé, probablement plus de quatre-vingts ans. Elle ne savait pas exactement. Devenu aveugle quelques années auparavant, tous les matins, il faisait la classe à des enfants du voisinage. Su Kyi espérait qu'il pourrait prendre Tin Win sous son aile pour l'inciter à ne pas s'enfermer dans les ténèbres qui le cernaient et lui enseigner ce qu'il lui avait enseigné à elle : la vie est tissée de souffrance. Dans toute existence, sans exception, on ne peut échapper à la maladie. On vieillit et la mort est incontournable. Telles sont les lois et les conditions de l'existence humaine, lui avait expliqué U May. Des lois qui s'appliquent à tout le monde, partout dans le monde, quelle que soit l'ampleur des changements au fil des époques. Aucune force ne peut délivrer un homme de la souffrance ou de la tristesse engendrées par pareil constat – si ce n'est la sienne propre. U May lui avait répété encore et encore que, en dépit de tout, la vie est un don que nul n'a le droit de dédaigner. La vie, avait-il insisté, est un don plein de mystères où se mêlent inextricablement douleur et bonheur. Toute tentative pour avoir l'un sans l'autre est inévitablement vouée à l'échec.

Un haut mur de pierre, un peu en retrait de la grande rue, entourait le monastère. Derrière, il y avait une demi-douzaine de petites pagodes blanches décorées de fanions colorés et de minuscules cloches dorées. Pour se protéger des inondations, le monastère avait été construit sur pilotis, à plus de trois mètres du sol. Au fil des années, de nombreuses dépendances étaient venues s'ajouter au bâtiment principal. Au milieu, se dressait une tour carrée qui allait s'amincissant sur sept niveaux jusqu'à un unique clocheton doré visible de fort loin. Les murs étaient en pin bruni par le soleil et les toits de bardeaux en bois noir crevassé. En face de l'entrée, dissimulé dans une demi-obscurité, se tenait un massif Bouddha de bois recouvert de feuilles d'or, presque aussi haut que le plafond. À ses pieds, des tables chargées d'offrandes : du thé, des fleurs, des bananes, des mangues et des oranges. Derrière lui, il y avait des étagères remplies de douzaines de Bouddhas plus petits, scintillants, certains drapés dans des toges jaunes, d'autres tenant un parasol en papier rouge, blanc ou doré. Bien évidemment, Tin Win ne vit rien de tout cela.

Main dans la main, Su Kyi et lui traversèrent la vaste cour jusqu'à l'escalier central, passant devant deux moines occupés à balayer la terre humide avec des balais de brindilles. Des robes de moines rouge foncé séchaient sur un fil. On entendait crépiter un feu de bois et l'air sentait la fumée.

U May était assis en tailleur, immobile, sur une estrade au fond de la salle, ses mains décharnées posées sur ses genoux. Une théière, une petite tasse et une assiette de graines grillées se trouvaient sur une table basse devant lui. Il avait la tête complètement rasée. Ses yeux aux paupières lourdes étaient profondément enfoncés dans leurs orbites. Si son visage était mince, il n'avait pas les joues creuses. Su Kyi se sentait toujours un peu déconcertée quand elle le voyait. Elle était émue par la sincérité à nu de ses traits. Un homme élancé sans être émacié, ridé sans être ratatiné. À l'évidence, son visage était le reflet de son âme. Pas une trace d'excédent de bagage.

La première fois qu'elle l'avait vu lui revint malgré elle en mémoire. Cela remontait à plus de vingt-cinq ans. Venu en train de la capitale, il attendait devant la gare. Elle-même était en route pour le marché. Il était pieds nus et il lui avait souri. Même à l'époque, elle avait été touchée par son expression. Il lui avait demandé le chemin. Par curiosité, elle l'avait accompagné jusqu'au monastère. Au cours de cette promenade, ils avaient discuté et leur amitié avait commencé ainsi. Au cours des années qui avaient suivi, U May lui avait raconté certains épisodes de son enfance, de sa jeunesse et de la vie qu'il avait menée avant de devenir moine. Ce n'était pas grand-chose, juste quelques anecdotes que Su Kyi enregistrait et d'où avait lentement émergé une image contrastée.

Il était issu d'une riche famille appartenant à la minorité indienne venue en Birmanie après l'annexion du delta par les Anglais en 1852. Ils étaient propriétaires de plusieurs moulins à riz dans Rangoon. Son père était un patriarche autoritaire et intransigeant ; ses violentes colères terrorisaient sa famille. Ses enfants l'évitaient et sa femme se réfugiait dans des maladies que même les médecins britanniques de Rangoon ne savaient pas diagnostiquer. Après la naissance de leur troisième enfant, le père, lassé de cette épouse perpétuellement souffrante, l'avait envoyée, avec leurs deux plus jeunes enfants, chez des parents à Calcutta. Là-bas, les soins médicaux étaient de meilleure qualité, disait-il. En tant que fils aîné, U May était destiné à reprendre un jour l'affaire familiale et il fut donc contraint de demeurer avec son père ; celui-ci aurait vite fait d'oublier le reste de la famille si des lettres n'étaient pas arrivées de Calcutta tous les mois, décrivant la guérison spectaculaire de la mère et annonçant régulièrement son retour imminent – une perspective qui remplissait toujours U May d'une joie indescriptible. Les années passant, cependant, les lettres s'espacèrent jusqu'à ce qu'U May prît conscience qu'il ne reverrait jamais sa mère et ses frères. Il les avait quittés définitivement sur le port de Rangoon le jour où, alors qu'il n'avait que sept ans, il avait assisté au départ de leur bateau pour l'Inde.

Et donc, il fut élevé par des domestiques et des nourrices – en particulier la cuisinière et le jardinier, dont il recherchait toujours la compagnie depuis qu'il savait marcher. U May était un enfant tranquille, renfermé même, mais qui possédait un don particulier : deviner les aspirations des autres et faire tout son possible pour les combler.

À cette époque, il n'aimait rien tant que jouer dans le jardin. Dans le coin le plus reculé de la propriété, le jardinier lui défricha une parcelle que U May cultivait avec une passion obstinée. Son père, lorsqu'il apprit cela, fit déraciner chaque plante et retourner la terre. Les travaux de jardinage, c'était bon pour les domestiques. Ou les filles.

U May accepta cela sans mot dire, comme il acceptait toutes les décisions de son père. Jusqu'au jour où – il n'avait même pas vingt ans – celui-ci annonça les fiançailles de son fils avec la fille d'un magnat des transports maritimes. Une union profitable tant pour les affaires que pour les deux familles. Peu de temps après, le père apprit que son fils avait une liaison avec Ma Mu, la fille de la cuisinière. Un épisode qui, *a priori*, aurait dû le laisser indifférent ; ce genre de chose était fréquent. Il aurait même été possible de trouver une solution pour régler la grossesse de la petite de seize ans. Mais entendre son fils affirmer qu'il aimait la gamine était aussi ridicule qu'inexcusable. À vrai dire, cela provoqua chez son père un rire tonitruant qui résonna un bon moment dans la maison. Des années plus tard, le jardinier jurait encore que cette explosion avait flétri des centaines de fleurs.

U May expliqua avec beaucoup de simplicité à son père qu'il était absolument hors de question qu'il pût jamais épouser la fiancée qu'on avait choisie pour lui. Le jour même, son père expédia la cuisinière et sa fille à un de ses associés à Bombay, en refusant de donner à son fils la moindre information quant à leur destination. U May quitta la maison pour partir à leur recherche. Dans les années qui suivirent, il quadrilla sans relâche toutes les colonies britanniques du Sud-Est asiatique. Une fois, il crut voir Ma Mu ou du moins entendre sa voix. C'était dans le port de Bombay, juste avant d'embarquer sur un bateau à vapeur pour Rangoon. Il eut l'impression que quelqu'un l'appelait par son nom mais, quand il se retourna, il ne vit que des visages inconnus et plus loin, sur le quai, un groupe d'hommes qui gesticulaient d'un air énervé. Un enfant était tombé à l'eau.

Chaque mois qui passait sans la moindre trace de Ma Mu ou de sa mère laissait U May plus furieux et désespéré. C'était une colère vague, mal définie. Une colère qui n'avait ni nom ni visage et dirigée essentiellement contre lui-même. Il se mit à boire, fréquenta les bordels entre Calcutta et Singapour et gagna plus d'argent en un mois à faire le trafic de l'opium que son père en un an mais perdit la totalité en jouant illégalement. Lors d'une traversée entre Colombo et Rangoon, il fit connaissance d'un marchand de riz de Bombay, bizarre mais bavard, qui lui parla un soir sur le pont de son ancienne cuisinière birmane et de la mort tragique de sa fille et du petit garçon de celle-ci. Ils étaient tombés dans le port où ils s'étaient noyés alors que la jeune femme tentait de suivre un homme en train de monter à bord d'un bateau. D'après les témoins du drame, elle pensait qu'il s'agissait de quelqu'un qu'elle avait bien connu à Rangoon. À la suite de cet accident, les repas préparés par la cuisinière étaient devenus immangeables et le roi du riz n'avait eu d'autre solution que de la renvoyer.

U May ne raconta jamais à Su Kyi ni à personne ce qu'il endura cette nuit-là. Lorsque le bateau atteignit Rangoon, il laissa ses bagages à bord et, du port, fila directement au monastère Shwegyn au pied de la pagode Shwedagon. Il passa là plusieurs années avant d'arpenter le Sikkim, le Népal et le Tibet, cherchant la tutelle de Bouddha à travers les enseignements de plusieurs moines célèbres. Il vécut pendant plus de vingt ans dans un petit monastère du Darjeeling indien et décida finalement d'aller s'installer à Kalaw, où était née Ma Mu. Les jeunes amoureux avaient rêvé de Kalaw durant leurs rendez-vous dans la cave, dans le jardin aux multiples recoins et dans les logements des domestiques. Ils avaient prévu de s'enfuir là-bas avec leur enfant. Au cours de ses interminables vagabondages, U May n'avait jamais osé s'y rendre. Mais il sentait que le moment était enfin venu. Il avait plus de cinquante ans et c'était à Kalaw qu'il désirait mourir.

Toujours accroché à la main de Su Kyi, Tin Win se tenait devant U May. Ils traversèrent la salle pour s'agenouiller devant le vieillard. Tin Win lâcha alors Su Kyi et ils s'inclinèrent jusqu'à ce que leurs mains et leur front effleurent le sol.

Le vieil homme écouta avec attention Su Kyi raconter l'histoire de Tin Win. De temps en temps, il répétait certains mots isolés tout en balançant la partie supérieure de son corps. Lorsqu'elle se tut, il demeura silencieux un long moment. Il finit par se tourner vers Tin Win qui n'avait pas ouvert la bouche depuis le début, accroupi à côté de Su Kyi.

U May se mit à parler, lentement et par phrases courtes. Il décrivit la vie des moines, qui ne possèdent ni maison ni biens en dehors d'une robe et d'un thabeik, ce bol qu'ils emportent quand ils partent demander l'aumône. Il expliqua comment les novices arpentent les rues tous les matins, juste après le lever du soleil, comment ils restent sans rien dire devant une maison ou sur le seuil d'une porte, acceptant avec gratitude les offrandes qu'on veut bien leur faire. Il décrivit comment, avec l'aide d'un moine plus jeune, il apprenait à ses élèves à lire, écrire et compter. Fondamentalement, cependant, sa tâche consistait à transmettre les leçons que la vie lui avait enseignées : le plus grand trésor qu'on puisse posséder, c'est la sagesse de son propre cœur.

Tin Win, immobile, à genoux devant le vieil homme, l'écoutait intensément. Ce n'était pas tant les mots ou les phrases qui le clouaient sur place, c'était sa voix. Une intonation douce et mélodieuse, subtile et bien tempérée comme celle des clochettes de la tour du monastère, ces clochettes qui tintaient à la moindre brise. C'était une voix qui évoquait pour Tin Win les oiseaux à l'aube, le souffle calme et régulier de Su Kyi lorsqu'elle dormait à côté de lui. Cette voix, il ne se contentait pas de l'entendre ; il la sentait sur sa peau comme des mains. Il ne souhaitait rien d'autre que remettre le fardeau de son corps à cette voix. Le fardeau de son âme. Ce fut une révélation, une révélation qui devait se reproduire bien des fois dans le futur. Tin Win voyait les sons – comme la fumée d'un feu monte et se répand dans toute la pièce, ondulant doucement, agitée par quelque main invisible, s'enroulant et dansant avant de se dissiper lentement.

Sur le chemin du retour, ni Tin Win ni Su Kyi ne prononcèrent un mot. Il la tenait à nouveau par la main. Une main douce et chaude.

Le lendemain matin, Tin Win se rendit au monastère avant le lever du soleil. Il était énervé. Il allait passer plusieurs semaines en compagnie des moines. On allait lui donner une robe et il sortirait avec les autres garçons pour faire la quête dans les environs. Cette perspective le mettait mal à l'aise et ses craintes augmentaient à chaque pas. Comment pourrait-il s'orienter dans la ville alors qu'il parvenait à peine à parcourir quelques mètres – même en terrain connu – sans trébucher? Il demanda à Su Kyi de le laisser tranquille, de ne pas le forcer. Il préférait rester chez lui sur sa paillasse ou sur le tabouret dans un coin de la cuisine, les deux seuls endroits où il se sentait vraiment en sécurité ou en tout cas hors de danger.

Mais elle refusa de se laisser convaincre. À contrecœur, Tin Win se décida à la suivre en traînant des pieds tout le long du chemin. Su Kyi avait l'impression de mener quelque animal obstiné. Brusquement, des voix d'enfants qui chantaient dans le monastère les firent s'arrêter. Des voix apaisantes. Comme si quelqu'un caressait le visage et le ventre de Tin Win, lui apportant le calme. Il ne bougeait plus, l'oreille tendue. Le doux bruissement des feuilles se mêlait aux voix. Mais c'était un bruissement complexe. Tin Win prit conscience que les feuilles, comme les voix humaines, avaient chacune un timbre caractéristique. Tout comme pour les couleurs, il existait des nuances dans le bruissement. Il distinguait le frottement des petites brindilles et le frôlement des feuilles l'une contre l'autre. Il distinguait les feuilles qui tombaient une par une à terre, devant lui. Quand elles étaient emportées par le vent, ça ne faisait jamais deux fois le même bruit. Il entendait bourdonner et souffler, pépier et piauler, filer et gronder. Une révélation intimidante prenait peu à peu corps en lui. Se pourrait-il qu'il existât, parallèle au monde des formes et des couleurs, tout un univers de voix et de sons, de bruits et de tons ? Un royaume des sens caché, présent partout mais généralement inaccessible ? Un univers peut-être encore plus exaltant et mystérieux que le monde visible ?

Bien des années plus tard, à New York, quand il prit place pour la première fois dans une salle de concert, lorsque l'orchestre commença à jouer, cette révélation lui revint en mémoire. Dès l'ouverture du morceau, entendre, à l'arrière-plan, les paisibles roulements du tambour, rejoints bientôt par les violons, les altos et les violoncelles, les hautbois et les flûtes, le rendit presque ivre de bonheur. Chacun jouait sa partition exactement comme faisaient les feuilles lors de ce matin d'été à Kalaw. Au début, chaque instrument jouait séparément puis dans un chœur qui le bouleversa à tel point qu'il en perdit le souffle et se retrouva baigné de sueur.

Su Kyi le mena vers le monastère au son de cette musique ; il chancelait à ses côtés comme un homme ivre. Quelques instants plus tard, tout disparut, aussi vite que c'était venu. Il n'entendit plus que ses propres pas, le souffle laborieux de Su Kyi et les rodomontades des coqs – mais rien de plus. N'empêche, pour la première fois, il avait eu un avant-goût d'une vie si intense qu'elle pouvait être douloureuse. À vrai dire, parfois insupportable.

3

Le jour se levait à peine lorsqu'ils parvinrent au monastère. U May était en pleine méditation, entouré de moines plus âgés. Un jeune moine, assis sur un tabouret près de la cuisine, cassait du bois sec. Deux chiens gambadaient autour de lui sans relâche. Une douzaine de novices en robe rouge, la tête rasée de frais, étaient alignés près de l'escalier. Ils saluèrent Tin Win et, pour lui, donnèrent à Su Kyi une de leurs robes rouge foncé. Elle la drapa autour du corps mince de l'enfant. Elle lui avait rasé la tête la veille au soir et lorsqu'elle le vit là, au milieu des autres moines, elle se dit encore une fois qu'il était magnifique et grand pour son âge. Il avait une nuque caractéristique. Un cou mince, un nez proéminent, pas trop long, et des dents aussi blanches que les fleurs du poirier qui poussait devant chez elle. Une peau couleur cannelle. Ses innombrables chutes et lésions n'avaient laissé en définitive que deux cicatrices sur les genoux. Il avait des mains étroites, des doigts fins et élégants. À voir ses pieds, on aurait eu du mal à croire qu'ils n'avaient jamais vu de chaussures.

En dépit de sa taille, il lui paraissait aussi vulnérable qu'un poussin terrifié au milieu d'une cour de ferme. Le voir suffisait à l'émouvoir mais elle n'avait aucune envie de le plaindre. Elle désirait l'aider – et la pitié est bien mauvaise conseillère.

Elle avait du mal à le quitter, même pour quelques semaines, mais U May lui avait proposé de le prendre sous son aile un petit moment. Il estimait que la compagnie d'autres garçons lui ferait du bien. La méditation collective et les cours, la paix et les habitudes régulières du monastère renforceraient sa confiance en lui et lui apporteraient un certain sentiment de sécurité.

Les novices l'emmenèrent avec eux et lui collèrent un bol noir dans une main et une tige de bambou dans l'autre. Le moine devant lui dans la rangée glissa l'extrémité de ce bâton sous son bras. C'était la manière qu'ils avaient trouvée pour guider Tin Win. En quelques minutes, la rangée de moines était en route, marchant à petits pas prudents afin que l'aveugle n'eût aucun mal à suivre le rythme. Ils franchirent le portail et tournèrent à droite, se dirigeant lentement vers l'artère principale. Bien que cela échappât à Tin Win, ils adaptaient leur allure à la sienne, accélérant lorsqu'il allait plus vite ou ralentissant lorsque son pas devenait incertain. Devant presque toutes les maisons se tenait un homme ou une femme portant un plat de riz ou de légumes préparé à l'intention des moines aux premières heures de l'aube. La procession ne cessait de faire halte. Les donateurs remplissaient les bols des novices en s'inclinant avec humilité.

Tin Win se cramponnait d'une main à sa tige de bambou et de l'autre, à son thabeik. Il avait l'habitude de se promener tout seul dans les champs avec un grand bâton. Il l'agitait devant lui comme une extension de son bras pour inspecter le sol et repérer les ornières, les branchages et les pierres. Mais ce bout de bambou ne remplaçait pas son bâton. Car il le laissait dépendant du moine qui le précédait. Cela le perturbait d'être à l'extérieur sans Su Kyi. Sa main, sa voix, son rire lui manquaient. Les moines étaient tellement silencieux. À part un timide «merci» chaque fois qu'on mettait quelque chose dans leurs bols, ils ne disaient rien et ce silence ne faisait que rendre Tin Win plus nerveux. Au bout d'une petite heure, il remarqua que ses pieds nus prenaient peu à peu de l'assurance sur la terre sablonneuse. Il ne trébuchait pas. Il ne tombait pas. Les creux et les bosses de la rue ne lui faisaient pas perdre l'équilibre. Ses mains se détendirent. Son pas s'allongea et il accéléra l'allure.

De retour au monastère, les moines l'aidèrent à monter les marches de la véranda. L'escalier raide était étroit et sans rampe; Tin Win aurait bien aimé se débrouiller seul. Mais deux moines lui saisirent chacun une main, un troisième l'attrapa fermement par-derrière et Tin Win escalada une marche après l'autre, un vrai apprentissage.

Ils mangèrent le riz et les légumes accroupis sur le sol de la cuisine. Le feu brûlait dans l'âtre où était accrochée une bouilloire cabossée et noire de suie. Tin Win s'assit au milieu d'eux. Il n'avait pas faim mais il était fatigué. Il n'aurait su dire ce qui avait été le plus angoissant : la longue marche ou le fait de devoir faire confiance au moine qui le précédait. Il était si épuisé qu'il eut du mal à suivre le cours d'U May et qu'il s'endormit en pleine méditation dans l'après-midi. Ce fut le rire des moines qui le réveilla.

Ce ne fut qu'une fois couché mais bien réveillé, plus tard dans la soirée, qu'il se souvint des bruits merveilleux qu'il avait entendus le matin. Était-ce un rêve? Si ses oreilles ne l'avaient pas trompé, où se trouvaient ces bruits à présent? Pourquoi n'entendait-il rien d'autre que le ronflement des autres moines, en dépit de toute l'énergie qu'il mettait à se concentrer? Il désirait intensément retrouver la force de ce qu'il avait vécu quelques heures plus tôt mais plus il essayait, moins il entendait jusqu'à ce que, finalement, même les reniflements et les ronflements de ses voisins lui parviennent de très loin.

Dans les semaines qui suivirent, Tin Win fit de son mieux pour participer à la routine du monastère. Chaque jour qui passait augmentait sa confiance dans la tige de bambou et il aimait parcourir la ville sans craindre la chute ou l'accident. Il apprit à balayer la cour et laver le linge et il passa bien des après-midi à laver et à essorer les robes jusqu'à ce que l'eau froide lui fît mal aux doigts. Il aida à nettoyer la cuisine et montra un talent extraordinaire pour préparer le bois à brûler. Il lui suffisait de le tâter rapidement pour indiquer aux autres s'il valait mieux le briser sur le genou ou sur une pierre. Très vite, il sut reconnaître les moines non seulement à leur voix mais aussi à leur claquement de lèvres, à leur toux, à leurs rots, à la lourdeur de leurs pas, au bruit de leurs talons sur le plancher.

C'était pendant les heures passées avec U May qu'il était le plus heureux. Les garçons s'installaient en demi-cercle autour de lui; Tin Win était toujours au premier rang et jamais à plus de deux mètres du vieux moine dont la voix avait toujours cette même force magique qui l'avait ému si profondément lors de leur première rencontre. Même quand U May ne disait rien, laissant son jeune assistant mener le cours, Tin Win sentait sa présence. Une présence qui le rassurait. Souvent, il attendait sans bouger le départ des autres enfants pour se rapprocher d'U May et le bombarder de questions.

— Comment se fait-il que vous ne voyiez rien ? lui demanda-t-il un jour.

— Qui dit que je ne vois rien ?

— Su Kyi. Elle dit que vous êtes aveugle.

— Moi ? Aveugle ? Il est exact que j'ai perdu la vue il y a bien des années. Mais cela ne signifie pas que je suis aveugle.

Il s'interrompit puis il demanda :

— Et toi ? Tu es aveugle ?

Tin Win réfléchit.

— Je fais la différence entre la lumière et l'obscurité. Pas davantage.

— As-tu un nez avec lequel sentir ?

— Bien sûr.

— Des mains avec lesquelles toucher ?

— Absolument.

— Des oreilles avec lesquelles entendre ?

— Naturellement.

Tin Win hésita. Devait-il en parler à U May ? Mais cela datait désormais de plusieurs semaines et, parfois, il n'était plus certain de n'avoir pas imaginé toute l'histoire.

— Que te faut-il de plus ? demanda U May. La véritable essence des choses n'est pas visible à l'œil.

Il y eut un long silence.

— Nos organes sensoriels, reprit-il, adorent nous égarer et les yeux sont les plus trompeurs de tous. Nous avons bien trop confiance en eux. Nous croyons voir le monde qui nous entoure et pourtant nous n'en percevons que la surface. Il nous faut apprendre à deviner la vraie nature des choses, leur substance, et, à cet égard, les yeux sont plus un obstacle qu'une aide. Ils sont source de distraction. Nous adorons nous laisser éblouir. Un individu qui se repose trop sur sa vue néglige les autres sens – et je ne parle pas que de son ouïe ou de son odorat. Je parle de cet organe que nous avons en nous et qui n'a pas de nom. Appelons-le la boussole du cœur.

Le moine lui tendit les mains et Tin Win fut surpris de les trouver si chaudes.

— Un homme qui ne voit pas doit être attentif, lui expliqua U May. C'est plus facile à dire qu'à faire. Il faut être à l'affût du moindre geste, du plus petit souffle. Dès que je me disperse, dès que je laisse mon esprit vagabonder, mes sens m'égarent. Ils me jouent des tours comme des enfants mal élevés qui cherchent à se faire remarquer. Quand je suis impatient, par exemple, je veux que tout arrive plus vite. Mes mouvements deviennent hâtifs. Je renverse le thé ou mon bol de soupe. Je n'entends pas bien ce que disent les autres parce que je suis déjà perdu dans mes pensées. Ou lorsque la colère est prête à me submerger. Une fois, je me suis fâché contre un jeune moine et, peu après, j'ai foncé dans l'âtre de la cuisine. Je n'avais pas entendu le crépitement du feu; je ne l'avais pas senti. La colère avait brouillé mes sens. Les yeux et les oreilles ne sont pas le problème, Tin Win. C'est la rage qui nous aveugle et qui nous rend sourds. Ou la peur. L'envie, la méfiance. Le monde rétrécit, se détraque dès qu'on a peur ou qu'on est en colère. C'est vrai pour nous comme pour ceux qui voient de leurs yeux. Sauf qu'eux, ils ne remarquent rien. Sois patient.

Tin Win se tourna vers le vieux moine.

— Sois patient, répéta celui-ci.

U May voulut se lever. Tin Win se précipita pour l'aider. Le vieillard s'appuya sur son épaule et ils traversèrent lentement le vestibule. Il pleuvait. Pas une pluie battante mais une pluie d'été, douce et légère ; les gouttes du toit tombaient à leurs pieds. U May s'avança pour laisser l'eau couler sur sa tête chauve, dans sa nuque, le long de son dos. Il entraîna son élève à sa suite. La pluie ruissela sur le front, les joues et le nez de Tin Win. Il ouvrit la bouche et tira la langue. La pluie était tiède et un peu salée.

— Alors, de quoi as-tu peur ? lui demanda U May.

— Pourquoi croyez-vous que j'ai peur ?

— À ta voix.

Bien sûr, U May avait raison mais Tin Win ignorait de quoi il avait peur ; c'était une sensation presque permanente qui le traquait comme une ombre un jour ensoleillé. Parfois, c'était discret, à peine perceptible, et il parvenait à la maîtriser. D'autres jours, ça grandissait au-delà de toute mesure et il se retrouvait les mains couvertes de sueur froide, le corps tremblant comme en proie à la fièvre.

Côte à côte, ils demeurèrent silencieux. Les colombes roucoulaient sous l'avant-toit.

— De quoi as-tu peur ? répéta le moine au bout de quelques minutes.

— Je ne sais pas, répondit Tin Win doucement. Du gros scarabée qui rampe dans mes rêves et qui me ronge jusqu'à mon réveil. Des souches d'arbres sur lesquelles je suis assis et d'où je tombe sans jamais toucher le sol. De la peur.

U May caressa les joues du jeune garçon à deux mains.

— Tout le monde connaît la peur, dit-il. Et la connaît si bien ! Elle nous encercle comme les mouches encerclent la bouse de vache. Elle pousse les animaux à fuir. Ils courent ou ils nagent jusqu'à se croire en sécurité ou jusqu'à périr d'épuisement. Les humains ne sont pas plus sages. Nous savons qu'il n'y a nulle cachette sur terre pour échapper à la peur, et pourtant nous cherchons toujours à en trouver une. Nous sommes à la poursuite de la richesse et du pouvoir. Nous nous laissons aller à l'illusion d'être plus forts que la peur. Nous essayons d'imposer notre volonté – à nos enfants et à nos femmes, à nos voisins et à nos amis. L'ambition et la peur ont quelque chose en commun : elles ne connaissent toutes deux aucune limite. Mais la richesse et le pouvoir, c'est comme l'opium que j'ai si souvent consommé dans ma jeunesse – ni l'une ni l'autre ne tiennent leurs promesses. L'opium ne m'a jamais apporté le bonheur éternel. Il n'a fait qu'exiger toujours davantage de moi. L'argent et le pouvoir ne peuvent vaincre la peur. Il n'existe qu'une seule force plus puissante que la peur.

Ce soir-là, Tin Win demeura allongé sur sa paillasse. U May excepté, tous les moines dormaient dans une grande salle à côté de la cuisine. Ils étalaient leurs nattes sur les lattes du plancher et s'enroulaient dans leurs couvertures de laine. À travers les interstices du sol passait le froid de la nuit. Tin Win était aux aguets. Il entendit un chien aboyer et un autre lui répondre. Puis un troisième et un quatrième. Le feu dans la cuisine crépitait encore doucement. Sur le toit, les petites clochettes dorées tintèrent jusqu'à ce que le vent se calmât et qu'on ne les entende plus, elles non plus. Les moines s'endormirent l'un après l'autre, leur souffle devenant calme et régulier; finalement, il n'y eut plus aucun bruit. Un silence complet, plus profond que Tin Win n'en avait jamais connu, tomba sur la salle. On aurait dit que le monde s'était dissous. Tin Win plongea dans l'abîme, tournoyant dans les airs, faisant la culbute, les bras tendus cherchant quelque chose à quoi se rattraper, une branche, une main, un petit arbre, n'importe quoi pour freiner sa chute. Il n'y avait rien. Il tomba toujours plus profond jusqu'à ce que, soudain, il entendît à nouveau respirer à côté de lui. Il entendit également les chiens. Et le vrombissement d'une motocyclette. Était-il parti à la dérive d'un rêve? Ou, l'espace de quelques secondes, avait-il été éveillé sans plus percevoir le moindre son? Ses oreilles l'avaient-elles abandonné? Comme ça, sans prévenir? Allait-il perdre l'ouïe comme il avait perdu la vue?

La peur l'assaillit et il pensa à U May. Il n'existait qu'une seule force plus puissante que la peur. Le vieil homme le lui avait assuré. Il la trouverait. Sauf qu'il ne devait surtout pas la chercher.

4

Su Kyi traversa la cour du monastère. Six moines installés dans l'ombre d'un figuier la saluèrent en s'inclinant. Elle repéra Tin Win de loin, assis sur la plus haute marche de l'escalier de la véranda, un gros livre sur les genoux. Ses doigts couraient sur les pages, la tête légèrement penchée, et ses lèvres bougeaient comme s'il parlait tout seul. Tous les après-midi depuis bientôt quatre ans, elle le trouvait en train de lire quand elle venait le chercher au monastère. Il s'était passé tant de choses en quelques années ! La semaine dernière encore, U May lui confirmait à quel point Tin Win avait changé et combien il était doué. C'était le meilleur et le plus travailleur de ses élèves. Il possédait une extraordinaire capacité de concentration et, bien souvent, il laissait son instructeur ébahi devant cette mémoire, cette imagination et cette puissance de déduction qui dépassaient tout ce que U May avait pu voir chez un jeune homme de presque quinze ans. Tin Win pouvait réciter le contenu de ses leçons des jours après l'avoir appris, sans effort et sans rien omettre. En quelques minutes, il résolvait mentalement des problèmes de maths qui, pour les autres, exigeaient une demi-heure et une ardoise. Le vieux moine avait une si haute opinion de lui qu'au bout d'une saison il avait commencé à lui donner des cours particuliers en supplément l'après-midi. D'une caisse il avait sorti des livres en braille qu'un Anglais lui avait donnés des années auparavant. Il n'avait fallu que quelques mois à Tin Win pour en maîtriser l'alphabet. Il lut tout ce que U May avait rassemblé au fil des années et, au bout de peu de temps, il connaissait la totalité des livres qu'il y avait au monastère. Heureusement, grâce à l'amitié entre U May et un officier britannique à la retraite dont le fils était aveugle de naissance, il fut possible de fournir régulièrement Tin Win en nouveaux livres. Il dévora les contes de fées, les biographies, les récits de voyage, les romans d'aventure, les pièces de théâtre et même les essais philosophiques. Il emportait presque tous les jours un nouveau livre chez lui et, la nuit d'avant, Su Kyi avait encore été réveillée par ses chuchotements. Elle l'avait trouvé assis dans l'obscurité à côté d'elle, un livre sur les genoux, balayant les pages d'une main comme s'il les caressait tout en murmurant les phrases que ses doigts découvraient.

— Qu'est-ce que tu fais ? lui avait-elle demandé.

— Je voyage.

Elle avait souri, en dépit de sa fatigue. Quelques jours auparavant, il lui avait expliqué qu'il ne se contentait pas de lire les livres, il voyageait avec eux ; les livres l'emportaient dans d'autres pays, sur des continents inconnus et, grâce à eux, il rencontrait des gens nouveaux, dont il devenait très souvent l'ami.

Su Kyi secoua la tête parce que, dans la vie en dehors des livres, Tin Win était apparemment incapable de se faire des amis. Si l'école lui avait beaucoup apporté sur bien des plans, il restait timide et réservé. Et, en dépit de l'intérêt qu'il portait aux cours, il n'avait que des contacts superficiels et sporadiques avec les autres garçons. Il se montrait courtois envers les moines mais gardait ses distances et Su Kyi se faisait de plus en plus de souci à l'idée que personne ne parvenait vraiment à percer ses défenses. Personne, peut-être, si ce n'était elle-même et U May et, même là, elle n'en était pas si certaine. Non, Tin Win vivait dans son propre univers et, parfois, Su Kyi se surprenait à penser bêtement qu'il se suffisait à lui-même, qu'il n'avait nullement besoin de compagnie.

Su Kyi, au pied de l'escalier, fit claquer sa langue mais Tin Win était tellement absorbé dans sa lecture qu'il ne remarqua rien. Elle l'observa et s'aperçut pour la première fois qu'il n'y avait plus rien d'enfantin chez lui. Il avait poussé bien plus que les autres moines. Il avait les bras puissants et les épaules larges d'un paysan mais les mains délicates d'un orfèvre. Sur ses traits, on voyait le jeune homme qu'il serait bientôt.

— Tin Win, appela-t-elle.

Il tourna la tête vers elle.

— Je dois encore aller chercher quelque chose au marché avant de rentrer à la maison. Tu viens avec moi ou tu m'attends ici ?

— Je t'attends ici.

Il redoutait la foule qui se pressait autour des éventaires. Trop de gens. Trop de bruits inconnus et d'odeurs étranges qui risquaient de le surprendre et de le faire trébucher.

— Je me dépêche, promit Su Kyi.

Tin Win se leva. Il lissa le nouveau longyi vert qu'il avait noué solidement autour de sa taille et traversa la véranda pour entrer dans le monastère. Il se dirigeait vers l'âtre de la cuisine lorsqu'il perçut un bruit qu'il ne reconnut pas. Au début, il s'imagina que quelqu'un tapait sur un bout de bois au rythme d'une pendule, mais ce n'était ni assez monotone ni assez fort pour être ça. Un rythme particulier absolument uniforme. Tin Win s'immobilisa. Il connaissait chaque pièce, chaque recoin, chaque poutre du monastère et ce bruit-là, il ne l'avait encore jamais entendu. Ni ici ni nulle part. D'où venait-il donc ? Du milieu du vestibule ?

Il prêta l'oreille. Il avança d'un pas et s'immobilisa. Il écouta. Ça recommença, plus fort et plus distinct. On aurait vraiment dit qu'on frappait, doucement, tranquillement. Quelques secondes plus tard, ce bruit fut doublé par les pas traînants des moines, leurs rots et leurs pets dans la cuisine, le craquement du plancher et le tremblement des volets. Les colombes sous le toit. Au-dessus de lui, il y eut un bruissement : un cafard ou un scarabée rampait sur le toit. Quel genre de gazouillis entendait-il près du mur ? Des mouches qui frottaient leurs pattes arrière ? Quelque chose tomba d'en haut. Une plume. Des vers à bois rongeaient les poutres sous ses pieds. Un souffle de vent dans la cour souleva quelques grains de sable avant de les laisser retomber. Au loin, dans les champs, des bœufs se mirent à mugir et, du marché, montait le brouhaha des voix. Il avait l'impression qu'un rideau se levait lentement pour lui révéler à nouveau le monde qu'il avait déjà brièvement croisé avant de le perdre. Le royaume caché des sens qu'il recherchait depuis si longtemps. Il l'avait retrouvé.

Et au milieu de tous ces craquements, de ces crissements, de ces chuchotements, de ces roucoulements, de ces écoulements et de ces piaulements, il y avait ce tapotement, tranquille et facilement repérable. Lent, calme et régulier. Comme la source de tous les bruits, de tous les sons, de toutes les voix du monde. À la fois fort et délicat. Tin Win se tourna vers ce bruit, hésitant. Oserait-il s'en approcher ? Et s'il le faisait fuir ? Il leva un pied, avec précaution. Il retint son souffle. Il tendit l'oreille. Le bruit était toujours là. Il se risqua à avancer d'un pas, de deux. Il posait un pied devant l'autre, soigneusement, comme s'il risquait de piétiner quelque chose. Après chaque mouvement, il s'immobilisait pour vérifier qu'il ne l'avait pas perdu. Mais il devenait plus limpide à chaque pas. Il se figea. Le bruit devait être juste devant lui.

— Il y a quelqu'un ? chuchota-t-il.

— Oui. À tes pieds. Tu es tout prêt à me marcher dessus.

Une voix de fille. Une voix inconnue. En vain, il tenta de reconstituer son image.

— Qui es-tu ? Comment t'appelles-tu ?

— Mi Mi.

— Tu entends ce martèlement ?

— Non.

— Ce doit être quelque chose par ici.

Tin Win s'agenouilla. Le bruit était maintenant tout près de son oreille.

— Je l'entends de plus en plus distinctement, reprit-il. Un battement très doux. Vraiment, tu n'entends rien ?

— Non.

— Ferme les yeux.

Mi Mi obéit.

— Rien, déclara-t-elle en riant.

Tin Win se pencha et sentit le souffle de la fille sur son visage.

— Je crois que cela vient de toi, dit-il.

Il s'approcha encore davantage et sa tête se retrouva à la hauteur de la poitrine de la petite.

C'était là. Son cœur. Son cœur qui battait.

Le sien se mit à battre la chamade. Il avait le sentiment d'écouter aux portes, comme s'il avait surpris une information qui ne lui était pas destinée. La peur l'envahit jusqu'à ce qu'elle posât la main sur sa joue. La chaleur qu'elle dégageait coula dans son corps et il désira qu'elle la laisse là pour toujours.

— Ton cœur. Ce sont les battements de ton cœur que j'entends.

— De si loin ?

Elle rit à nouveau, mais sans la moindre ironie. C'était évident à son ton. Son rire était de ceux à qui on peut faire confiance.

— Tu ne me crois pas ? demanda-t-il.

— Je ne sais pas. Peut-être. À quoi ça ressemble, alors ?

— C'est merveilleux. Non, encore mieux que ça. Ça ressemble à…

Tin Win se mit à bégayer, cherchant les mots justes.

— C'est indescriptible, reprit-il.

— Tu dois avoir l'ouïe fine.

Il aurait pu croire qu'elle se moquait de lui. Mais il suffisait de l'entendre pour savoir que ce n'était pas le cas.

— Oui. Non. Je ne suis pas certain que ce soit avec les oreilles qu'on entende.

Pendant quelques instants, ils demeurèrent tous deux silencieux. Il ne savait pas quoi dire. Il avait peur qu'elle se lève et qu'elle s'enfuie. Peut-être devait-il parler, encore et encore, dans l'espoir qu'elle serait fascinée par sa voix. Mi Mi accepterait de rester à l'écouter tant qu'il parlerait.

— Je n'ai jamais…

Il se demanda comment formuler la chose.

— … remarqué ta présence au monastère, dit-il finalement.

— Moi, je t'ai déjà vu très souvent.

Elle fut interrompue par une femme à la voix forte.

— Mi Mi, où te caches-tu ?

— Dans le vestibule, maman.

— Il faut qu'on rentre à la maison.

— J'arrive.

Tin Win entendit qu'elle se soulevait mais sans se lever. Elle tendit la main et, vite, lui caressa brièvement la joue.

— Il faut que j'y aille. À bientôt.

Il l'entendit s'éloigner mais elle ne marchait pas. Elle se déplaçait à quatre pattes.

5

Tin Win s'assit par terre, les jambes pliées, la tête sur les genoux. Il n'avait qu'une envie : rester là toute la journée, la nuit et le lendemain aussi. Comme si le moindre mouvement risquait de détruire l'expérience qu'il avait vécue. Mi Mi était partie mais les battements de son cœur étaient demeurés. Il les avait dans sa mémoire, il les entendait comme si elle était à côté de lui. Et qu'en était-il des autres sons et bruits ? Il leva la tête, la tourna à droite et à gauche, l'oreille tendue. Le bruissement continuait tranquillement sur le toit. Le gazouillis près du mur et le bois qu'on rongeait existaient toujours. Le mugissement du buffle dans les champs, le rire des clients dans les maisons de thé, Tin Win était certain de les distinguer clairement. Il se leva avec précaution, refusant d'y croire. Mais cette ouïe surdéveloppée ne l'avait pas quitté. Les bruits, familiers ou inconnus, étaient toujours là. Certains plus forts, d'autres plus faibles, mais leur puissance et leur intensité n'avaient pas diminué. Sauraient-ils l'aider à trouver son chemin dans le monde ?

Tin Win se dirigea vers la porte, descendit les marches de la véranda et traversa la cour. Il avait envie de se promener d'un bout à l'autre de la grande rue. Il avait envie d'explorer la ville, de s'offrir une bonne séance d'oreille. Des bruits nouveaux, surprenants, se précipitaient sur lui, venant de tous côtés. Le monde bruissait, crissait, craquait, tapait. Il l'entendait siffler, gargouiller, couiner, croasser et rien dans ce déluge d'impressions ne lui faisait peur. Il remarqua que ses oreilles fonctionnaient à peu près de la même façon que ses yeux. Il se souvenait d'avoir regardé la forêt, d'avoir vu simultanément des dizaines d'arbres avec leurs centaines de branches et leurs milliers d'aiguilles ou de feuilles, sans parler du pré au premier plan avec ses fleurs et ses buissons, et il n'avait pas oublié que rien de tout cela ne le plongeait dans une quelconque confusion. Ses yeux se focalisaient sur quelques détails du paysage. Le reste demeurait périphérique. Et chaque infime mouvement de ses pupilles lui permettait de changer de point de vue et d'envisager de nouveaux détails sans perdre les autres de vue. C'était exactement ce qu'il était en train de vivre. Il percevait une telle multitude de bruits qu'il aurait été bien en peine de les compter, cependant ils ne se mélangeaient pas. Exactement comme auparavant il pouvait darder son regard sur un brin d'herbe, une fleur ou un oiseau, il parvenait désormais à diriger ses oreilles sur un son particulier, l'écouter à loisir et en détecter en permanence de nouveaux à l'intérieur de celui-là.

Il longea le mur du monastère, en s'arrêtant de temps à autre pour prêter l'oreille. Il ne pouvait se rassasier de tous ces bruits dont l'air était rempli. Venu d'une maison à l'autre bout de la rue, il entendit le rugissement du feu.

Quelqu'un pelait de l'ail et du gingembre avant de les hacher menu, coupait des échalotes et des tomates, jetait du riz dans l'eau bouillante. Il identifiait ces bruits pour les avoir entendus chez lui, lorsque Su Kyi préparait à manger, et il les distinguait clairement, alors que la maison devait bien être à cinquante mètres de là. Dans son esprit, une image s'imposa – il n'aurait pas pu la voir plus clairement avec les yeux : celle d'une jeune femme en train de transpirer dans sa cuisine. À côté de lui, un cheval s'ébroua et un homme cracha un jet de jus de noix de bétel dans la rue. Et quant aux autres innombrables bruits qu'il captait ? Le pépiement mélodieux, le grincement, le croassement ? Le son une fois repéré, il ignorait à qui ou à quoi l'attribuer. Il entendait une brindille se briser, mais s'agissait-il d'une branche de pin, d'un avocat, d'une figue ou d'une bougainvillée ? Et le bruissement à ses pieds ? Un scarabée ? Un serpent ? Une souris ? Quelque chose d'inimaginable ? En lui-même, ce talent extraordinaire ne servait pas à grand-chose. Tin Win avait besoin d'aide. Ces bruits étaient le vocabulaire d'une nouvelle langue et il lui fallait un traducteur. Quelqu'un en qui il pût avoir confiance, quelqu'un de fiable, quelqu'un qui lui dirait la vérité et qui ne prendrait aucun plaisir à l'égarer.

Il avait atteint la rue principale et la première chose qu'il remarqua, ce fut un vrombissement permanent de tous côtés. Les battements de cœur des passants. À sa grande surprise, il remarqua qu'il n'y en avait pas deux identiques, exactement comme les voix. Certains étaient clairs et légers, comme des voix d'enfants, alors que d'autres battaient à la volée, tambourinant comme des piverts. Il y avait ceux qui ressemblaient aux pépiements énervés d'un petit poussin, et d'autres encore dont le rythme calme et régulier lui rappelait l'horloge murale que Su Kyi remontait tous les soirs dans la maison de son oncle.

— Tin Win, que fais-tu ici tout seul ?

C'était Su Kyi, venue le chercher. Elle était bouleversée. Il l'entendait à sa voix.

— J'ai eu envie de venir t'attendre au coin de la rue, répondit-il.

Elle lui prit la main et ils se mirent en route, passant devant les maisons de thé et la mosquée, tournant derrière une petite pagode et montant lentement la colline en haut de laquelle ils vivaient. Su Kyi était en train de lui raconter quelque chose, mais Tin Win ne faisait pas attention à ce qu'elle disait. Il écoutait son cœur. Au début, il lui parut bizarre. Il battait de façon irrégulière, un son clair suivant un sombre, et le contraste avec cette voix familière le perturbait. Au bout de quelques minutes, cependant, il s'accoutuma à ce rythme en trouvant qu'il allait bien à Su Kyi, dont l'humeur, comme la voix, pouvait changer brusquement.

Une fois à la maison, il eut du mal à attendre pour réclamer l'aide de Su Kyi. Il s'assit sur un tabouret dans la cuisine et écouta. Su Kyi était en train de couper du bois à l'extérieur. Des poules caquetantes couraient autour d'elle. Les pins ondulaient dans le vent. Quelques oiseaux chantaient. Des bruits qu'il était capable de reconnaître et de classer. Puis il remarqua un doux bruissement, ou plutôt un bourdonnement, à moins que ce ne fût un curieux pépiement ? Était-ce un scarabée ou une abeille ? Si Su Kyi pouvait découvrir pour lui la source de ce bruit, il aurait ainsi appris son premier mot de vocabulaire.

— Su Kyi, viens ici, s'il te plaît ! cria-t-il, tout agité.

Elle posa sa hache et entra dans la cuisine.

— Qu'y a-t-il ?

— Tu entends ce bourdonnement ?

Ils s'immobilisèrent tous deux. Il savait, d'après ses battements de cœur, rapides et bruyants, à quel point elle était concentrée. Son cœur battait tout à fait comme il le faisait quelques minutes auparavant quand ils escaladaient la colline.

— Je n'entends aucun bourdonnement.

— Ça vient d'ici, au-dessus de la porte. Tu ne vois rien ?

Su Kyi s'approcha de la porte et examina le plafond.

— Non.

— Regarde bien. Qu'est-ce qu'il y a là ?

— Rien. Des lamelles de bois, de la poussière et de la saleté. Tu t'attendais à quoi ?

— Je ne sais pas mais le bruit vient de là, du coin je pense, là où le mur rejoint le toit.

Su Kyi scruta plus attentivement le mur. Elle ne remarquait rien sortant de l'ordinaire.

— Essaie de monter sur un tabouret. Tu y verras peut-être mieux.

Elle grimpa sur un tabouret pour examiner le bois. Il fallait bien avouer qu'elle n'avait plus un œil de lynx et même les objets juste sous son nez avaient commencé à perdre de leur clarté, mais là, c'était évident : dans ce coin sale de sa cuisine, même en ayant beaucoup d'imagination, rien ne pouvait bourdonner, ni produire aucune sorte de bruit, d'ailleurs. Une grosse araignée était en train de tisser sa toile. Rien d'autre.

— Il n'y a rien ici. Crois-moi.

Tin Win se leva. Il était découragé.

— Tu veux bien venir avec moi dans la cour ? lui demanda-t-il.

Debout devant leur maison, il lui prit la main et tenta de se concentrer sur un bruit qui ne lui était pas familier : un bruit de succion, de liquide avalé.

— Tu entends, Su Kyi ? Un bruit de succion !

Elle savait à quel point il était important qu'elle perçût les mêmes sons que lui. Mais elle n'entendait personne boire ni sucer quoi que ce fût.

— Nous sommes tout seuls, Tin Win. Personne ne boit quoi que ce soit dans notre cour.

— Je n'ai pas dit qu'il y avait quelqu'un. J'entends un bruit qu'on peut assimiler au fait de boire ou de sucer. Ce n'est pas loin de nous.

Su Kyi avança de quelques pas.

— Plus loin, un peu plus loin, lui dit-il.

Elle obéit et s'agenouilla sans un mot près de la barrière.

— Tu l'entends maintenant ?

Ce n'était pas une question, plutôt une prière, et elle aurait donné sa vie pour lui répondre par l'affirmative. Mais elle n'entendait absolument rien.

— Non.

— Qu'est-ce que tu vois ?

— La barrière. De l'herbe. De la poussière. Des fleurs. Rien qui puisse produire un bruit de succion.

Elle regarda les orchidées jaunes et l'abeille qui ressortait d'une des fleurs en se redressant.

6

Il avait le visage couvert de sable. Il le sentait sur ses lèvres et entre ses dents. Tin Win gisait dans la poussière de la route, aussi impuissant qu'un scarabée sur le dos. Il était au bord des larmes. Non parce qu'il s'était vraiment fait mal mais parce qu'il était submergé de honte et de rage. Il avait demandé à Su Kyi de ne pas venir le chercher en lui expliquant que, pour une fois, il voulait rentrer seul du monastère. Après toutes ces années, il était certain de pouvoir trouver le chemin.

Il ignorait s'il avait trébuché sur une pierre, une racine ou une ornière creusée dans la terre par la pluie. Il savait seulement qu'il avait commis la plus imprudente bévue : il s'était montré présomptueux. Il avait cessé d'être attentif. Il avait posé un pied devant l'autre sans se concentrer, la tête ailleurs. Il ignorait si les voyants pouvaient vraiment prêter attention à plusieurs choses en même temps ou s'ils se vantaient de pouvoir le faire. En tout cas, lui n'y parvenait pas.

En plus de cela, il était en colère et cette émotion-là avait toujours provoqué des ravages dans son univers. U May avait raison. La rage et la colère lui brouillaient l'entendement et il se retrouvait à trébucher ou à se cogner dans les arbres et les murs. Tin Win se releva, essuya la poussière de son visage avec un coin de son longyi et reprit sa marche. Ses pas étaient hésitants. Il s'arrêtait après chacun, tâtant le sol avec son bâton comme s'il s'aventurait en territoire ennemi.

Il désirait rentrer chez lui le plus vite possible. Initialement, il avait eu l'intention de suivre ses oreilles, d'explorer les lieux, de découvrir de nouveaux bruits et de les examiner à fond ; et même peut-être de s'aventurer dans le marché dont Su Kyi parlait si souvent. À présent, cependant, il était seulement apeuré sous ce voile de bruits qui l'entourait. Sifflements, pépiements, jacassements, mâchonnements… chacun pris isolément l'effrayait. Il se sentait prêt à sonner la retraite et aurait volontiers pris ses jambes à son cou. Au lieu de cela, il devait chercher son chemin à tâtons, longer le mur pas à pas, suivre la grande rue cramponné à son bâton comme un naufragé à sa planche. Il tourna à droite et remarqua qu'il amorçait la montée. Une voix l'appela.

— Tin Win ! Tin Win !

Il prit une profonde inspiration.

— Tin Win.

Il reconnut la voix.

— Mi Mi ? demanda-t-il.

— Oui.

— Qu'est-ce que tu fais là ?

— J'attends mon frère à côté de la petite pagode blanche.

— Où est-il ?

— Toutes les semaines, nous vendons des pommes de terre au marché. Et là, il est en train de porter du riz et du poulet à une tante malade qui vit sur la colline. Après, il reviendra me chercher.

Tin Win s'approcha avec précaution de la pagode. Il trébuchait tellement qu'on aurait pu penser que quelqu'un semait cailloux et brindilles sur son chemin. Il pouvait seulement espérer se voir épargner l'humiliation de tomber dans la poussière sous les yeux de Mi Mi. Au bruit de son bâton, il comprit qu'il avait atteint la pagode et s'assit à côté d'elle. Il entendit alors les battements de son cœur et, petit à petit, se calma. Il n'aurait pas pu imaginer plus beau bruit. Le cœur de Mi Mi ne ressemblait à aucun autre – plus doux, plus mélodieux. Il ne battait pas ; il chantait.

— Ta chemise et ton longyi sont sales. Tu es tombé ?
— Oui. Ce n'est pas grave.
— Tu t'es fait mal ?
— Non.

Tin Win retrouvait un peu de confiance en lui. Chaque bruit reprenait son volume habituel. Mi Mi se rapprocha. Elle avait une odeur qui lui rappelait celle des pins après la première averse de la saison des pluies. Une odeur sucrée mais sans lourdeur, délicate avec des strates fines comme des murmures. Ils demeurèrent silencieux pendant un moment et Tin Win osa à nouveau tendre l'oreille. Il perçut un écoulement ou un tambourinement très doux. Cela venait de l'autre côté de la pagode. Devait-il demander à Mi Mi si elle l'entendait, elle aussi ? Et si elle l'entendait, pouvait-elle regarder de quoi il s'agissait afin qu'il pût savoir comment classer ce bruit à l'avenir ? Il hésitait. Et si elle ne voyait ni n'entendait rien ? Alors, il se sentirait encore plus seul que la veille avec

Su Kyi. En outre, il n'avait aucune envie d'avoir l'air d'un imbécile devant Mi Mi. Mieux valait ne rien dire. Mais la tentation fut trop forte. En définitive, il se décida à avancer une question après l'autre, en fonction de sa réaction.

— Tu entends ce bruit d'égouttement ? demanda-t-il avec circonspection.

— Non.

— Il ne s'agit peut-être pas de quelque chose qui s'égoutte. Peut-être d'un très délicat tambourinement.

Il frappa son bâton de l'ongle, très vite.

— Quelque chose comme ça, tu vois, ajouta-t-il.

— Je n'entends rien.

— Tu pourrais regarder derrière la pagode ?

— Il n'y a que des taillis.

— Et dans les taillis ?

Tin Win avait du mal à masquer son excitation. Si seulement elle pouvait l'aider, au moins à résoudre cette énigme-là.

Mi Mi se dirigea à quatre pattes vers l'arrière du petit temple. La végétation était épaisse et les branches pointues lui griffaient le visage. Elle ne trouva rien qui pût faire le genre de bruit décrit par Tin Win. Elle ne vit qu'un nid d'oiseau.

— Il n'y a rien ici.

— Décris-moi exactement ce que tu vois, demanda Tin Win.

— Des branches. Des feuilles. Un vieux nid.

— Qu'est-ce qu'il y a dedans ? s'enquit Tin Win.

— Je ne sais pas mais il a l'air abandonné.

— Le bruit vient de ce nid. Tu peux regarder un peu mieux ?

— Impossible. C'est trop haut. Je ne peux pas me mettre debout.

Mais pourquoi ne se levait-elle pas pour regarder ? C'était juste devant elle. Un coup d'œil aurait suffi, et il aurait enfin su s'il pouvait se fier à son ouïe.

Elle revint vers lui à quatre pattes.

— Qu'est-ce que tu espères trouver ?

Allait-elle le croire ? Allait-elle se moquer de lui ? Avait-il le choix ? Il hésita.

— Un œuf. Je crois que ce petit tambourinement, c'est les battements de cœur d'un poussin qui n'est pas encore sorti.

— Tu plaisantes ! rétorqua Mi Mi en riant. Personne ne peut entendre ça.

Tin Win ne répondit pas. Qu'aurait-il pu dire ?

— Si tu m'aides, je peux vérifier, dit Mi Mi après un silence. Tu peux me porter sur ton dos ?

Tin Win s'accroupit et Mi Mi le prit par le cou. Tin Win se redressa lentement. Debout, il se mit à osciller, mal à l'aise.

— Je suis trop lourde ? demanda-t-elle.

— Non, pas du tout.

Ce n'était pas le poids qui le déstabilisait. C'était la sensation inhabituelle d'avoir quelqu'un sur le dos. Elle lui entoura les hanches de ses jambes et il replia les bras dans le dos pour la maintenir. Il ne pouvait donc plus prendre son bâton pour tâter le terrain devant lui. Il sentit ses jambes céder.

— N'aie pas peur. Je vais te guider.

Tin Win fit un petit pas en avant.

— Bien. Continue. Attention, il y a une pierre juste devant. Ne te laisse pas surprendre.

Tin Win tâta la pierre de son pied gauche, l'examina et posa le pied au-delà. Mi Mi l'emmena jusqu'à l'arrière du petit temple. D'une main, elle tenta de repousser les branches du visage de Tin Win.

— Voilà. Encore un pas. Encore.

Il sentait qu'elle s'accrochait à ses épaules pour pouvoir se pencher en avant. Il avait le cœur battant et il ne parvenait à maintenir son équilibre qu'au prix de grands efforts.

— Il y en a un. Pas très gros.

— Tu en es sûre ?

Tin Win ne se donna pas la peine de masquer sa jubilation. Ils retournèrent s'asseoir côte à côte au bord de la route. Il avait du mal à rester tranquille. Mi Mi lui avait entrebâillé la porte. Grâce à elle, l'obscurité était trouée de lumière. Il mourait d'envie de courir de-ci de-là avec elle. Explorer chaque bruit, chaque son, chaque craquement qu'il pouvait trouver. Il avait appris son premier mot. Désormais, il connaissait les battements du cœur d'un poussin dans l'œuf et il réussirait à reconnaître, un jour ou l'autre, le battement d'ailes d'un papillon, pourquoi il entendait gargouiller autour de lui – même lorsqu'il n'y avait pas d'eau à proximité – et pourquoi, même dans un silence de mort, aucun bruissement ne lui échappait. Avec l'aide de Mi Mi, il pourrait résoudre une énigme après l'autre et à la fin, peut-être, tout un monde se dessinerait.

— Mi Mi, demanda Tin Win, pourquoi ne voulais-tu pas regarder toute seule dans ce nid ?

Elle lui prit les mains et les posa sur ses mollets. Tin Win n'avait jamais senti une peau aussi douce. Plus douce que la mousse des bois qu'il aimait au point de frotter ses joues contre elle. Ses doigts descendirent doucement le long des jambes de Mi Mi jusqu'à ses chevilles, qui étaient fines, mais curieusement difformes. Ses pieds étaient fixes. Ils étaient rigides et tournés en dedans.

7

Yadana racontait souvent que la naissance de sa fille avait été le plus beau moment de sa vie, sans vouloir faire de peine à ses cinq fils aînés. Peut-être était-ce parce qu'elle se croyait déjà trop âgée pour une nouvelle grossesse alors qu'elle avait toujours souhaité avoir une fille. Ou parce que, à trente-huit ans, elle appréciait la naissance de son enfant pour ce qu'elle était : un cadeau unique et incomparable. Peut-être parce que, durant les neuf mois où l'enfant avait grandi en elle, elle n'avait jamais eu le moindre malaise. Plusieurs fois par jour, elle faisait une pause dans le travail des champs pour caresser son ventre en toute joie. La nuit, elle demeurait souvent éveillée à sentir l'enfant se développer en elle, se tournant et se tortillant, frappant et tapant sur les parois de son ventre. Il n'existait pas plus merveilleux moments. Si elle avait été portée à la sentimentalité, elle en aurait pleuré. Ou était-ce qu'elle ne pouvait oublier le premier regard de sa fille, le regard de ses grands yeux bruns, presque noirs ? Comme elle était belle ! Sa peau mate était plus douce que celle des autres enfants de Yadana. Elle avait une petite tête ronde, pas du tout déformée par les épreuves de l'accouchement, et des traits bien proportionnés. Même la sage-femme disait qu'elle n'avait jamais pris si joli nouveau-né dans ses bras. Donc Mi Mi était dans les bras de Yadana, le nourrisson regardant la mère, qui avait plus que jamais le sentiment de ne faire qu'un avec son enfant. Et puis, le bébé avait souri. Un sourire comme Yadana n'en avait jamais vu et n'en reverrait jamais. Et donc ce fut Moe, son mari, qui remarqua le premier les extrémités défectueuses. Il poussa un cri et montra à sa femme les petits pieds infirmes.

— Tous les enfants sont différents, lui répondit-elle.

Et pour Yadana, l'affaire était close. Les rumeurs qui se mirent à circuler dans le village durant les semaines qui suivirent n'ébranlèrent nullement ses convictions. Les gens suggérèrent que sa fille était une réincarnation de l'âne d'un Écossais, un âne qui s'était brisé les pattes avant quelques mois plus tôt et qu'il avait fallu abattre. Les gens supposaient que l'enfant n'allait pas traîner en ce monde. Les voisins jugeaient que la pauvre petite était un juste retour des choses après toutes les bonnes récoltes dont la famille avait bénéficié ces dernières années, récoltes qui leur avaient permis de construire une maison en bois sur pilotis avec un toit de tôle. Pareille chance a un prix. D'autres étaient persuadés que la petite apporterait le malheur sur le village et il y en avait même certains pour dire à voix basse qu'il fallait l'abandonner dans les bois. La famille du mari de Yadana poussait celle-ci à prendre conseil d'un astrologue. Un astrologue pourrait dire clairement les souffrances qui attendaient cette enfant et s'il ne serait pas plus charitable de la laisser à son destin. Yadana ne voulut pas en entendre parler. Elle s'était toujours davantage fiée à son instinct qu'aux étoiles et, en l'occurrence, il n'y avait aucun doute : elle avait mis au monde un enfant très particulier, doté de capacités extraordinaires.

Près d'un an s'écoula avant que son époux en vienne à partager son point de vue. Au début, il osait à peine toucher sa fille, préférant la tenir à bout de bras et interdisant à ses fils de s'en approcher. Jusqu'à ce qu'un soir sa femme le rabroue vertement.

— Des pieds infirmes, ce n'est pas contagieux !

— Je sais, je sais, répliqua-t-il d'un ton conciliant.

— Alors, pourquoi n'as-tu pas une seule fois regardé ta fille, depuis un an ?

D'un mouvement vif, elle découvrit Mi Mi en lui ôtant ses couvertures.

Le regard de Moe passa de sa femme à sa fille et retour. Mi Mi était nue devant lui. Il faisait froid et elle frissonnait, mais elle ne pleurait pas. Elle le regardait d'un air plein d'espoir.

— Pourquoi ? répéta Yadana.

Il tendit les bras et effleura le petit ventre. Il caressa les cuisses minces, les genoux et fit glisser ses mains jusqu'à prendre les petits pieds. Mi Mi lui sourit.

Les yeux de sa fille ressemblaient à ceux de sa femme le jour où ils s'étaient rencontrés. Son sourire était empreint de la même magie à laquelle, aujourd'hui encore, il ne pouvait résister. La honte le submergea.

Yadana enveloppa à nouveau l'enfant dans ses couvertures et se mit à l'allaiter.

Pour Moe, il devint vite évident que sa fille avait non seulement hérité des beaux yeux de sa mère mais également de son caractère joyeux et de son humeur égale. Elle ne pleurait jamais, criait rarement, dormait toute la nuit et donnait l'impression d'une personne en harmonie avec elle-même et son entourage.

Rien de tout cela ne changea lorsque, une bonne année étant passée, elle tenta pour la première fois de se mettre debout. Elle était arrivée à quatre pattes jusqu'à la barrière de la petite véranda, sur l'avant de la maison. Moe et Yadana, qui étaient en train de nourrir les poulets et la truie dans la cour, regardèrent leur fille se hisser en s'accrochant aux montants de bois. Pesant de tout son poids sur ses pieds tordus, elle dévisagea ses parents, terrifiée, et puis elle s'écroula. Elle recommença encore et encore. Moe voulut se précipiter pour l'aider, sans savoir très bien comment. Mais Yadana le retint fermement par le bras.

— Ses pieds ne peuvent pas la porter. Il faut bien qu'elle l'apprenne, déclara-t-elle, sachant que personne ne pouvait contester ce fait.

Mi Mi ne pleura pas. Elle se frotta les yeux en examinant la barrière, comme s'il y avait un défaut dans le bois. Elle essaya encore en luttant pour conserver son équilibre. Au sixième essai, cependant, après avoir encore une fois atterri sur les fesses, elle renonça et se dirigea à quatre pattes vers l'escalier où elle s'assit. Elle regarda ses parents et sourit. Ce fut la première et la dernière fois qu'elle tenta de marcher sur deux pieds. De ce moment, elle s'appropria la maison et la cour à quatre pattes. Elle se déplaçait si vite dans l'escalier que ses parents avaient du mal à la suivre. Elle courait après les poulets et, les jours d'été, quand il faisait très chaud et que la pluie avait ramolli le sol de la cour, elle adorait se vautrer dans la boue. Elle jouait à cache-cache avec ses frères, elle filait dans les coins les plus reculés de la cour, où il était rare que quiconque la trouvât.

Selon toutes les apparences, Mi Mi conserva sa bonne humeur même plus tard, lorsqu'elle en vint à comprendre plus clairement à quel point des pieds étaient utiles. Lorsqu'elle s'asseyait sur les marches pour observer les enfants du voisinage gambader dans la cour ou escalader les gros eucalyptus qui séparaient les terrains. Yadana sentait que sa fille acceptait les contraintes imposées par la nature ; cela ne signifiait nullement qu'elle se retirât du monde. Au contraire, si sa liberté de mouvement était restreinte, sa curiosité et ses talents quant à d'autres aspects de la vie étaient sans limites.

Sa voix était ce qu'elle avait de plus remarquable. Quand elle était bébé, Mi Mi passait le plus clair de son temps fermement attachée sur le dos de sa mère et Yadana avait l'habitude de chanter pour elle tout en travaillant dans les champs. Très vite, Mi Mi apprit la plupart des chansons par cœur ; mère et fille chantèrent alors en chœur. La voix de Mi Mi devint de plus en plus belle et quand, âgée de sept ans, elle aidait sa mère à préparer le dîner en chantant, les voisins se rassemblaient devant la maison et s'asseyaient, captivés, pour l'écouter. De semaine en semaine, leur nombre augmenta. Ils remplirent bientôt toute la cour, débordant même sur le chemin qui passait devant la maison ou assis dans les arbres qui bordaient le terrain. Les plus superstitieux d'entre eux affirmaient même que la voix de Mi Mi possédait des pouvoirs magiques. Ils adoraient raconter l'histoire de la vieille veuve malade qui vivait non loin et qui n'avait pas quitté sa maison depuis deux ans jusqu'à ce qu'un soir, au crépuscule, elle vînt se mêler à la foule et se mettre à danser. Et puis il y avait le jeune garçon qui vivait dans une cabane de l'autre côté de la route et que tout le monde appelait le Poisson. Il avait la peau desséchée et couverte d'eczéma et d'écailles. Moins de six mois après avoir entendu chanter Mi Mi pour la première fois, sa dernière pustule avait disparu.

Au marché où elle achetait des pommes de terre et du riz avec sa mère, ses chansons attiraient tant de monde que deux policiers vinrent lui demander d'arrêter, par mesure de sécurité pour l'ordre public. Un ivrogne irlandais – qui n'en avait pas moins terminé sa carrière d'officier de Sa Majesté avec le grade de major et qui passait désormais la fin de sa vie à Kalaw – exigea qu'elle vînt chanter à son lit de mort. Mi Mi était invitée aux mariages et aux naissances et, en échange, sa famille était somptueusement remerciée avec du thé, des poulets et du riz. Juste au moment où Moe envisageait sérieusement de louer ses champs, cependant, Mi Mi annonça à ses parents qu'elle ne chanterait plus.

Ils étaient assis sur une planche dans la cour. Ce n'était pas encore le crépuscule mais on sentait déjà la fraîcheur du soir. Yadana posa une lourde veste sur les épaules de sa fille. Mi Mi était en train de piler l'écorce d'un arbre à thanaka dans un mortier tandis que sa mère lavait des tomates et des échalotes. Le cochon grognait sous la maison et le buffle déféquait devant la barrière du jardin. De l'endroit où ils étaient, la puanteur leur parvenait. Moe crut qu'elle plaisantait.

— Pourquoi voudrais-tu cesser de chanter ?

— Ça ne m'amuse plus.

— Comment ça ? Que s'est-il passé ?

— Il ne s'est rien passé.

— Mais ta voix est de plus en plus belle chaque jour.

— Je ne supporte plus de l'entendre.

— Tu veux dire que tu ne chanteras plus jamais ?

— Je veux économiser ma voix.

— L'économiser ? Mais pour quoi faire ? dit Moe, dubitatif.

— Je ne suis pas sûre.

Moe savait qu'il était inutile de discuter avec sa fille. Elle était aussi têtue que sa mère. Elle se montrait rarement obstinée mais une fois que sa décision était prise, il était impossible de la faire changer d'avis. Intérieurement, il admirait chez elle ce trait de caractère.

Yadana se rendait bien compte que, ces derniers temps, Mi Mi avait beaucoup changé. Elle venait d'avoir quatorze ans et son corps prenait peu à peu des formes féminines. Ce n'était pas seulement sa voix qui devenait de plus en plus belle. Certes, ses yeux ne lui mangeaient plus le visage mais ils étaient toujours aussi lumineux. Elle avait la peau de la couleur du tamarin pilé et ses mains, dont elle se servait pourtant pour se déplacer, n'étaient ni dures, ni carrées, ni calleuses, mais longues et fines. Ses doigts étaient si agiles que Yadana avait du mal à les suivre lorsque Mi Mi l'aidait à la cuisine, épluchant une racine de gingembre qu'ensuite elle tranchait finement ou hachait. Deux ans plus tôt, elle lui avait appris à tisser et il n'avait pas fallu longtemps pour que Mi Mi surpassât sa mère dans cet art. Mais surtout, Yadana admirait l'assurance avec laquelle sa fille se déplaçait. Dans le passé, Yadana avait fait bien des cauchemars. Elle voyait Mi Mi ramper comme un animal dans la saleté ou traverser la place du marché sous les regards narquois des passants. Parfois, elle rêvait encore que Mi Mi voulait prendre le train pour Thazi et qu'elle rampait sur le quai jusqu'à son compartiment au moment où la locomotive à vapeur démarrait. Mi Mi essayait d'avancer plus vite. Mais elle ne parvenait pas à rattraper le train.

Même durant la journée, Yadana se surprenait en train de s'inquiéter pour Mi Mi; lorsqu'elle serait adulte, comment ferait-elle pour accueillir ses hôtes? Elle viendrait vers eux à quatre pattes? Quelle humiliation!

Et maintenant, elle était sidérée de l'assurance de sa fille et de l'élégance avec laquelle elle se déplaçait. Il n'y avait rien de bestial ni d'humiliant dans sa façon de se mouvoir. Elle ne portait que des splendides longyis tissés par ses soins et même si elle glissait sur le sol sale, ils demeuraient toujours présentables. Lorsqu'elle avançait, posant avec précaution une main et un genou devant l'autre, elle irradiait tant de dignité qu'au marché les gens s'écartaient et la traitaient avec grand respect.

8

La Julia que j'avais connue jusqu'à aujourd'hui aurait bondi en entendant cela. Elle aurait été outrée. Elle aurait jeté à U Ba un regard perçant et plein de dédain et elle aurait pris son petit sac à dos sans prononcer un mot. Ou elle lui aurait ri au nez en déclarant que toute cette histoire n'était qu'un tas de bêtises poisseuses. Elle serait partie.

Mais je ne bougeais pas d'un muscle. Même si j'avais envie de me lever, je n'en avais pas l'énergie, comme si c'était un réflexe d'une autre époque. Je ne savais pas quoi penser du récit d'U Ba. C'était trop pour moi. Étais-je censée croire que non seulement mon père était aveugle dans sa jeunesse mais qu'il avait donné son cœur à une infirme ? Cette femme était-elle la raison qui l'avait poussé à nous quitter sans se retourner, nous sa famille, au bout de près de trente-cinq ans ? Après cinquante ans de séparation ? Cela me paraissait absurde. En même temps, je ne pouvais m'empêcher de penser à ce que mon père avait dit : un individu est capable de tout, du pire comme du meilleur. Telle avait été sa réaction lorsque nous avions appris qu'un cousin de ma mère, catholique pratiquant, avait une liaison avec la baby-sitter de seize ans. Ma mère ne pouvait pas y croire : ça ne ressemble pas du tout à Walter, répétait-elle sans arrêt. Mon père estimait qu'elle se trompait. Il paraissait penser que tout le monde était capable de n'importe quoi ou, du moins, qu'aucune possibilité n'était à exclure même si on croyait connaître quelqu'un. Et il soutenait que ce n'était nullement le point de vue d'un pessimiste plein d'amertume. Bien au contraire, avait-il déclaré. C'était pire d'attendre des autres une conduite exemplaire car on était forcément déçu quand ils ne se montraient pas à la hauteur de nos espérances. Déception qui menait au ressentiment et au mépris de l'humanité.

Dans bien des traits de caractère et des comportements décrits par U Ba, je commençais à discerner la silhouette de mon père. J'avais l'impression d'être en train d'espionner une querelle entre deux voix intérieures contradictoires. L'une était celle de l'avocat. Elle demeurait sceptique. Elle voulait des faits. Elle cherchait des coupables, un juge qui saurait émettre une sentence ou qui, par la force de son autorité, mettrait un point final à la mascarade. L'autre était une voix que je n'avais encore jamais entendue. Attends, criait-elle, ne t'enfuis pas. N'aie pas peur.

— Vous devez avoir faim ?

U Ba interrompit mes pensées.

— J'ai pris la liberté de nous faire préparer un petit en-cas, dit-il.

Il cria un nom que je ne compris pas et, presque immédiatement, une jeune femme sortit de la cuisine

portant un plateau. Elle salua en s'inclinant. U Ba se leva et me tendit deux assiettes ébréchées. Sur l'une, il y avait trois galettes fines. Sur l'autre, du riz et des morceaux de viande dans une sauce brune. Il me donna également une serviette blanche usée et une cuillère fine et arrondie.

— Curry de poulet à la birmane. Très doux. Ça se mange avec des galettes indiennes. J'espère que cela vous convient.

Je dus avoir l'air dubitatif. U Ba se mit à rire et tenta de me rassurer.

— J'ai demandé à ma voisine d'être particulièrement attentive à l'hygiène dans la préparation de ce repas. Je sais que notre nourriture ne convient pas toujours à nos hôtes. Mais même nous, nous ne sommes pas immunisés. Croyez-moi, moi aussi, j'ai passé d'innombrables heures rivé aux toilettes.

— Voilà qui ne me rassure pas vraiment, dis-je en mordant dans une des galettes.

J'avais lu dans mon guide de voyage qu'il fallait particulièrement se méfier des salades, des fruits crus, de l'eau non traitée et de la glace. Le pain et le riz, en revanche, étaient considérés comme sans problème. Je goûtai un peu de riz dans la sauce. C'était légèrement amer, ça sentait presque la terre, mais ce n'était pas mauvais. Le poulet était tellement dur que je pouvais à peine le mâcher.

— Où est mon père? demandai-je après avoir mangé quelques instants en silence.

J'avais posé cette question avec plus de sévérité et plus d'autorité que je ne l'aurais souhaité. La voix d'un avocat.

U Ba m'observa un long moment. Il nettoya son assiette avec le dernier morceau de galette.

— Vous ne cessez de vous rapprocher de lui. Vous ne le sentez pas ? dit-il en s'essuyant la bouche avec la vieille serviette.

Il prit une gorgée de thé et se carra dans son fauteuil.

— Je pourrais vous dire en une phrase où il se trouve. Mais maintenant que vous avez attendu si longtemps, plus de quatre ans, quelle différence feront quelques heures de plus ou de moins ? Vous n'aurez plus jamais la chance d'en apprendre autant sur votre père. N'avez-vous pas envie de savoir comment Mi Mi et lui s'en sont tirés ? Comment elle a changé sa vie à lui ? Pourquoi elle avait tant d'importance pour lui ? Pourquoi elle changera aussi la vôtre, de vie ?

U Ba n'attendit pas ma réponse.

9

Su Kyi remarqua d'emblée qu'il était arrivé quelque chose d'extraordinaire à Tin Win. Elle l'attendait, assise devant la barrière du jardin, et elle commençait à s'inquiéter. Le chemin était complètement défoncé. Deux jours auparavant, de très fortes pluies avaient rendu le sol boueux et les charrettes à bœufs avaient creusé de profondes ornières dans la terre meuble. Le soleil avait séché tout cela et, désormais, la surface durcie, couverte d'une croûte, n'était que creux et bosses, plutôt périlleuse même pour un voyant. Était-ce une bonne idée de le laisser circuler seul, aujourd'hui particulièrement ? Puis elle reconnut son longyi rouge et vert et sa chemise blanche en train de monter la colline. Mais sa démarche n'était plus la même. S'agissait-il vraiment de Tin Win ?

Ce soir-là, il fut bavard comme il ne l'avait jamais été. Il la régala d'anecdotes détaillées sur U May et lui raconta à quel point lui, Tin Win, était excité quand il avait franchi la porte du monastère pour se retrouver seul dans la rue, comment dans sa distraction il était tombé, ce qui l'avait mis en colère, mais comment désormais il avait décidé de faire le trajet en ne comptant que sur lui-même. Il lui parla des bruits, les plumes d'oiseau et les feuilles de bambou qu'il avait entendues tomber, les cœurs battants qui ressemblaient à des voix en train de chanter. Su Kyi se délectait de son imagination.

De Mi Mi, il ne dit rien et donc la malheureuse Su Kyi fut bien en peine d'expliquer ce qui arrivait à Tin Win. Lui qui, la plupart du temps, restait recroquevillé en silence dans son coin, ne tenait plus en place. Il arpentait sans relâche la maison et la cour. Soudain passionné par le marché, il voulut savoir pourquoi il n'avait lieu que tous les cinq jours et quand serait le prochain. Questions qu'il posait à répétition. Son appétit baissait de repas en repas et, le troisième jour, il ne but que du thé. Su Kyi ne savait plus quoi faire. Tin Win était malade, c'était certain, mais il ne se plaignait d'aucun symptôme. Petit à petit, elle s'inquiéta de ces histoires de bruits qu'il entendait. À l'évidence, il était en train de perdre l'esprit.

Tin Win comptait les jours – et les heures et les minutes – jusqu'au prochain jour de marché. Comme une journée pouvait être longue ! Pourquoi fallait-il une éternité pour que la terre tourne une fois autour de son axe ? Le temps se traînait aussi lentement qu'un escargot dans la forêt. N'y avait-il rien à faire pour en hâter le passage ? Il posa la question à U May, qui se contenta de rire.

— Sois patient, répondit-il. Assieds-toi et médite. Ainsi, le temps perdra son sens.

Dans les années qui avaient précédé, la méditation avait été bien utile à Tin Win mais, pour l'instant, elle ne lui servait à rien. Il tenta de se concentrer au milieu des moines, dans un pré et sur la souche devant chez lui. Mais en dépit de tous ses efforts, quel que fût l'endroit où il était, il entendait battre le cœur de Mi Mi. Il entendait sa voix. Il touchait sa peau. Il sentait son poids sur son dos.

Il avait le nez rempli de son odeur. Ce parfum doux, sucré, inoubliable. La veille du marché, il ne put fermer l'œil. Il entendit Su Kyi s'allonger sur la natte près de lui, se tourner sur le côté et tirer les couvertures jusqu'aux oreilles. Peu de temps après, son cœur, lui aussi, prit son rythme de repos nocturne. Il battait lentement, régulièrement, comme s'il ne devait jamais s'arrêter. Celui de Tin Win battait la chamade. À toute allure, déchaîné. Il ne savait même pas ce qui le mettait dans une telle excitation ; c'était un monde dans lequel les yeux ne jouaient aucun rôle dans la vision, où se déplacer ne dépendait pas des pieds.

Comment s'y prendre pour repérer Mi Mi ce matin-là, au milieu de tous ces gens et de tous ces éventaires ? D'après les descriptions de Su Kyi, Tin Win imaginait le marché comme une volée d'oiseaux fonçant sur un champ. Un tumulte de voix, de bruits et d'odeurs. Il y aura foule, pensa-t-il, tout le monde se bousculera et personne ne prendra garde à moi. Curieusement, cette idée ne lui faisait pas peur, lui qui, habituellement, se méfiait tellement des gens. Il était persuadé qu'il trouverait rapidement Mi Mi. Il reconnaîtrait le rythme de son cœur. Il suivrait la piste de son odeur. Il entendrait sa voix, même si elle ne faisait que chuchoter quelques mots dans l'oreille de son frère.

Pendant quelques minutes, Tin Win demeura immobile au bord du chemin. Il renoua son longyi. Des gouttes de sueur se formèrent sur son nez et son front. Les voix du marché étaient à la fois plus fortes et plus intimidantes que ce qu'il avait imaginé, comme un ruisseau gonflé qui se transforme en torrent menaçant et infranchissable. Comment se repérer ? Il ignorait la disposition des éventaires. Il ignorait les caprices du sol. Aucune voix ne lui était familière.

Il avança un pied après l'autre, lentement mais sans hésiter. Il devait se laisser entraîner par le flot de la foule. Quelqu'un le poussa par-derrière. Un coude s'enfonça dans ses côtes.

— Regarde où tu marches ! rugit un homme.

Les mâcheurs de noix de bétel faisaient claquer leurs lèvres avant de cracher dans la rue. Un bébé pleurnichait. Tant de voix et de cœurs grognaient, gémissaient, toussaient et s'entrechoquaient autour de lui. Leurs entrailles grondaient. Les bruits étaient si nombreux qu'il était incapable de les détacher les uns des autres. Mais il allait la trouver. Il le savait. Rien, sauf la chaleur, ne le perturbait. Il avait bu trop peu d'eau au monastère et il transpirait plus qu'à l'accoutumée. Sa chemise était mouillée, sa bouche sèche. Soudain, il se rendit compte que la foule se divisait en deux ; il tenta de résister mais la pression par-derrière était trop forte. Il suivit ceux qui tournaient à droite.

— Attention ! cria une femme.

Il entendit quelque chose s'écraser au sol et sentit un liquide tiède sur ses pieds et entre ses orteils. Des œufs.

— T'es aveugle ou quoi ?

Il se tourna vers elle. Elle vit le blanc laiteux de ses yeux et, troublée, marmonna une excuse. Tin Win fut entraîné plus loin. Ce devait être les éventaires de poisson. L'odeur salée du poisson séché lui piqua la langue. Ensuite, ce fut le tour de l'odeur amère de la coriandre, puis de l'hydrastis du Canada épicé et aigre, un arôme qui lui monta directement à la tête et lui brûla les muqueuses quand il le respira. Il capta le parfum de la cannelle, du curry et du piment. De la citronnelle et du gingembre. Alternant encore et encore avec l'odeur lourde, appétissante, écœurante des fruits trop mûrs.

Dès qu'il eut affûté son odorat, les gens cessèrent de le bousculer. Ceux qui venaient de derrière le contournaient comme s'ils savaient qu'il ne servirait à rien de le pousser. Tin Win écoutait de toutes ses oreilles. C'était là. Si ténu, si fragile, si régulier. Il l'aurait remarqué au milieu de tous les bruits du monde. De loin, il sentit le contact de sa peau à elle sur ses mains. De ses bras à elle autour de son cou. Il suivit les battements de cœur qui parvenaient jusqu'à lui, venus d'un coin reculé du marché.

10

Mi Mi était installée un peu à l'écart, à côté d'un tas de pommes de terre. Dans la main gauche, elle tenait un petit parasol rond qui la protégeait du soleil. Il était du même rouge foncé, presque brun, que la robe des moines. Elle portait son plus beau longyi, rouge avec un motif vert. Elle en avait achevé le tissage seulement la veille au soir. Elle avait natté ses cheveux noirs. Le matin même, elle avait demandé à sa mère de lui peindre deux cercles jaunes sur les joues. C'était l'usage chez les femmes et les jeunes filles, mais Mi Mi avait toujours refusé de satisfaire à ce rite. Sa mère avait souri et s'était abstenue de l'interroger. Une fois Mi Mi calée sur le dos de son frère, Yadana la salua d'un baiser sur le front. Certes, elle faisait la même chose chaque fois qu'elles se séparaient mais ce baiser-là était différent. Mi Mi le sentit, mais elle aurait eu du mal à expliquer pourquoi.

Assise sur sa couverture tissée main, elle attendait. À vrai dire, elle n'avait rien fait d'autre depuis quatre jours. Qu'elle marchât à quatre pattes dans la cour pour recueillir les œufs des poules, qu'elle ramassât les fraises derrière la maison, qu'elle aidât sa mère à préparer les repas, qu'elle triât les pommes de terre, qu'elle tissât, elle attendait. Le jour du marché. Tin Win.

Attendre ne l'avait jamais dérangée. Elle avait appris très jeune que cela faisait partie de la vie pour celui qui ne pouvait pas marcher, qui dépendait de l'aide des autres. L'attente était si inextricablement liée au rythme de son existence qu'elle était presque inquiète quand il se passait quelque chose d'emblée. Les gens qui pressaient toujours le mouvement la laissaient perplexe. L'attente offrait des moments, des minutes, parfois même des heures de paix, de repos durant lesquels, en règle générale, elle était seule avec elle-même. Et elle avait besoin de ces pauses pour se préparer à toute nouveauté, tout changement. Qu'il s'agît d'une visite chez sa tante de l'autre côté de la ville ou d'une journée dans les champs. Ou du marché. Elle ne comprenait pas comment ses frères supportaient sans broncher de courir à grands pas d'un endroit à l'autre, d'une personne à l'autre. S'il lui arrivait de se retrouver chez des amis au sommet de la colline voisine de façon imprévue et sans avoir eu besoin d'attendre, il lui fallait toujours du temps avant d'être vraiment là. Quand elle débarquait dans un nouvel endroit, elle restait toujours assise sans rien dire pendant quelques minutes. Comme si son âme traversait la vallée plus lentement. Elle avait le sentiment que toute chose exigeait un certain laps de temps. Exactement comme la terre avait besoin de ses vingt-quatre heures pour tourner une fois autour de son axe ou de trois cent soixante-cinq jours pour orbiter autour du soleil, elle était persuadée que toute chose exigeait son laps de temps. Ses frères la surnommaient Petit Escargot.

Le pire de tout, c'étaient les trains et les voitures dans lesquels certains Anglais traversaient Kalaw pour aller jusqu'à la capitale, disait-on. Elle n'avait pas peur du vrombissement épouvantable qui les accompagnait quand ils passaient dans le village, même si ce bruit faisait s'envoler les poules et fuir chevaux et bœufs. Pas plus qu'elle n'était vraiment dérangée par la puanteur qu'ils laissaient dans leur sillage. C'était la vitesse qui l'effrayait. Était-il vraiment possible pour un individu de raccourcir le temps obligatoire pour aller d'un endroit à un autre, d'une personne à une autre ? Comment pouvait-on croire une chose pareille ?

Mi Mi était contente d'avoir dû attendre quatre jours avant le prochain marché, même si elle aurait adoré voir Tin Win dès le lendemain. Attendre signifiait avoir toute liberté de penser à lui à loisir, prendre le temps de se remémorer chaque détail de leur dernière rencontre. Encore un autre avantage de l'attente : cela donnait l'occasion de s'éclaircir les idées. Comme toujours, lorsqu'elle laissait ses pensées vagabonder, des images lui venaient à l'esprit, des images qu'elle examinait soigneusement, comme des pierres ou des métaux précieux dont il fallait vérifier l'authenticité : elle voyait Tin Win s'approcher d'elle ; elle se voyait en train de se hisser sur son dos ; elle le voyait assis à côté d'elle, tremblant de joie et d'énervement. Elle avait eu le sentiment qu'il était prêt à s'enfuir avec elle sur le dos, prêt à se lancer avec elle sur la piste de dix mille choses inconnues.

Chez elle, sur la véranda, les yeux clos, elle s'était longuement entraînée à faire comme lui. Écouter de toutes ses oreilles. Le cochon grognait sous la maison. Le chien ronflait. Les oiseaux et les voix des voisins… Mais aucun battement de cœur. Elle voulait demander à Tin Win s'il y avait un secret et s'il pourrait lui enseigner l'art d'écouter les battements de cœur. Au moins les rudiments.

Elle raconta à son plus jeune frère l'histoire du nid d'oiseau, mais il se moqua d'elle. Comment, au nom du ciel, pouvait-elle croire que quelqu'un avait l'ouïe aussi fine ? À coup sûr, on lui avait dit avant qu'il y avait un œuf dans ce nid. Tin Win désirait seulement l'impressionner.

Ce qui mit Mi Mi en colère – plus contre elle-même que contre son frère. Elle aurait dû s'en douter. Il y avait des choses qu'un individu marchant sur ses deux pieds ne pouvait tout simplement pas comprendre. Ces gens-là croyaient qu'on voyait avec les yeux. Qu'on couvrait de la distance avec des pas.

11

Le soleil de midi brûlait la place du marché. Tin Win et Mi Mi se rapprochèrent pour chercher refuge sous le petit parasol. Le frère de Mi Mi fourra les pommes de terre restantes dans un sac et les emporta. Il reviendrait chercher sa sœur ensuite.

— Je peux porter Mi Mi jusqu'à chez vous. Ça t'évitera de faire deux fois le trajet, proposa Tin Win.

Le frère regarda sa sœur comme pour dire : comment cet aveugle est-il censé te porter jusqu'en haut de la colline ?

— Ne t'inquiète pas, lui répondit Mi Mi en hochant la tête.

Son frère chargea le sac de pommes de terre sur son épaule, marmonna quelques mots incompréhensibles et s'en alla.

— Ça t'embêterait si on faisait un détour par la ville ? demanda Tin Win.

— Par où tu veux, dit Mi Mi. C'est toi qui vas me porter, pas le contraire.

Elle rit en lui passant un bras autour du cou. Il se releva lentement. Ils prirent une rue latérale où étaient garés des charrettes et des chars à bœufs. Hommes et femmes circulaient en tous sens, chargeant leurs véhicules de sacs de riz et de pommes de terre, de paniers remplis de fruits. Les animaux étaient agités. Les chevaux hennissaient en piétinant la terre. Les bœufs grognaient en s'ébrouant, ce qui faisait grincer leurs jougs. Ils en avaient assez d'attendre en plein soleil et, en plus, ils avaient faim, pensa Tin Win. Il entendait leur ventre gronder. Les charrettes occupaient les deux côtés de la rue et, ajoutées à ces innombrables bruits inconnus, elles formaient pour Tin Win un mur dans lequel il allait finir par se cogner. Où était le guide qui l'aidait à éviter les plus gros accidents ? Qui le prévenait des trous et des fossés, des pierres et des branches, des maisons et des arbres, du moins quand il faisait attention ? Il avait l'impression de ramper dans un labyrinthe où de hautes murailles lui barraient la route. Où les angles et les bords attendaient de le détruire. Un labyrinthe dans lequel il n'avait pas d'autre choix que de se perdre. Comment parviendrait-il jamais à ramener Mi Mi saine et sauve chez elle ?

Jamais auparavant sa cécité ne lui avait été aussi pesante. Ses genoux faiblirent et il se mit à osciller. Il perdit tout sens de l'orientation. Où était-il ? Tournait-il en rond ? Marchait-il tout droit vers un gouffre ? Comment pouvait-il être sûr que le prochain pas en avant ne serait pas le dernier ? Bientôt, sous son pied, la terre ferme se déroberait. Il perdrait l'équilibre et basculerait dans le grand vide qu'il avait toujours redouté.

— Attention ! Deux pas de plus et tu te cognais contre un panier de tomates.

La voix de Mi Mi résonna tout près de son oreille. Elle chuchotait.

— Un petit peu plus à gauche. Bien. Va tout droit. Stop.

Elle serra doucement son épaule droite. Il hésita un moment avant d'effectuer un virage à quatre-vingt-dix degrés. Il devait y avoir un bœuf juste devant eux. Son cœur puissant battait comme le tambour assourdi que les moines utilisaient parfois au monastère. Le souffle de l'animal était humide sur sa peau.

— Tout droit ?

— Tout droit.

Il traînait les pieds, n'osant pas les soulever. Quelques pas plus loin, elle tira doucement sur son épaule gauche et il tourna dans ce sens. Il heurta un objet de bois et tressaillit.

— Désolée, la charrette. J'ai cru qu'on allait passer. Ça fait mal ?

Il secoua la tête et reprit lentement sa marche jusqu'à ce qu'elle lui attrape doucement une épaule pour modifier leur direction.

— Lève le pied, il y a un sac de riz.

Il leva la jambe, tâta le sac de l'orteil et fit un grand pas en avant.

— Parfait, dit-elle en lui serrant l'épaule.

Ils continuèrent, Mi Mi le menant adroitement à travers les rues, comme si elle guidait un bateau dans des rapides. Chaque obstacle, chaque virage maîtrisé rendait le pas de Tin Win plus ferme et plus assuré. La voix de Mi Mi, si proche de son oreille, était une source de réconfort. Il avait totalement confiance dans ses indications. Lui qui, si souvent, ne se fiait pas à ses propres sens, s'en remettait complètement aux yeux de Mi Mi.

Elle lui épongea la nuque avec son longyi.

— Je ne suis pas trop lourde ? s'enquit-elle.

— Pas du tout.

Comment aurait-il pu lui expliquer qu'avec elle sur le dos il se sentait plus léger ?

— Soif ?

Il hocha la tête.

— On peut avoir du jus de canne à sucre ici.

C'était cher mais la mère de Mi Mi l'avait autorisée à en boire un verre une fois par mois après le marché et, évidemment, elle n'aurait eu aucune objection à en offrir un à Tin Win. Il sentit qu'ils pénétraient dans l'ombre d'un grand arbre.

— On s'arrête ! dit Mi Mi. Fais-moi descendre.

Il s'accroupit. Elle glissa lentement de son dos sur le sol et s'assit sur un tabouret de bois qui appartenait au marchand. Elle en plaça un deuxième derrière Tin Win et le tira par la main. Il s'assit sans hésiter.

Une fois qu'ils furent installés dans l'ombre du grand banyan, Mi Mi commanda deux verres de jus de canne. Tin Win entendit le bruit des cannes qu'on pressait, quelque chose qui lui rappelait le bruit que fait un cafard quand on l'écrase en marchant dessus dans la cuisine. Mi Mi avait-elle remarqué qu'il avait peur ? Était-ce important ? Elle l'avait guidé à travers le labyrinthe. Ils n'étaient pas tombés dans un gouffre, ils n'avaient pas percuté de mur. Elle avait su construire des ponts et abattre des obstacles. C'était une magicienne.

Mi Mi goûta le jus de canne. Le meilleur qu'elle ait bu. Elle regarda Tin Win. Elle n'aurait jamais cru qu'un visage sans regard pût exprimer tant de joie. Elle sourit et il lui sourit en retour. Il ne lui vint même pas à l'esprit que c'était étrange.

— Tin Win, qu'est-ce que tu entends ? Mon cœur ? demanda-t-elle.

— Oui, aussi.

— Tu peux m'apprendre ?

— Quoi ?

— À écouter les cœurs.

— Je ne crois pas.

— Essaye.

— Je ne saurais pas par où commencer.

— Mais toi, tu sais le faire.

Tin Win réfléchit un moment.

— Ferme les yeux, dit-il.

Mi Mi obéit.

— Qu'est-ce que tu entends ?

— Des voix. Des pas. Les clochettes des harnais qui tintent.

— Rien d'autre ?

— Mais si, bien sûr. Les oiseaux chantent, quelqu'un tousse et un enfant pleure. Mais je n'entends battre le cœur de personne.

Tin Win demeura silencieux. Mi Mi continua à prêter l'oreille. Au bout de quelques minutes, les bruits se rassemblèrent en un seul courant, aussi flous que les contours d'une image pour un œil noyé de larmes. Elle entendit le sang battre dans ses oreilles mais pas son cœur, encore moins celui de Tin Win ou de qui que ce fût.

— C'est peut-être trop bruyant, ici, dit Tin Win au bout d'un long moment. Il faudrait sans doute plus de calme. Allons-y et nous recommencerons quand nous trouverons un endroit où nous n'entendrons que les oiseaux, le vent et nos deux souffles.

Il s'agenouilla devant Mi Mi. Elle s'accrocha à ses épaules. Il se redressa et elle croisa les jambes autour de son ventre.

Ils s'engagèrent dans une rue plus tranquille. Le souffle de Mi Mi sur sa nuque. Comme elle était légère ! Il faillit marcher sur un chien endormi dans l'ombre d'une maison, à l'abri du soleil.

— Excuse-moi. Je ne l'avais pas vu.

— Moi non plus ! répliqua-t-il.

Ils se mirent à rire.

Juste après la gare, Mi Mi lui fit quitter la rue.

— Je connais un raccourci, dit-elle.

Au bout de quelques mètres, ils se retrouvèrent à flanc de colline, entourés de buissons d'hibiscus. Tin Win reconnut leur odeur presque douceâtre. Il tendit le pied et se rendit compte qu'ils étaient en train de descendre. La pente n'était pas très forte mais suffisamment pour le déséquilibrer.

— Ce serait peut-être plus facile en marche arrière, suggéra Mi Mi.

Elle avait l'habitude de dévaler ce genre de pentes en quelques bonds sur le dos de ses frères. Il fit volte-face et entama une descente prudente. Mi Mi, attrapant d'une main les taillis, se retenait avec fermeté. Ensemble, ils négocièrent lentement la pente jusqu'à ce que Tin Win sente des cailloux sous ses pieds.

— Où sommes-nous ? demanda-t-il.

— Sur le remblai de chemin de fer, lui expliqua-t-elle. On peut marcher sur les traverses de bois entre les rails. Mes frères le font tout le temps.

Il se figea. Elle aurait pu aussi bien dire Mandalay. Ou Rangoon. Ou Londres. Jusqu'à ce jour, le remblai avait été pour lui un endroit inaccessible. Il n'en connaissait l'existence qu'à travers les histoires que racontaient les garçons au monastère. Ils se vantaient souvent de leurs escapades sur la voie à attendre la grosse locomotive noire à vapeur. Comment ils posaient des pommes de pin ou des bouchons de bouteille sur les rails, comment ils mettaient leur courage à l'épreuve en s'approchant le plus possible du train lancé à pleine vitesse. Il était arrivé à Tin Win de rêver qu'il se joignait à eux. Mais il avait fini par renoncer à cette idée. Le remblai ne faisait pas partie de son univers. Il appartenait exclusivement aux voyants.

Et maintenant, c'était lui qui marchait entre les rails ; très vite, il trouva le bon rythme pour poser le pied à chaque pas sur une traverse. Inutile de s'inquiéter à l'idée de marcher sur des racines ou un buisson, de trébucher sur quelque obstacle. Il était en train d'escalader une échelle pour sortir d'une grotte froide et humide et, à chaque pas, le monde était plus chaud et plus lumineux. Il accéléra l'allure et, très vite, il sauta une traverse sur deux et se mit à courir. Mi Mi ne disait rien. Les yeux fermés, elle s'accrochait à lui, secouée au rythme de ses enjambées, comme sur le dos d'un cheval. Tin Win avançait à grands pas, aussi vite qu'il pouvait. Il ne s'inquiétait déjà plus de la distance entre les traverses et il n'entendait que le battement de son cœur, un martèlement qui l'aiguillonnait. Toujours plus fort, plus dur, puissant, déchaîné. Une clameur qui retentissait dans la vallée, au-delà des montagnes. Même une locomotive à vapeur ne serait pas plus bruyante, pensa-t-il.

Lorsqu'il finit par s'arrêter, il eut l'impression de s'éveiller d'un rêve.

— Je suis désolé, dit-il, hors d'haleine.

— De quoi ? demanda Mi Mi.

— Tu n'as pas eu peur ?

— De quoi ?

Ils s'allongèrent dans l'herbe et Mi Mi contempla le ciel. Il était tard et le soleil allait bientôt se coucher. Pour Mi Mi, il n'y avait pas de plus beau moment dans la journée, sauf peut-être les heures du petit matin. La lumière était différente, plus limpide, et le contour des arbres, des montagnes et des maisons mieux défini qu'en plein midi. Elle aimait les voix du soir et l'odeur des feux qui brûlaient devant les maisons avant la tombée de la nuit.

— As-tu une idée du bruit que fait un cœur ? demanda Tin Win.

Mi Mi réfléchit : avait-elle déjà entendu un cœur battre ?

— Un jour, j'ai posé la tête sur la poitrine de ma mère parce que je voulais savoir ce qui tambourinait comme ça. Mais c'était il y a longtemps.

À l'époque, elle avait cru qu'il y avait un animal dans la poitrine de sa mère, un animal qui frappait sur ses côtes pour qu'on le laisse sortir.

12

Cette nuit-là, il lui fut impossible de dormir. Comme la suivante et celle d'après. Allongé à côté de Su Kyi, il pensait à Mi Mi. Il passa trois nuits sans fermer l'œil et pourtant il n'était pas fatigué. Il se sentait très réveillé. Ses sens, ses pensées, ses souvenirs étaient plus clairs qu'ils ne l'avaient jamais été. Ils avaient passé un après-midi ensemble. Un après-midi qu'il chérissait comme un talisman. Il se rappelait chaque mot qu'ils avaient échangé, chaque nuance de sa voix à elle, chaque battement de son cœur.

Cet après-midi-là, avec Mi Mi sur le dos, sa voix dans son oreille et ses cuisses autour de ses hanches, pour la première fois, il avait senti quelque chose qui ressemblait à du bien-être, un soupçon de joie. Une émotion qui lui était tellement étrangère qu'il ne savait même pas comment l'appeler. Le bonheur, la légèreté, l'amusement : ces mots-là n'avaient aucun sens pour lui, du discours creux. Il se rendait compte de la quantité d'énergie qu'il devait déployer pour vivre chaque journée. À se réveiller dans cette brume d'un blanc laiteux. À tâtonner dans un monde qui lui avait tourné le dos. Il trouvait brusquement insupportable cette solitude dans laquelle il vivait, même s'il avait Su Kyi et U May. Il les vénérait tous deux, il leur faisait une confiance absolue, il leur était infiniment reconnaissant de l'attention et de l'affection qu'ils lui montraient. Et pourtant, comme avec tous ceux qu'il rencontrait, il sentait entre eux et lui une étrange distance. Combien de fois s'était-il assis autour du feu, au monastère, avec les élèves ou les moines, plein du désir de faire partie de cette entité, de ce groupe, de ce système? Plein du désir de ressentir quelque chose pour les autres, de la tendresse, de la colère ou même simplement de la curiosité. N'importe quoi. Mais en fait, il se retrouvait confronté au vide et il n'arrivait pas à comprendre pourquoi. Même lorsque quelqu'un le touchait, le prenait par l'épaule ou par la main, Tin Win demeurait impassible. Le même brouillard qui avait obscurci sa vision semblait s'être insinué entre le monde et lui.

Mais avec Mi Mi, il voyait à travers ses yeux à elle. Avec son aide, il n'avait plus l'impression d'être étranger à sa propre vie. Grâce à elle, il se sentait partie prenante de l'existence. Des événements du marché. Du village. De lui-même.

Avec elle, il se sentait vivant.

Dans les mois qui suivirent, ils passèrent ensemble tous les jours de marché, explorant Kalaw et ses environs, comme s'ils découvraient une île inconnue. Ils arpentaient le terrain avec la méticulosité de deux savants, rue par rue, maison par maison. Il leur arrivait souvent de rester accroupis des heures durant au bord de la route. Généralement, à chacune de leurs expéditions, ils ne voyaient qu'une seule rue, qu'un petit bout de pré.

Le temps passant, ils établirent un rituel pour laisser se révéler les secrets de leur nouvel univers. Après avoir fait quelques pas, ils s'arrêtaient, silencieux et immobiles. Leur silence pouvait durer quelques minutes, une demi-heure ou même davantage. Tin Win absorbait les sons, les variations, les bruits. Puis il décrivait en détail ce qu'il entendait et Mi Mi lui disait ce qu'elle voyait. Comme un peintre, elle lui dessinait la scène, d'abord de façon globale puis avec un luxe de précisions. Lorsque les images et les sons ne coïncidaient pas, ils se lançaient à la recherche des sources de bruits inconnus. Elle se faufilait sous les haies et les taillis, elle se traînait dans les massifs de fleurs et sous les maisons, elle défaisait les murets de pierre puis elle les reconstruisait. Elle fouillait les piles de bois et creusait à mains nues les prés et les champs jusqu'à dénicher ce que Tin Win avait capté : serpents et escargots, vers de terre, papillons de nuit endormis. Tous les jours, Tin Win progressait dans la découverte du monde. Grâce aux descriptions de Mi Mi, il reliait les sons avec les objets, les plantes et les animaux. Il apprit que le battement des ailes d'un machaon résonnait davantage que celui des ailes d'un monarque, que les feuilles d'un mûrier bruissaient différemment dans le vent de celles d'un goyavier, qu'il ne fallait pas confondre le bruit des mâchoires d'un ver du bois avec celles d'une chenille, que deux mouches en train de frotter leurs pattes arrière ne faisaient pas le même bruit. C'était tout un nouvel alphabet.

Les sons produits par les humains lui causèrent davantage de difficultés. Peu de temps après avoir perdu la vue, Tin Win avait commencé à prêter attention aux voix, apprenant à les différencier et à les interpréter. Elles étaient devenues pour lui une sorte de boussole susceptible de le guider dans l'univers des émotions humaines. Si Su Kyi était fatiguée ou fâchée, il l'entendait dans sa voix. Si ses camarades d'études enviaient ses succès, s'il dérangeait les moines, si quelqu'un l'appréciait ou ne l'appréciait pas, il le savait en écoutant la façon dont les autres s'adressaient à lui.

Chaque voix, comme chaque cœur, possédait son propre registre d'expression. Reconnaître des étrangers à leurs battements de cœur dès la deuxième ou la troisième rencontre ne posait aucune difficulté à Tin Win, même si un cœur ne battait jamais exactement à l'identique. C'était dépendant de l'état du corps et de l'âme, du moment et de la situation. Un cœur pouvait paraître jeune ou usé, lassant ou lassé, mystérieux ou prévisible. Cependant, que fallait-il penser lorsque la voix et le cœur d'une personne étaient en contradiction, chacun racontant une histoire différente, incompatible l'une avec l'autre ? U May, par exemple. Sa voix était toujours forte et robuste, insensible aux années qui passaient. Tin Win se l'était toujours représenté comme un grand et vieux pin, au tronc impressionnant, indifférent aux pires tempêtes qui balayaient régulièrement le plateau Shan. Un de ces arbres sous lesquels, autrefois, il adorait jouer car il s'y sentait en sécurité. Le cœur d'U May, cependant, n'était ni fort ni robuste. On le sentait faible et fragile, usé et exténué. Il lui rappelait ces bœufs émaciés qu'il avait vus, enfant, passer devant chez eux, tirant de lourdes charrettes remplies de sacs de riz ou de poutres de bois. Il les avait observés, persuadé qu'ils tomberaient morts avant d'atteindre le sommet de la montagne. Pourquoi la voix d'U May n'était-elle pas assortie à son cœur ? Que devait-il croire ? La voix ou le cœur ? Ces questions-là n'avaient pas de réponse. Même s'il pensait qu'un jour il pourrait les résoudre avec l'aide de Mi Mi. Tout au moins quelques-unes.

13

Mi Mi se souvenait exactement de la première fois où elle avait entendu parler de Tin Win. Deux ans plus tôt, un de ses frères était entré comme novice au monastère. Alors qu'elle lui rendait visite avec leur mère, il avait parlé d'un jeune aveugle qui était tombé le matin même avec un thabeik dans les mains. Dans sa crainte de renverser la nourriture, il n'avait pas lâché le bol et s'était écrasé le visage contre le sol ; il s'était retrouvé le nez et la bouche en sang et – pour empirer la situation – il avait perdu toute une journée de riz dans la poussière. Il était soi-disant très maladroit, à cause de sa cécité, mais il était le meilleur de la classe. Cette histoire avait attristé Mi Mi, sans qu'elle sût dire pourquoi. Cette aventure lui rappelait-elle ses propres tentatives de marche sur ses pieds tordus, derrière la maison, là où nul ne pouvait la voir ? La douleur qu'elle ressentait et les deux pas qu'elle faisait avant de s'étaler sur le sol poussiéreux ? Elle se demanda pourquoi Tin Win avait trébuché, si cela lui arrivait souvent et comment il se débrouillait pour se déplacer. Qu'avait-il dû ressentir ? Couché par terre, la nourriture de toute une journée définitivement gâchée? Cela lui rappelait une fois où elle jouait aux billes avec ses amis devant la maison. Les autres enfants étaient émerveillés devant les billes de verre qu'un Anglais lui avait données. Ils les faisaient rouler dans les creux du terrain et Mi Mi était fière de leur apprendre les règles du jeu. Soudain, une des filles avait bondi sur ses pieds en déclarant qu'elle s'ennuyait. Pourquoi ne pas plutôt faire la course? Le premier à l'eucalyptus aurait gagné. Et ils étaient tous partis au galop. Mi Mi, lentement, avait ramassé ses billes. Une fois seule, elle avait posé la question : pourquoi? Et elle avait compris qu'il n'y aurait jamais de réponse. Ses pieds étaient un caprice de la nature. Il aurait été idiot de chercher des causes ou de se révolter. Inutile de se chamailler avec le destin. N'empêche, c'était douloureux.

Pis encore, la distance qu'elle sentait par rapport à sa famille en pareils moments. Elle aimait ses parents et ses frères plus que tout, mais qu'ils ne comprennent pas ce qui se passait en elle l'isolait presque autant que ses pieds. L'attention de ses frères était touchante. À tour de rôle, ils portaient leur sœur aux champs ou aux lacs, ils lui faisaient traverser le village, ils l'emmenaient au marché ou rendre visite à des parents qui vivaient dans une ferme éloignée, dans la montagne. Ils n'avaient nullement l'impression de faire un sacrifice; pour eux, c'était une habitude, comme couper du bois le matin, rapporter de l'eau ou ramasser les pommes de terre à l'automne. Ils n'espéraient aucune reconnaissance en échange, bien sûr que non. Cependant, s'il arrivait à Mi Mi d'être triste, si elle pleurait sans raison apparente – un événement rare mais qui s'était déjà produit –, ils l'entouraient sans savoir que faire ni que dire. L'air perplexe. Comme s'ils pensaient : Nous faisons tout pour que tu aies une bonne vie. Pourquoi cela ne suffit-il pas ? Refusant de paraître ingrate, elle ravalait ses larmes du mieux qu'elle pouvait. Cela se passait de la même façon avec sa mère. Elle était pour Yadana un sujet d'émerveillement. Mi Mi le savait. Yadana était fière de la force et de la grâce avec lesquelles son Petit Escargot supportait son handicap. Et Mi Mi voulait être forte, parfois seulement pour ne pas décevoir sa mère. Cependant, elle aurait aimé parfois pouvoir être faible, ne plus rien devoir prouver à personne. Ni à ses parents. Ni à ses frères. Ni à elle-même.

Quelques jours plus tard, alors qu'elle était assise sur la véranda du monastère, son frère lui montra Tin Win en train de balayer la cour.

Mi Mi ne put détacher son regard du jeune garçon. Elle était sidérée de la minutie avec laquelle il nettoyait un endroit qu'il ne voyait pas. De temps en temps, il s'interrompait et levait la tête, comme s'il sentait ou entendait quelque chose de spécial.

Dans les jours qui suivirent, elle pensa souvent à lui et, lorsqu'elle revint, elle traîna un moment sur les marches pour le revoir. Il arriva les bras chargés de petit bois, passa à côté d'elle et entra dans la cuisine sans même l'avoir remarquée. Elle le suivit et l'observa de loin. Il cassa quelques brindilles et les jeta dans les flammes. Il remplit d'eau une bouilloire qu'il suspendit au-dessus du feu. Il semblait faire cela sans effort. Elle était impressionnée par la façon calme et réfléchie avec laquelle il se déplaçait, par la dignité tranquille qu'il dégageait. Comme s'il était heureux d'avancer sans tomber, de se mouvoir sans se blesser. Vivre sans voir, était-ce aussi facile que cela en avait l'air ? Ou bien était-ce aussi difficile que pour elle le quotidien sans pieds ? Pourrait-il comprendre ce qu'elle ressentait profondément lorsque les autres enfants couraient vers l'eucalyptus ? Lorsque sa mère la regardait avec tant de fierté quand elle-même se sentait si vulnérable ? Lorsque, portée par ses frères, elle passait à côté des filles des voisins assises sur le bord de la route, en train de chanter avec des jeunes gens dont elles tenaient timidement la main ? À plusieurs reprises, elle avait eu envie de lui parler ou de se mettre en travers de son chemin pour qu'il trébuche et prenne ainsi conscience de sa présence. Mais elle avait résisté à cette envie. Non par timidité, mais parce qu'elle était convaincue que c'était inutile. Ils finiraient par se rencontrer. Chaque vie suivait sa propre trajectoire, son propre rythme sur lesquels Mi Mi pensait qu'il était impossible d'exercer une influence qui fût décisive.

Cet après-midi-là, au monastère, elle ne fut pas étonnée quand Tin Win s'arrêta brusquement sur le chemin de la cuisine, fit volte-face avec décision, marcha jusqu'à elle et s'accroupit. Elle le fixa droit dans les yeux et, dans son regard d'un blanc laiteux, lut bien plus de choses que dans celui de ses parents ou de ses frères. Elle vit qu'il n'ignorait rien de la solitude, qu'il comprenait pourquoi quelqu'un avait l'âme maussade alors que le soleil brillait, qu'il savait que la tristesse ne requiert aucune cause immédiate. Elle ne fut même pas surprise lorsqu'il lui parla du battement de son cœur. Elle crut chacun de ses mots.

Elle ne vivait plus que pour les jours de marché ; pour la première fois de sa vie, elle était impatiente et comptait les heures et les minutes, attendant le moment de leurs retrouvailles. Elle avait tant besoin de le voir qu'au bout de quelques mois elle décida d'aller le chercher au monastère après ses cours. En serait-il content ou trouverait-il cela intrusif ? Elle pouvait faire comme si elle passait par hasard avec son frère. Quand il sut qu'elle l'attendait sur la véranda, il se dirigea droit vers elle. En voyant son sourire, les doutes de Mi Mi s'évanouirent. Il était au moins aussi heureux qu'elle. Il s'assit à côté d'elle et lui prit la main sans rien dire. Dès ce moment, ils se virent tous les jours.

Inlassablement, il la portait partout, dans le village et dans les champs, en haut de la montagne, au fond de la vallée. Il la portait dans la chaleur torride de midi et sous les averses les plus torrentielles. Sur le dos de Tin Win, son univers ne connaissait plus de limites. Ils vagabondaient par monts et par vaux, rattrapant toutes ces années où son horizon s'était limité à la barrière du jardin.

Durant la mousson, les jours où ils risquaient de se noyer dans la boue, ils restaient au monastère et se réfugiaient dans les livres de Tin Win. Ses doigts volaient sur les pages et c'était son tour de faire apparaître des images devant les yeux de Mi Mi. Il faisait la lecture à voix haute et elle, allongée à son côté, se laissait emporter par sa voix irrésistible. En sa compagnie, elle voyageait d'un continent à l'autre. Elle qui, sur ses pieds, n'aurait pas pu atteindre le village voisin, faisait le tour du monde. Il la portait sur les passerelles des grands paquebots, d'un pont à l'autre, jusqu'à celui du capitaine. Ils débarquaient dans les ports de Colombo, de Port-Saïd, de Calcutta ou de Marseille, sous une pluie de confettis et au rythme entraînant de l'orchestre du bateau. Il la portait dans tout Hyde Park et ils faisaient tourner les têtes à Piccadilly Circus. À New York, ils manquèrent se faire renverser par une voiture, insista Tin Win, parce que Mi Mi avait toujours le nez en l'air au lieu de se concentrer sur la circulation et sur le fait de le guider dans ces rues étroites comme des canyons. Elle n'était plus un fardeau. Elle était indispensable.

Avec beaucoup de patience, Tin Win lui apprenait à écouter. Bien sûr, elle n'avait pas l'oreille aussi fine que la sienne. Elle n'entendait pas son cœur battre si elle ne posait pas la tête sur sa poitrine. Pas plus qu'elle ne différenciait les libellules à leur bourdonnement ou les grenouilles à leur coassement, mais il lui enseigna bel et bien à prêter attention aux sons et aux voix, non seulement pour les entendre mais aussi pour leur rendre hommage.

Désormais, lorsqu'on lui adressait la parole, elle se concentrait d'abord sur le timbre, qu'elle appelait la couleur, de la voix. Le ton en disait souvent davantage que les mots eux-mêmes. Au marché, elle savait d'emblée si les clients étaient décidés à marchander ou s'ils acceptaient le prix des pommes de terre. Le soir, elle étonnait beaucoup ses frères en devinant, au bout de quelques phrases, comment avait été leur journée, s'ils avaient été heureux, énervés, s'ils s'étaient ennuyés. Petit Escargot devint Escargot Medium.

Un jour, lorsque Tin Win ne trouva pas Mi Mi à midi sur les marches du monastère, il s'inquiéta immédiatement. Ils se voyaient tous les jours depuis plus d'un an et, la veille, elle n'avait rien dit de particulier. Était-elle malade ? Pourquoi aucun de ses frères n'était-il venu le prévenir ? Il se mit aussitôt en route pour leur ferme. Il avait énormément plu pendant la nuit et la terre détrempée était glissante. Tin Win ne fit aucun effort pour repérer les flaques à l'avance. Il pataugea dedans, traversa la place du marché vide et se dépêcha d'escalader la colline. Il glissa à plusieurs reprises, tomba et se releva sans s'inquiéter de son sarong mouillé et boueux. Il percuta une vieille paysanne. Dans son agitation, il n'avait entendu ni sa voix ni son cœur.

La maison était vide. Même le chien était parti. Les voisins ne savaient rien.

Tin Win tenta de se calmer. Qu'avait-il pu se passer ? Ils étaient sans doute partis aux champs et ils allaient bientôt rentrer. Mais non. Personne. Au crépuscule, son inquiétude grandit encore. Tin Win s'entendit appeler le nom de Mi Mi. Il secoua la rampe de l'escalier jusqu'à ce qu'elle tombe. Il imagina qu'il avait retrouvé la vue. Un papillon géant tomba du ciel comme un oiseau de proie, atterrit dans le pré et rampa vers lui. Tin Win escalada un tronc d'arbre. Des points rouges fonçaient vers lui. Chaque fois qu'il était touché, il ressentait une douleur fulgurante. Il tenta de les esquiver en courant dans la cour et se retrouva le front et le menton ensanglantés. Trois jeunes voisins le ramenèrent chez lui.

sa s'était reveillée dans se

14

C'était un hurlement à nul autre pareil. Jamais Su Kyi n'en avait entendu de semblable. Qu'il fût bruyant n'était pas ce qu'il y avait de bizarre ou d'inquiétant. Rien à voir avec une lamentation désespérée. C'était une révolte violente, un cri de rage et de doute. Ça ne blessait pas les oreilles, seulement l'âme.

Elle s'était réveillée en sursaut. Tin Win, assis à côté d'elle, la bouche grande ouverte, bramait. Elle l'appela par son nom mais il ne lui répondit pas. Elle n'était même pas sûre qu'il fût réveillé. Elle l'attrapa par les épaules et le secoua. Il avait le corps tendu, presque rigide.

— Tin Win ! Tin Win ! cria-t-elle en lui caressant le visage et en lui saisissant la tête à deux mains.

Ce geste apaisa le jeune homme. Au bout de quelques secondes, il se laissa retomber lentement sur sa natte où il se pelotonna, les genoux au menton, et continua à dormir, la tête toujours dans les mains de Su Kyi.

Lorsque Su Kyi s'éveilla dans la lumière d'avant l'aube, Tin Win gémissait à côté d'elle. Elle chuchota son nom mais il ne réagit pas. Elle se glissa dans son longyi, passa un chemisier et un pull-over et étala une couverture sur lui. Il avait peut-être pris froid, pensa-t-elle. La veille au soir, il n'était rentré qu'après la nuit tombée. Trois jeunes gens l'avaient ramené. Il était en très piteux état – couvert de boue et de sang, avec des coupures sur la tête. Il s'était allongé sur sa natte sans dire un mot.

Elle alla allumer le feu dans la cuisine. Le riz et le bouillon de poulet chaud de la veille, avec un peu de curry, lui feraient du bien.

Elle n'entendit pas tout de suite les haut-le-cœur et les suffocations. En entrant dans la chambre, elle le vit à genoux devant la fenêtre ouverte en train de vomir ; on avait l'impression que son corps se vidait de tout ce qu'il avait jamais pu ingurgiter. Son estomac se soulevait par vagues et moins il avait à vomir, plus violemment il était secoué. Tout son corps était l'otage de cette nausée jusqu'à ce qu'il ne sorte plus, par sa bouche, qu'une substance verdâtre et malodorante. Su Kyi le ramena jusqu'à son lit et le borda soigneusement. Il s'empara de sa main. Elle s'assit à son chevet et lui posa la tête sur ses genoux. Les lèvres du jeune garçon ne cessaient de remuer. Il respirait avec difficulté.

Tin Win ne savait plus s'il rêvait ou s'il était éveillé. Il avait perdu toute conscience du temps et de l'espace. Il n'était plus que souffrance. Une obscurité sinistre remplaça le brouillard devant ses yeux. Dans les narines, il avait une odeur âcre et nauséabonde, l'odeur de ses propres entrailles. Ses oreilles n'enregistraient plus que les bruits de son corps. Le sang dans ses veines. Les grondements de son estomac, le gargouillement de ses entrailles. Son cœur. Et la peur qui rôdait sans cesse. Une peur qui n'avait pas de nom, pas de voix. Elle était là. Partout. Comme l'air qu'il respirait. La peur régentait son corps, régnait sur ses pensées et ses rêves. Dans son sommeil, il entendait battre le cœur de Mi Mi, il l'appelait mais elle ne répondait pas. Il partait à sa recherche, il courait vers ce cœur mais sans jamais le trouver. Il courait de plus en plus vite sans jamais s'approcher d'elle. Il courait jusqu'à l'effondrement, l'épuisement. Ou bien il voyait Mi Mi assise sur un tabouret, il avançait vers elle et, soudain, la terre s'ouvrait pour l'avaler. Les ténèbres le submergeaient, il tombait et il n'y avait rien à quoi se raccrocher. Il avait de plus en plus chaud et puis il finissait par remarquer qu'il avait atterri et qu'il était en train de s'enfoncer dans un marécage bouillonnant. Puis le rêve recommençait du début. Pourquoi ne parvenait-il pas à rêver sa propre mort ?

Mais ce n'était pas mourir qui l'effrayait. C'était tout le reste. Chaque geste. Chaque mot. Chaque pensée. Chaque battement de cœur. Le souffle après celui-là.

Il ne pouvait pas bouger. Il ne pouvait pas manger. Il recrachait le thé que Su Kyi lui faisait avaler. Il l'entendait parler mais elle était très loin. Il sentait sa main mais il n'était pas certain qu'elle le touchât.

Encore et encore, les paroles d'U May lui martelaient la tête.

«Il n'existe qu'une seule force plus puissante que la peur, Tin Win.» Mais quelle force pourrait être plus puissante que la peur de l'amour, U May ?

Trois jours plus tard, il n'allait toujours pas mieux. Su Kyi le massait pendant des heures. Elle le frottait avec des herbes. Elle n'avait pas quitté son chevet depuis soixante-douze heures. Il ne se plaignait d'aucune douleur, il ne toussait pas et la température de son corps paraissait plutôt trop froide que trop chaude. Elle n'avait aucune idée de ce dont il souffrait mais elle était sûre d'une chose : c'était grave et sa vie était en danger. Elle se demandait auprès de qui chercher conseil. Elle se méfiait autant des infirmières et des médecins du petit hôpital que des astrologues et des rebouteux des Danus, des Paos et des Palongs. Si quelqu'un pouvait l'aider, c'était U May. Peut-être, se disait-elle, que Tin Win ne souffre d'aucune maladie. Peut-être les fantômes et les démons se sont-ils réveillés, ces créatures qui – pour autant que le savait Su Kyi – logeaient en chacun de nous, prêtes à sortir de leur cachette ou à se démasquer. Elle posa donc une tasse de thé à côté de Tin Win endormi et courut jusqu'au monastère.

Elle décrivit à U May les trois derniers jours dans leurs moindres détails mais ce récit ne parut pas le perturber outre mesure. Il marmonna quelque chose à propos d'un virus, le virus de l'amour, dont tout le monde est porteur mais dont quelques-uns seulement souffrent. Une fois déclenché, cependant, il allait d'abord de pair avec une peur considérable et des crises spectaculaires, s'attaquant autant au corps qu'à l'âme. Dans la plupart des cas, ces symptômes disparaissaient en temps utile.

Dans la plupart des cas, avait-il dit. Su Kyi ne pouvait s'empêcher de penser à une vieille histoire, celle de son grand-oncle qui n'avait pas quitté son lit pendant trente-sept ans ; durant tout ce temps, il était resté couché sur sa natte à contempler le plafond, sans faire le moindre bruit, refusant de s'alimenter et ne survivant que parce que les membres de sa famille, avec une patience angélique, le nourrissaient quotidiennement. Et tout ça parce que la fille des voisins, qu'il avait désirée dans sa jeunesse, avait été mariée par ses parents à un autre homme.

Et il y avait encore une autre histoire de même nature : celle du neveu de Su Kyi, qui avait donné son cœur à une fille du village et passait ses soirées à chanter des chansons d'amour devant la maison de ses parents. Ce qui, en soi, n'avait rien d'inhabituel ; c'était une coutume en usage chez la plupart des jeunes couples de Kalaw. Mais, même quand il était devenu évident que la famille de la jeune fille n'appréciait pas ses avances, son neveu n'avait pas cessé. Au bout d'un certain temps, il se mit à chanter d'un bout à l'autre de la journée, soir compris. Quand on l'entendit aussi en pleine nuit, ses frères vinrent le chercher de force, puisqu'il refusait de partir. Chez lui, il grimpa dans un avocatier et ne cessa de chanter que le jour où sa voix l'abandonna, soit trois semaines et six jours plus tard. De ce moment-là, ses lèvres formèrent, au rythme de la mélodie, les paroles qui disaient son éternel amour. Plus Su Kyi y réfléchissait, plus elle se souvenait d'histoires de paysans et de moines, de négociants et de commerçants, d'orfèvres et de chauffeurs – en fait, même de certains Anglais, qui avaient pareillement perdu la tête.

Peut-être était-ce lié à Kalaw. Peut-être la pression y était-elle particulièrement forte. Peut-être à cause de l'air de la montagne ou du climat. Quelque chose dans cette région sans prétention de l'Asie du Sud-Est représentait un important facteur d'aggravation des symptômes.

U May, quant à lui, ne voyait aucune raison de s'inquiéter.

À son retour, Su Kyi trouva Tin Win toujours prostré sur son lit. Elle pila des feuilles d'eucalyptus dans son mortier et les lui mit sous le nez, dans l'espoir de stimuler son odorat. Elle fit de même avec une branche d'hibiscus en fleur et avec du jasmin. Elle lui massa les pieds et la tête, mais Tin Win ne réagit pas. Son cœur battait, il respirait mais sinon, il ne donnait aucun signe de vie. Il s'était retiré dans un monde où elle ne pouvait plus l'atteindre.

Le matin du septième jour, un jeune homme se présenta. Il portait Mi Mi sur son dos. Su Kyi la reconnut pour l'avoir vue sur le marché et elle savait que Tin Win passait ses après-midi et ses fins de semaine avec elle.

— Tin Win est là ? demanda Mi Mi.

— Il est malade, répondit Su Kyi.

— Qu'est-ce qu'il a ?

— Je ne sais pas. Il ne parle pas. Il ne mange pas. Il est inconscient.

— Je peux le voir ?

Su Kyi lui fit traverser la cuisine pour aller dans la chambre. Tin Win gisait, immobile, le visage blême, le nez pincé, la peau terne et sans vie en dépit de son teint doré. Le thé et le riz étaient intacts. Mi Mi se laissa glisser du dos de son frère et s'approcha de Tin Win. Su Kyi ne pouvait détacher son regard de la jeune fille. Elle se déplaçait avec une grâce inédite. Comme si la forme étrange de ses pieds augmentait l'intensité de ses gestes.

Mi Mi prit la tête de Tin Win entre ses mains et la posa sur ses genoux. Elle se pencha vers lui et le visage du jeune homme disparut sous les longs cheveux noirs. Elle lui murmura quelque chose à l'oreille. Son frère quitta la pièce. Su Kyi le suivit. Elle prépara du thé pour ses hôtes et récupéra des graines de tournesol et de melon grillées dans une vieille boîte en fer puis alla s'asseoir dans le jardin à l'ombre d'un avocatier. Elle examinait de l'autre côté de la cour le bois coupé bien empilé contre le mur de la maison, la souche d'arbre sur laquelle de temps en temps elle sacrifiait un poulet, le potager, le banc en piètre état qui avait dû être fabriqué par le père de Tin Win. Leurs six poules couraient partout en picorant le sol. Elle reconnaissait ce chagrin qu'elle sentait monter en elle. Une humeur qui ne lui était pas inconnue. Elle la détestait et se battait toujours pied à pied pour la chasser à coups de bâton, la plupart du temps avec succès. Mais elle sentait l'émotion gagner en force, en poids. Elle n'en comprenait pas la raison et, pour elle, une tristesse incompréhensible n'était que de l'apitoiement sur soi-même, un sentiment contre lequel elle avait lutté toute sa vie. Était-ce la mystérieuse maladie de Tin Win qui la bouleversait tellement? La peur de le perdre? Ou la prise de conscience, qui lui revenait à intervalles réguliers, d'être seule, égarée, solitaire? Comme Tin Win. Comme sa sœur. Comme tout le monde, en réalité. Certains le ressentaient, d'autres non.

Au milieu de ses réflexions, elle entendit chanter. Une voix qui venait de la maison, mais ténue comme si elle avait traversé la vallée. Une voix de fille, élégante et douce, chantant une mélodie inconnue de

Su Kyi. Elle n'en distinguait pas les paroles, à peine quelques mots isolés.

Voilà une chanson qui saura calmer fantômes et démons, pensa Su Kyi, émue. Hypnotisée, elle ne bougeait pas de sous son arbre. Comme si le moindre mouvement risquait de gâcher le moment. La voix de Mi Mi s'infiltrait dans la maison et dans la cour comme un parfum pénétrant coins et recoins. Su Kyi avait l'impression que tous les autres bruits – le pépiement des oiseaux, le bourdonnement des cigales, le coassement des grenouilles – s'effaçaient lentement jusqu'à ne plus laisser que la chanson. Elle avait la force d'une drogue. Elle ouvrait les pores de la peau, les sens du corps. Elle pensa à Tin Win. Plus besoin d'avoir peur pour lui. Cette chanson-là saurait toujours le retrouver, même dans la plus lointaine cachette.

Su Kyi resta immobile sous l'avocatier jusqu'à ce que ses paupières se ferment.

La fraîcheur du soir la réveilla. Il faisait noir et elle avait pris froid. Le chant continuait toujours, aussi doux, aussi magnifique. Su Kyi se leva et rentra. Une bougie brûlait dans la cuisine, une autre dans la chambre. Mi Mi était assise à côté de Tin Win qui avait la tête sur ses genoux. Le visage du jeune homme semblait plus plein, sa peau moins pâle. Le frère de Mi Mi était parti. Su Kyi lui demanda si elle avait faim et si elle voulait s'allonger. Mi Mi secoua la tête.

Su Kyi mangea un peu de riz froid et un avocat. Elle était fatiguée et sentait que sa présence n'était pas indispensable. Elle revint dans la chambre, prépara une natte pour Mi Mi, lui donna une veste et une couverture puis s'allongea.

Lorsque Su Kyi s'éveilla le lendemain matin, tout était silencieux. Elle regarda autour d'elle pour être sûre qu'elle ne rêvait plus. Tin Win et Mi Mi dormaient à côté d'elle. Elle se leva en remarquant – sans comprendre pourquoi – à quel point elle se sentait légère et vigoureuse. Presque trop légère, pensa-t-elle en entrant dans la cuisine. Elle alluma le feu et prépara du thé puis lava des tomates et des échalotes et fit cuire le riz pour le petit déjeuner.

Ce matin-là, Tin Win et Mi Mi dormirent tard. Il faisait chaud mais pas trop, et Su Kyi travaillait dans le potager lorsqu'elle aperçut Tin Win sur le seuil de la porte, Mi Mi sur son dos. Il avait l'air plus âgé. À moins que la fatigue et l'angoisse n'aient laissé leur empreinte sur lui. Mi Mi paraissait le guider, car il contourna le feu, un tabouret et la hache comme s'il voyait parfaitement bien. Ils s'assirent sur le banc le long du mur. Su Kyi abandonna son râteau pour se précipiter vers eux.

— Tu as faim ? demanda-t-elle.

— Oui, plutôt, dit Tin Win.

Sa voix paraissait plus profonde que d'habitude, presque inconnue.

— Et soif aussi, ajouta-t-il.

Su Kyi apporta du riz, du curry et du thé. Ils mangèrent lentement et, à chaque bouchée, Tin Win paraissait plus vif et plus costaud.

Après le repas, il annonça qu'il partait se promener avec Mi Mi avant de la ramener chez elle. Il se sentait bien, il n'était plus du tout fatigué. Su Kyi n'avait pas besoin de s'inquiéter. Ses jambes pourraient très bien le porter et il serait de retour avant la nuit. Promis.

Tin Win et Mi Mi prirent le sentier abrupt qui montait au sommet puis ils longèrent la crête. Concentré sur le fait de marcher, Tin Win se demandait s'il serait à nouveau capable de se remettre entièrement entre les mains de Mi Mi, si elle continuerait à le guider avec autant d'agilité entre les obstacles.

— Tu te souviens des quelques jours qui viennent de s'écouler ? demanda-t-elle après un long silence.

— À peine. J'ai dû beaucoup dormir. Je ne savais jamais si j'étais endormi ou réveillé. Je n'entendais rien que des sifflements et des drôles de gargouillis et roucoulades.

— Mais qu'est-ce que tu avais ?

— Je ne sais pas. J'étais possédé.

— Par quoi ?

— Par la peur.

— De quoi avais-tu peur ?

— Quand je suis allé chez toi, je n'ai trouvé personne et les voisins ne savaient pas où vous étiez ; j'ai cru que je ne te reverrais jamais. Où étais-tu ?

— Nous sommes allés voir de la famille dans la montagne. Une de mes tantes est morte et nous avons dû partir avant l'aube. Tu n'as pas besoin d'avoir peur, ajouta-t-elle dans le creux de son oreille. Tu ne peux pas me perdre. Je fais partie de toi, tout comme tu fais partie de moi.

Tin Win s'apprêtait à répondre lorsque son pied gauche se retrouva dans le vide. Le trou dans la terre était recouvert d'herbe et Mi Mi ne l'aurait sans doute pas vu même si elle avait fait attention. Tin Win s'immobilisa, se voyant lui-même agir au ralenti. Du pied, il chercha le sol et il lui fallut une éternité pour le trouver. Il trébucha, perdit l'équilibre et, en tombant, remarqua qu'il n'avait plus l'instinct de protéger son visage à deux mains mais bien plutôt de serrer Mi Mi plus fort. Il ignorait où il allait tomber, sur quoi il allait tomber, s'il allait atterrir sur de l'herbe, sur une pierre ou sur un buisson qui lui égratignerait le visage. La chute lui parut interminable et le pire était bien cette incertitude sur la façon dont cela allait se terminer. Il enfonça le menton dans sa poitrine. Mi Mi s'accrochait à lui. Ils dégringolèrent la tête la première. Tin Win sentit comment il protégeait Mi Mi de son corps et comment ils roulaient comme une bûche qui dévale une pente herbeuse.

Il était tombé, mais pas dans le vide. Ils s'arrêtèrent dans un creux de terrain.

Mi Mi était sur lui. Ce ne fut qu'à ce moment-là que Tin Win remarqua à quel point ils étaient serrés l'un contre l'autre. Il n'avait pas envie de la lâcher. Le cœur de Mi Mi battait la chamade. Non seulement il l'entendait, mais il le sentait contre sa propre poitrine. Ainsi couchée sur lui, le contact était très différent. Elle était plus légère que lorsqu'il la portait sur son dos et il n'y avait pas que ses bras autour de son cou. La poitrine de Mi Mi était contre la sienne, son ventre contre le sien. Leurs longyis étaient tout en désordre et leurs jambes nues s'étaient emmêlées. Une émotion inconnue s'empara de lui, un désir de davantage. Il avait envie de posséder Mi Mi, il avait envie de se donner à elle. Il souhaitait ne plus former qu'un seul être avec elle, lui appartenir tout entier. Tin Win se retourna, surpris par son propre désir.

— Tu es blessé ? demanda-t-elle.

— Pas vraiment. Et toi ?

— Non.

Mi Mi essuya la poussière qui maculait le visage de Tin Win. Elle lui nettoya le front et ôta la terre qu'il avait au coin de la bouche. Leurs lèvres se touchèrent une fraction de seconde. Tin Win frissonna.

— Tu peux marcher ? s'enquit-elle. Je crois qu'il va y avoir une averse.

Tin Win se releva et installa à nouveau Mi Mi sur son dos. Ils traversèrent le champ. Très vite, ils entendirent gronder la rivière, toute gonflée par les pluies de ces dernières semaines. Elle avait creusé un petit ravin. En aval, il y avait un pont mais il n'était pas facile à atteindre de l'endroit où ils se trouvaient. Tin Win tenta d'estimer la profondeur au bruit que faisaient les flots déchaînés. Ce devait être au moins trois mètres.

— Quelle est la largeur de la rivière, ici ? demanda-t-il.

— Deux mètres, peut-être plus.

— Comment allons-nous traverser ?

Mi Mi regarda autour d'elle.

— Il y a un tronc d'arbre en travers là-bas.

Elle guida Tin Win de l'autre côté d'un petit rocher. C'était un pin, plus mince que ce qu'elle avait cru, guère plus épais que sa cuisse. Quelqu'un en avait arraché l'écorce et coupé les branches au ras du tronc. Mi Mi hésitait.

— Qu'est-ce qu'il y a ? dit-il.

— C'est profond !

— Seulement si tu regardes. Pour moi, ce n'est rien.

À tâtons, il se dirigea vers le tronc et posa le pied dessus. La plante de son pied épousa la courbe du bois. Mi Mi tenta de le diriger par les épaules mais il secoua la tête.

— Fais confiance à mes pieds.

Il s'était légèrement tourné, un pied devant l'autre. Il ne marchait pas à proprement parler, il glissait son pied en avant de quelques centimètres, tâtant le bois pour en sentir la forme puis faisant basculer son poids avant d'avancer l'autre pied. Il entendait battre à grands coups le cœur de Mi Mi. L'eau limpide coulait avec fracas. Ils devaient être juste au-dessus de l'eau. Avec des craquements de mauvais augure, le tronc étroit ployait sous la charge.

Tin Win avançait lentement mais sans jamais vaciller. Pas une seule fois. Prise de vertige, elle ferma les yeux. Il avait raison. C'était plus facile ainsi. Elle n'avait qu'à oublier l'endroit où elle se trouvait.

Tin Win progressa centimètre par centimètre jusqu'à ce que le bruit de la rivière s'apaisât. Ils avaient atteint l'autre rive. Soulagée, Mi Mi se balança sur son dos et lui embrassa les joues et le cou. Il avait les genoux tremblants d'énervement. Il trébucha et eut du mal à retrouver son équilibre. Soudain, ils entendirent le tonnerre gronder tout près d'eux. Il eut peur. Les orages lui faisaient toujours très peur.

— Il y a une cabane un peu plus loin dans la vallée, cria Mi Mi. On l'atteindra peut-être avant que le ciel s'ouvre en deux. On n'a qu'à suivre la rivière.

Tin Win courait autant qu'il pouvait. Chaque fois qu'il s'aventurait trop près de l'eau ou trop loin de la berge, elle le lui faisait savoir en lui serrant l'épaule. La pluie se mit à tomber. Les gouttes étaient agréablement tièdes. Elles coulaient sur leur visage, elles tombaient de leur nez, elles s'infiltraient dans leur cou et leur ventre. Mi Mi se pelotonna contre lui et il eut soudain conscience de ses seins qui bougeaient contre son dos mouillé.

La cabane, un abri de planches et de poutres sans fenêtre, n'était guère plus grande que deux ou trois nattes et le sol était recouvert de plusieurs couches d'herbe sèche. La pluie tambourinait sur le toit de tôle comme un millier de poings offensifs. L'averse était si drue que Mi Mi distinguait à peine la rivière à quelques mètres de là. La tempête se déchaînait juste au-dessus d'eux; Tin Win frissonnait à chaque coup de tonnerre mais, pour la première fois, l'orage ne le mettait pas trop mal à l'aise. Pourtant, il tonnait si fort que Mi Mi se bouchait les oreilles. Tin Win tressaillait sans avoir peur.

À l'intérieur de la hutte, la chaleur humide était pire qu'à l'extérieur. Mi Mi s'étendit sur l'herbe sèche. Tin Win s'assit en tailleur, la tête de Mi Mi entre ses cuisses. Il passa les mains dans les cheveux de la jeune fille, sur son front, il toucha ses sourcils, son nez, sa bouche, il caressa ses joues et sa gorge.

Elle était galvanisée par le contact de ses doigts. À chaque mouvement, les battements de son cœur s'accéléraient. Il se pencha pour lui embrasser le front, le nez. De la langue, il lui caressa la gorge et les oreilles. Mi Mi n'en revenait pas du bonheur de son corps, chaque endroit effleuré par Tin Win. Il lui caressait le visage, les tempes, l'arête du nez. Des doigts, il suivait le contour de ses lèvres, il lui caressait les yeux, la bouche. Elle l'entrouvrit et ce fut comme s'il ne l'avait jamais touchée.

Il déposa la tête de Mi Mi sur un lit d'herbe et ôta sa chemise. Mi Mi ferma les yeux en respirant profondément. Il lui caressa les pieds. Il explora ses orteils, lissa ses ongles et les petits os sous la peau bien tendue, à la hauteur des chevilles. Il remonta le long de ses mollets jusqu'au longyi puis il redescendit. Une fois. Deux fois. Mi Mi souleva les hanches et remonta sa propre chemise ; puis elle prit la main de Tin Win et la posa sur son ventre nu. Le cœur de Tin Win battait la chamade, pas trop vite mais très fort.

Le souffle de Mi Mi s'accéléra. Les doigts de Tin Win voletaient sur son corps, l'effleurant à peine. Entre la peau et les doigts montait une tension plus exaltante que n'importe quel contact. Petit à petit, sa main descendit de plus en plus sous le longyi, à la limite des poils pubiens. Il s'agenouilla à côté d'elle. Elle vit son longyi tendu comme une petite tente autour de ses hanches et elle fut bouleversée – non par cette vision mais par son propre désir, par son souffle et par ses battements de cœur, de plus en plus rapides et violents. Avec précaution, il retira sa main. Elle voulait qu'il continue et elle l'attira à elle mais il posa la tête sur la poitrine de la jeune fille et ne bougea plus. Il attendait. Le cœur de Mi Mi mit longtemps à se calmer.

Ces battements provoquaient chez lui des frissons de respect et de vénération. Il ne devait jamais les considérer comme acquis. Le cœur était là, à quelques centimètres de son oreille. Il avait l'impression d'observer à la dérobée le giron du monde.

15

Près de quatre ans passèrent ainsi pour Mi Mi et Tin Win. Après ces premières semaines, ils n'avaient plus laissé passer une seule journée sans se voir. Elle l'attendait après les cours ou bien il la retrouvait au marché en sortant de l'école. Le week-end, il allait la chercher chez elle dès qu'il était réveillé. «Vous êtes vraiment inséparables», lui avait dit la mère de Mi Mi un jour, en plaisantant à moitié. Inséparables. Fidèle à son habitude, Mi Mi avait longuement réfléchi à ce mot-là. Elle l'avait tourné et retourné dans sa tête pour voir si ses syllabes lui plaisaient, s'il lui convenait et, au bout de quelques jours, elle était parvenue à la conclusion qu'il n'y avait pas meilleure description. Ils étaient inséparables. Rien que de le voir, son cœur palpitait, et lorsqu'il n'était pas dans les parages, il lui manquait une part d'elle-même. Comme si le monde cessait de tourner en son absence. Elle sentait le manque dans tout son corps. Elle avait la tête douloureuse. Ses bras et ses jambes s'alourdissaient et s'ankylosaient. Des crampes s'emparaient de sa poitrine et de son ventre. Même respirer devenait pénible sans lui.

Durant leur troisième été ensemble, Mi Mi emmena Tin Win nager aux lacs, qui devinrent leur endroit préféré. Ils choisissaient toujours le plus petit des quatre. Il se trouvait à l'écart des chemins tracés, derrière un petit bois de pins. Les autres jeunes gens l'évitaient parce qu'il avait la réputation d'abriter la plus grande concentration de serpents d'eau. Mi Mi elle-même en avait vu deux. Lorsqu'elle demanda à Tin Win s'il en avait peur, il se mit à rire en disant qu'il n'en avait jamais rencontré.

Ce jour-là, Mi Mi observait Tin Win avec beaucoup d'attention. Le vent se levait. L'eau se rida et Mi Mi entendit les petites vagues lécher les pierres à ses pieds. Accroupie sur la rive, elle ne quittait pas Tin Win des yeux. Il n'était pas mauvais nageur. Il avait développé un style personnel : il nageait sur le côté en gardant toujours un bras tendu devant lui pour sentir les obstacles. Prudent, il préférait ne pas s'éloigner du bord et rester là où il avait pied. Mais il avait de l'endurance et il plongeait très bien.

Mi Mi adorait l'eau. Depuis toute petite, elle allait avec ses frères aux lacs, à une heure de marche de Kalaw. Ils la portaient à tour de rôle et lui avaient très rapidement appris à nager. Ces expéditions faisaient partie des meilleurs souvenirs de Mi Mi. Dans l'eau, elle pouvait rivaliser avec ses frères et jouer avec les autres enfants. Elle était rapide et agile, et personne ne plongeait mieux qu'elle. Dans l'eau, on n'a pas besoin d'avoir des pieds.

Tin Win avait nagé jusqu'au milieu du lac, où un rocher, assez grand pour qu'on s'y asseye, affleurait à la surface. Il grimpa dessus, laissant le soleil et le vent le sécher. Une vague de désir submergea alors Mi Mi. Ces moments délicats disparaissaient dès qu'elle se trouvait sur son dos, où elle le tenait par le cou, où elle touchait ses épaules. Nulle part ailleurs elle n'était aussi rassurée, aussi heureuse.

Mi Mi ne pouvait s'empêcher de penser à cet après-midi où ils s'étaient réfugiés dans la cabane alors que l'orage faisait rage au-dessus de leurs têtes. C'était ce jour-là qu'il l'avait vraiment touchée pour la première fois et ses caresses avaient éveillé en elle un désir plus fort que toute autre émotion. Elle se demandait si ce qu'elle avait ressenti ce jour-là sommeillait en elle depuis toujours. Tin Win avait-il simplement réveillé ce qui existait déjà ? Ou bien ces sensations venaient-elles d'ailleurs ? L'avait-il ensorcelée ? Qu'avait-il donc provoqué avec son baiser ? Et chaque fois qu'il effleurait sa peau de ses lèvres ? Chaque fois que les doigts de Tin Win touchaient son cou, ses seins, son ventre, ses cuisses, elle avait le sentiment qu'il lui révélait son propre corps pour la première fois. Tin Win ne réagissait pas différemment au contact de ses mains, de ses lèvres à elle. À force de le toucher et de le caresser, elle l'excitait jusqu'à ce qu'il se frotte et se tortille en proie à un désir débridé. À pareils moments, elle se sentait si vivante qu'elle ne savait plus que faire de tout ce bonheur. Elle avait l'impression de flotter au gré du vent, elle se sentait légère, si légère, comme elle ne l'était que dans l'eau. Elle ignorait qu'elle pouvait exercer pareil pouvoir. Un pouvoir que seul Tin Win savait faire vivre.

Il lui avait appris la confiance, il lui avait offert l'espace de sa faiblesse. Lorsqu'elle était avec lui, elle n'avait rien à prouver. Il était le premier et le seul à qui elle ait avoué qu'elle trouvait humiliant de se déplacer à quatre pattes. Qu'il lui arrivait de rêver qu'elle traversait Kalaw sur ses deux pieds bien solides en sautant aussi haut que possible. Il n'essayait pas de la consoler. Il la prenait dans ses bras, sans rien dire. Mi Mi savait qu'il comprenait ce qu'elle disait et ce qu'elle ressentait. Plus elle verbalisait son désir de marcher sur ses deux pieds, moins elle en était tourmentée. Et elle le croyait quand il affirmait que nul corps au monde n'était plus beau que le sien.

Avec lui, elle était prête à toutes les aventures.

Mi Mi contemplait Tin Win. Il n'était guère à plus de quinze mètres d'elle mais la distance lui était insupportable. Elle enleva sa chemise et son longyi et se glissa dans l'eau. Elle se mit à nager vigoureusement. Le soleil avait chauffé le lac mais la fraîcheur de l'eau était encore revigorante. Il y aurait assez de place pour eux deux sur le rocher si elle s'installait entre les jambes de Tin Win, appuyée contre lui. Quand elle parvint à sa hauteur, il lui tendit la main et l'aida à sortir. Il la saisit par la taille et la tint serrée contre lui.

— Je ne supportais plus d'être loin de toi, chuchota-t-elle.

— Mais j'étais là tout le temps.

— Je voulais te toucher. Et j'étais triste.

— Pourquoi?

— Parce que je ne pouvais pas être contre toi, parce que tu n'étais pas tout près, répondit-elle, surprise de ses propres paroles. Chaque heure que nous passons séparés me rend triste. Chaque endroit où je vais sans toi. Chaque pas que tu fais sans moi sur ton dos.

Chaque nuit où nous ne nous endormons pas dans les bras l'un de l'autre et chaque matin où nous ne nous réveillons pas côte à côte.

Elle se tourna pour lui faire face. Elle prit la tête de Tin Win entre ses mains et il perçut le bruit des larmes qui ruisselaient sur ses joues. Elle lui embrassa le front, les yeux. Elle lui embrassa la bouche, le cou. Elle avait des lèvres douces et humides. Elle le couvrit de baisers. Il l'attira à lui et elle lui entoura les hanches de ses jambes. Il la tenait serrée, très serrée. Sinon, elle risquait de s'envoler.

16

Le rythme de son cœur évoquait celui des gouttes régulières de l'averse. Ces derniers jours, le silence entre deux battements s'était encore allongé. La source, petit à petit, se tarissait.

Tin Win s'y attendait. Depuis des semaines. À ses oreilles, le cœur d'U May avait toujours paru fatigué, mais récemment, il battait encore plus faiblement qu'à l'accoutumée. Depuis quinze jours, un jeune moine avait pris le relais d'U May auprès de ses élèves car celui-ci, trop faible pour se lever, ne quittait plus sa couche. Il ne mangeait rien et ne buvait pas grand-chose, en dépit de la température tropicale.

Mi Mi et Tin Win restaient jour et nuit à son chevet. Tin Win lui avait fait la lecture à en avoir le bout des doigts tout abîmé. Mi Mi avait proposé de chanter pour lui mais U May avait refusé. Il connaissait, disait-il, les pouvoirs magiques de sa voix et il ne souhaitait pas prolonger son existence par quelque moyen artificiel. Il avait réussi à sourire légèrement.

Ayant décidé de s'accorder un petit répit, Mi Mi et Tin Win s'étaient rendus dans une maison de thé située dans la grande rue pour boire un jus de canne à sucre. Il faisait chaud. Depuis deux semaines, Kalaw subissait une vague de chaleur qui ne montrait aucun signe de fléchissement. L'air était absolument immobile. Aucun des deux ne parlait. Même les mouches souffraient de la chaleur, pensa Tin Win. Leur bourdonnement paraissait plus mou et plus apathique que d'habitude. Des commerçants étaient assis à côté d'eux ; ils passaient leur temps à se plaindre de la température. Pour Tin Win, c'était incompréhensible. U May gisait moribond à moins de deux cents mètres de là et ces gens buvaient leur thé comme si de rien n'était. Continuaient leurs affaires. Bavardaient de sujets aussi banals que le temps.

Il reconnut immédiatement le moine à sa démarche claudicante. C'était Zhaw, dont la jambe gauche était un poil plus courte que la droite, ce qui le faisait boiter de façon presque imperceptible – personne en dehors de Tin Win ne l'avait jamais remarqué. Zhaw apportait de mauvaises nouvelles : son cœur battait aussi tristement que celui du veau blessé que Mi Mi avait trouvé peu de temps auparavant et qui était mort dans ses bras.

— U May a perdu conscience, murmura Zhaw d'une voix rauque, hors d'haleine.

Tin Win s'agenouilla devant Mi Mi et elle lui grimpa sur le dos. Il longea la grande rue au pas de course, Mi Mi le guidant dans le flot des piétons et des charrettes. Ils tournèrent dans le chemin qui menait au monastère, traversèrent la cour et montèrent l'escalier.

Tous les moines et beaucoup d'habitants de la ville s'étaient rassemblés autour d'U May. Assis par terre, ils occupaient presque la moitié de la grande salle de méditation. En voyant arriver Tin Win et Mi Mi, ils dégagèrent un étroit passage jusqu'au lit. Mi Mi fut bouleversée en voyant U May. En une heure, son visage s'était encore creusé. Il avait désormais les yeux tellement enfoncés qu'on aurait pu les croire prêts à disparaître dans son crâne. Son nez était proéminent et ses lèvres presque complètement rentrées. La peau tendue de ses pommettes était aussi pâle et inerte qu'un morceau de cuir. Il avait les mains croisées sur son ventre.

Ils s'accroupirent à côté de sa couche, Mi Mi derrière Tin Win qu'elle tenait à bras-le-corps.

Tin Win savait qu'il n'y en avait plus pour long-temps. Le cœur d'U May ne faisait guère plus de bruit que le battement d'ailes d'un papillon. Il avait tellement redouté ce moment. Il s'était toujours refusé à imaginer la vie sans U May. Sans sa voix. Sans ses conseils. Sans ses encouragements. U May était la première personne à laquelle il s'était confié. Et U May avait tenté de le délivrer de la peur. « Toute vie contient la mort en germe », avait-il répété tant et plus à Tin Win dans ces premières années de leur amitié. La mort, comme la naissance, était un aspect de la vie auquel nul ne pouvait échapper. Ça n'avait pas de sens de chercher à résister. Mieux valait l'accepter comme quelque chose de naturel que de la redouter.

Si Tin Win appréciait la logique du raisonnement, il n'était pas convaincu pour autant. La peur rôdait toujours. La peur de la mort d'U May mais également de la sienne. Ce n'était pas qu'il s'accrochât à sa vie ni qu'il la considérât comme particulièrement digne d'être vécue. Cependant, la peur ne le quittait pas et devenait régulièrement panique. Une peur animale qui lui rappelait le porcelet que son père avait tué un jour devant lui. Une scène qu'il n'oublierait jamais. Ces yeux écarquillés. Ces couinements à vous glacer le sang, cette lutte désespérée, cette résistance de tout le corps. La peur de la mort, c'est l'instinct de survie, avait raisonné Tin Win bien plus tard. C'est essentiel pour chacun de nous, pour chaque être vivant. En même temps, il faut transcender cela afin de partir en paix. Il y avait là une contradiction insoluble. Pas une seule fois au cours des deux dernières années, il n'avait songé à la mort et maintenant que celle, imminente, d'U May l'y contraignait, il se sentait étonnamment serein. Alors qu'il avait vraiment quelque chose à perdre, il n'avait plus peur. Il aurait souhaité demander une explication à U May, mais il était trop tard. Soudain, les lèvres du vieillard frémirent.

— Tin Win, Mi Mi, vous êtes là ?

Ses paroles n'étaient qu'un souffle.

— Oui, répondit Tin Win.

— Vous vous souvenez de la façon dont je voulais mourir ?

— Libéré de toute peur et le sourire aux lèvres, dit Tin Win.

— Je n'ai pas peur, murmura U May. Mi Mi te dira si je réussis à sourire.

Tin Win saisit la main d'U May en l'implorant de ne plus parler.

— Ménagez-vous.

— Pour quoi faire ?

C'étaient sans doute ses dernières paroles. Tin Win espérait qu'il ajouterait quelque chose. Aucune vie ne devait s'achever sur une question. Pour quoi faire ?

Cela évoquait la vanité de toute lutte. Le doute. Le combat inachevé. Tin Win se mit à compter les secondes entre deux battements de cœur. Plusieurs respirations passaient entre chaque.

U May ouvrit à nouveau la bouche. Tin Win se pencha.

Silence. Tin Win attendait. Silence. Un silence infini, absorbant tout, noyant le moindre bruit.

Il entendit le cœur de Mi Mi puis le sien, leurs rythmes convergeaient, battement après battement, s'adaptant l'un à l'autre et, l'espace de quelques secondes – qui lui parurent une éternité –, leurs deux cœurs battirent à l'unisson.

17

Dans la vie de Yadana, il y avait eu certains moments forts qu'elle garderait en mémoire jusqu'à son dernier souffle. La première fois où elle avait vu Tin Win en était un. Elle était assise sur la véranda, chez elle, et s'apprêtait à tresser un panier d'herbe sèche. C'était la fin de l'après-midi ; déjà, chez les voisins, le feu crépitait et elle entendait le cliquetis de leurs casseroles et marmites. Elle était seule. Son mari et ses fils étaient encore aux champs. Soudain, Tin Win avait surgi dans la cour, portant Mi Mi sur son dos. Encore aujourd'hui, elle n'aurait pas su dire ce qui l'avait tellement émue. Le jeune visage radieux de Tin Win. Son rire lorsque Mi Mi lui avait chuchoté quelque chose à l'oreille. La prudence avec laquelle il avait monté l'escalier, tâtant une marche après l'autre, avant de s'accroupir pour laisser Mi Mi glisser doucement de son dos. Ou simplement la lumière toute neuve sur le visage de sa fille, et ses yeux qui brillaient comme deux étoiles dans la nuit.

Après cela, Tin Win ramena Mi Mi chez elle tous les soirs. Au début, il gardait ses distances et leur disait au revoir peu de temps après avoir déposé la jeune fille à terre. Au bout de quelques semaines, cependant, il aidait Mi Mi à faire la cuisine et restait dîner.

Yadana le considérait comme son plus jeune fils. Plus elle le connaissait, plus elle l'appréciait. Le tact, le sérieux, la tendresse qu'il manifestait à l'égard de Mi Mi. Son humour et sa modestie. Son intuition. Souvent, il paraissait savoir ce que ressentaient Yadana et sa famille avant même qu'ils n'aient échangé le moindre mot. De même, Yadana avait l'impression qu'il ne souffrait pas particulièrement de sa cécité, surtout quand il avait Mi Mi sur le dos. Parfois, les voir escalader la montagne l'émouvait aux larmes. En dépit de son fardeau, Tin Win marchait droit comme un I. Il ne trimballait pas Mi Mi. Il la portait comme un cadeau, avec bonheur et fierté. Elle, à califourchon sur son dos, chantait ou lui chuchotait quelque chose à l'oreille. Souvent, Yadana les reconnaissait à leurs rires bien avant de les voir.

Au bout de quelques mois, son mari les considérait comme «frère et sœur» et, près de quatre ans plus tard, les traitait toujours ainsi. Se montrait-il négligent dans le choix de ses mots ou bien ce qui se jouait sous ses yeux lui échappait-il totalement ? Plus elle y réfléchissait, plus elle était persuadée de sa sincérité ; à l'instar de nombreux hommes, il lui manquait un certain sens de l'observation, sens qui l'aurait aidé à dépasser les apparences.

À l'évidence, cela faisait un bout de temps que Tin Win et Mi Mi étaient bien plus que frère et sœur. La joie qu'irradiait Mi Mi n'avait rien d'enfantin. Tin Win était toujours aussi calme, poli et respectueux, mais sa voix et ses gestes trahissaient autre chose que tendresse et délicatesse. Ces deux jeunes gens vivaient une relation intime que Yadana leur enviait presque. Elle-même n'avait rien connu de pareil avec son mari et, franchement, elle n'avait jamais rencontré deux êtres aussi proches l'un de l'autre.

Yadana se demandait si le temps n'était pas venu, maintenant qu'ils avaient tous deux dix-huit ans, d'aborder le sujet du mariage. Puisque Tin Win était manifestement orphelin, elle ne savait pas très bien à qui s'adresser. Peut-être, pensait-elle, fallait-il simplement attendre que Mi Mi ou Tin Win se penchent sur la question. Après tout, pourquoi ne pas attendre encore quelques mois ou même une année ? Elle était convaincue qu'elle n'avait aucun souci à se faire. Ces deux-là avaient découvert un secret essentiel à côté duquel elle-même était passée, même si elle en avait toujours pressenti l'existence.

18

C'était l'été. La nuit venait de tomber lorsque Tin
Win rentra chez lui après avoir passé l'après-midi au lac
avec Mi Mi. Le bain et la longue promenade du retour
l'avaient laissé agréablement fatigué. La soirée était
tiède après une journée chaude. L'air était sec et doux.
Les grenouilles dans la mare coassaient si fort qu'on
n'entendait rien d'autre. Su Kyi avait déjà dû préparer
le dîner. En ouvrant la barrière, il entendit soudain deux
voix inconnues – des hommes discutaient avec Su Kyi.
Ils étaient installés près du feu, devant la maison. Su Kyi
se leva et vint vers lui. Elle le prit par la main et l'amena
jusqu'aux inconnus. Les hommes s'exprimèrent sans
détour. Ils avaient attendu Tin Win tout l'après-midi.
Su Kyi les avait bien reçus, elle leur avait offert du thé
et des noix. Maintenant, ils étaient fatigués de leur long
voyage et souhaitaient retrouver leur hôtel. D'autant
que le lendemain, le voyage ne serait pas de tout repos.
Ils arrivaient de Rangoon. L'oncle de Tin Win, le vénérable U Saw, les avait chargés de l'amener à la capitale
dans les plus brefs délais. Son oncle lui expliquerait
lui-même le reste. Ils devaient prendre le premier train

du matin pour Thazi où, après une attente de quelques heures, ils monteraient à bord de l'express de nuit en provenance de Mandalay pour atteindre Rangoon le lendemain matin. Les billets étaient déjà achetés, les places réservées. Le train quittait Kalaw à 7 heures. Ils viendraient le chercher. Pourrait-il les attendre dès 6 heures ? Prêt à partir.

Tout d'abord, Tin Win ne comprit rien à ce qu'ils racontaient. Comme toujours avec les inconnus, il avait plutôt écouté leurs cœurs et leurs voix que leurs paroles. Leur rythme cardiaque n'avait pas révélé grand-chose. Leurs voix étaient bizarrement neutres. Ce qu'ils faisaient à Kalaw, ce qu'ils disaient, cela ne comptait pas pour eux.

Su Kyi poussa un soupir si profond qu'il en fut immédiatement alerté. Et son cœur. Il battait plus rapidement que les circonstances ne l'exigeaient, comme si elle venait d'escalader une montagne. Tin Win avait appris, avec l'aide de Mi Mi, qu'un cœur pouvait battre la chamade sans que le corps fît d'efforts. On pouvait être assis tranquillement par terre, extérieurement paisible, tandis que, à l'intérieur, le cœur courait comme un animal en danger de mort. Par expérience personnelle, il savait que l'imagination et les rêves sont souvent plus angoissants et plus menaçants que la réalité, que la tête peut malmener le cœur infiniment plus que le travail le plus ardu.

Pourquoi Su Kyi était-elle si inquiète ? Les hommes étaient partis et elle lui répétait, mot à mot, tout ce qu'ils avaient dit. Petit à petit, ses paroles faisaient leur chemin dans sa tête. Prendre le train. Pour la capitale. Seul.

— Pourquoi ? Que me veut donc mon oncle ? demanda Tin Win quand il eut enfin compris.

— Je ne sais pas. Ici, on dit qu'il est très riche, qu'il a des amis anglais très influents. Soi-disant le gouverneur lui-même. Je suis sûre qu'il peut t'aider.

— Je n'ai besoin d'aucune aide, rétorqua Tin Win.

L'idée que quiconque, par pitié, pût offrir de l'aider lui semblait risible.

— Il a peut-être entendu parler de tes problèmes de vue et il veut te faire examiner par un médecin anglais. De toute façon, il va falloir réfléchir à ce que tu vas emporter demain.

Elle s'apprêta à rentrer dans la maison.

— Su Kyi.

Les mots qu'elle prononçait, et qui visaient à le réconforter, ne correspondaient pas aux battements de son cœur.

— Su Kyi, répéta-t-il, qu'est-ce que tu en penses vraiment ?

— Oh ! Tin Win, tu vas tellement me manquer ! Mais qu'est-ce que je raconte, espèce de vieille bique égoïste que je suis ! Je devrais être contente pour toi.

— Su Kyi ! s'écria-t-il d'un ton de reproche.

Il savait très bien qu'elle cherchait à dissimuler ses pensées.

— En plus, tu ne vas partir que quelques semaines, au plus, continua-t-elle comme si elle ne l'avait pas entendu.

Il était décontenancé. Jusque-là, l'idée de voyager était restée abstraite. Il ne l'avait jamais fait et n'imaginait pas à quoi ça ressemblait. Il allait quitter Kalaw. Il arriverait dans un autre endroit, inconnu et donc plutôt menaçant, sans savoir à quoi s'attendre. Il devrait se débrouiller sans Su Kyi, sans le monastère, sans les moines, sans sa maison, sans les bruits et les odeurs si familiers. Sans Mi Mi.

C'était une idée tellement absurde qu'elle ne lui était pas encore venue à l'esprit. Il s'apprêtait à partir dans quelques heures sans même savoir quand il pourrait revenir. Dans quelques semaines ? Dans quelques mois ? Jamais ? Fantômes et démons se mirent à grouiller dans sa poitrine.

Tin Win prit le chemin cahoteux qui passait par la crête. Il en connaissait chaque caillou, chaque creux. Il accéléra l'allure, se mit à courir. Au début avec prudence puis à grandes enjambées jusqu'à se retrouver à galoper. Une force le tirait en avant, une force qui faisait oublier toute chute possible. Il passa en courant devant la mare et tourna au bois de bambous. Il dévala le pré et remonta de l'autre côté. Il courait sans trébucher, sentant à peine la terre sous ses pieds. Était-ce la mémoire, l'instinct ou le désir qui le guidait avec tant de certitude vers la demeure de Mi Mi ?

Il ralentit sur les derniers mètres et reprit son souffle un moment derrière la haie d'hibiscus qui protégeait la maison. Il entra dans la cour. Le chien se précipita en bondissant vers lui. Tin Win le caressa et le calma. Le cochon ronflait sur la véranda. Rien ne bougeait dans la maison. Il monta lentement les marches. La porte n'était pas fermée. Elle grinça lorsqu'il l'ouvrit. Grâce aux battements de son cœur, il savait où dormait Mi Mi et traversa la pièce avec précaution jusqu'à sa natte. Il faillit tomber sur un pot en métal posé en plein milieu. Il s'agenouilla à côté d'elle et posa la main sur son visage.

Elle s'éveilla en sursaut.

— Tin Win, qu'est-ce que tu fais ici ?

— Il faut que je te dise quelque chose, chuchota-t-il.

Tin Win glissa une main sous sa nuque, l'autre sous ses genoux, et la souleva. Leurs visages se touchaient presque. Il ne l'avait jamais prise dans ses bras. Ils redescendirent l'escalier et traversèrent la cour.

— Tu es en sueur, remarqua-t-elle en lui caressant le visage et le cou.

— J'ai couru tout le long du chemin. Il fallait que je te voie.

— Où allons-nous ?

— Je ne sais pas. Quelque part où nous serons seuls sans réveiller personne.

Mi Mi réfléchit un moment. Les champs commençaient juste après les maisons et, dans l'un d'eux, on avait construit un abri contre la pluie. En quelques minutes, elle les emmena et ils se glissèrent à l'intérieur. Les murs étaient d'herbe tissée et, à travers les trous du toit, Mi Mi voyait le ciel. La nuit était claire, cloutée d'étoiles, d'une chaleur inhabituelle. Mi Mi sentait son cœur en alerte. Il battait vite. Elle prit la main de Tin Win et la posa sur son ventre.

— Mi Mi, je m'en vais à Rangoon demain matin. Mon oncle, qui vit là-bas, a envoyé deux hommes me chercher.

Des dizaines d'années plus tard, cette phrase résonnerait encore dans les oreilles de Mi Mi. Quelques heures plus tôt, au bord du lac, elle rêvait de leur avenir, de leur mariage. Elle s'imaginait vivre avec Tin Win dans une maison avec des enfants dans la cour, des enfants avec des pieds pour marcher et des yeux pour voir.

Couchée entre ses bras, elle lui avait décrit la scène. Ils avaient décidé d'aborder la question du mariage avec les parents de Mi Mi dans les semaines à venir. Et maintenant, il allait partir pour la capitale. Mi Mi savait ce que cela signifiait. Rangoon était à l'autre bout du monde. Peu de gens se rendaient là-bas, et moins encore en revenaient. Elle avait envie de lui demander ce que son oncle lui voulait, combien de temps il resterait parti et pourquoi ils devaient se séparer, mais en même temps, elle sentait que les mots ne lui seraient d'aucun secours, pas pour l'instant, alors qu'elle désirait Tin Win de tout son corps. Elle prit les mains du jeune homme et l'attira à elle. Leurs lèvres se touchèrent. Elle se débarrassa de sa chemise et il lui embrassa les seins. Le souffle chaud sur sa peau. Sa bouche qui dansait le long de son corps. Il défit le longyi de Mi Mi. Ils étaient tous deux nus. Il embrassa ses jambes et ses cuisses. Il la caressa du bout de la langue. Elle sentait sa présence comme elle ne l'avait jamais sentie. Et elle se sentait elle-même. De plus en plus intensément, de plus en plus somptueusement. À chacun de ses mouvements, il lui offrait un nouveau corps. Elle s'imaginait en train de voler au-dessus de Kalaw, par-dessus les montagnes, les forêts et les vallées, d'un sommet à l'autre. La terre rétrécissait aux dimensions d'un ballon miniature sur lequel Rangoon et Kalaw et toutes les autres villes et tous les autres pays n'étaient distants que d'un doigt. Elle perdit toute maîtrise de son corps. Comme si chacune de ses émotions explosait, la colère, la peur et le doute, la nostalgie, la tendresse et le désir. L'espace d'un instant, le temps de quelques battements de cœur, tous les espoirs du monde se retrouvèrent comblés et plus rien ne la retint.

19

Les bagages ne furent pas longs à préparer.
Tin Win ne possédait pas grand-chose : quelques
sous-vêtements, trois longyis, quatre chemises et un
pull-over ; en outre, il n'aurait même pas besoin de
tout cela. Dans la capitale, il faisait chaud et humide
toute l'année. Su Kyi entassa ses affaires dans un
vieux sac en toile qu'elle avait trouvé longtemps
auparavant devant un des clubs britanniques. Pour le
voyage, elle lui avait cuit du riz et son curry préféré
de poisson séché. Elle plaça la nourriture dans une
boîte en métal avec un couvercle étanche et la coinça
entre les longyis. Tout au fond, elle mit l'os de tigre
que Tin Win tenait de son père. Et la coquille d'escargot ainsi que la plume d'oiseau que lui avait offertes
Mi Mi quelques mois plus tôt. Su Kyi jeta un œil par
la fenêtre. Il devait être à peine plus de 5 h 30. Le ciel
était encore noir mais on entendait déjà les oiseaux ;
l'aube pointait. Tin Win n'était rentré que depuis
quelques minutes. Il était assis devant la cuisine.

Pour la première fois depuis bien longtemps, Su Kyi
s'inquiétait à nouveau pour lui. Depuis le début de

son amitié avec Mi Mi, il avait changé d'une manière qu'elle n'aurait jamais cru possible. Il avait découvert la vie et, lorsqu'ils déjeunaient ensemble le matin, elle avait souvent l'impression d'être à côté d'un enfant tant il rayonnait de joie et d'énergie. Comme s'il compensait toutes ces années perdues. Il lui paraissait impossible qu'il pût s'orienter dans un environnement inconnu sans l'aide de Mi Mi. Elle n'avait jamais été témoin de pareille symbiose entre deux personnes et, par moments, elle se demandait si, dans certains cas, la plus petite unité humaine n'était pas deux plutôt que un. L'oncle avait peut-être vraiment à cœur de servir les intérêts de son neveu. Les médecins de la capitale pourraient peut-être le guérir. Il serait peut-être de retour d'ici quelques mois.

Elle sortit de la maison et l'observa attentivement. Elle avait vu des gens mourir, elle avait vu des gens plongés dans le deuil et l'affliction, mais elle n'avait jamais vu de visage aussi marqué par la douleur. Elle lui saisit le bras et il se mit à pleurer, en proie à un chagrin inconsolable. Il pleura jusqu'à ce que les deux hommes franchissent la barrière. Elle lui essuya les yeux et demanda si elle pouvait les accompagner jusqu'au train. Bien sûr, dit un des hommes. L'autre prit le sac.

Ils n'échangèrent pas un mot pendant tout le trajet. Su Kyi tenait Tin Win par la main. Il frissonnait. Il avançait avec maladresse, hésitant à chaque pas. Il tâtait le terrain en permanence, l'air apeuré et trébuchait plus qu'il ne marchait, comme si sa cécité était récente. À chaque pas, Su Kyi se sentait les jambes plus lourdes. Elle tomba dans une sorte de transe, ne captant plus que des fragments de ce qui se passait autour d'elle. Elle entendit le souffle rauque de la locomotive qui était déjà en gare. Elle vit les nuages blancs qui sortaient d'une tour noire. L'endroit était bourré de monde qui lui hurlait dans les oreilles. Un enfant cria. Une femme tomba. Des tomates roulèrent sur la voie. Les doigts de Tin Win quittèrent les siens. Les hommes l'entraînèrent. Il disparut derrière une porte.

La dernière image s'inscrivit brouillée par les larmes. Tin Win était assis devant une vitre ouverte, la tête dans les mains. Elle l'appela par son nom mais il ne réagit pas. Sur un coup de sifflet strident, la locomotive démarra. Su Kyi se mit à marcher à côté de la fenêtre. Le train prit de la vitesse. Le souffle s'accéléra, s'amplifia. Elle se mit à courir. Elle trébucha. Heurta un homme, sauta par-dessus un panier de fruits. Puis ce fut la fin du quai. Les feux arrière brillaient comme des yeux de tigre dans la nuit. Lentement, ils disparurent derrière un vaste virage. Lorsque Su Kyi fit demi-tour, le quai était vide.

20

U Ba parlait depuis des heures sans s'arrêter. Il gardait la bouche entrouverte. Il me regardait sans me voir. À part le mouvement régulier de sa poitrine, il était absolument immobile. J'entendais mon propre souffle, les abeilles. Je me cramponnais aux bras du fauteuil. Il n'y avait que dans les avions que je me retrouvais aussi tendue et encore, seulement lorsqu'ils s'égaraient dans les turbulences ou commençaient leurs manœuvres d'atterrissage. Je lâchai lentement prise pour m'enfoncer dans les coussins moelleux.

Notre silence durait et la maison se remplissait peu à peu de bruits dérangeants. Le bois grinçait. Ça bruissait près de mes pieds. Quelque chose roucoulait sous l'avant-toit. Quelque part, le vent faisait battre un volet. Le robinet de la cuisine gouttait – ou bien étais-je en train d'imaginer que j'entendais battre le cœur d'U Ba?

Je tentai de me représenter mon père. La solitude dans laquelle il avait vécu, la carence affective, les ténèbres qui l'enveloppaient avant de rencontrer Mi Mi. Qu'avait-il pu ressentir à l'idée de perdre tout ce qu'elle lui avait donné? Mes yeux se remplirent de larmes. Je voulus les retenir mais cela ne fit qu'empirer la situation. Alors je me mis à pleurer, à pleurer comme si c'était moi qui l'avais amené jusqu'au train pour Rangoon. U Ba se leva et s'approcha de moi. Il posa la main sur ma tête. J'étais inconsolable. Peut-être était-ce la première fois que je versais des larmes pour mon père. Après sa disparition, certains jours, il m'avait terriblement manqué. J'étais abattue, découragée. J'imagine que j'ai même dû pleurer, oui. Mais je n'en suis pas certaine. En outre, pour qui aurais-je versé ces larmes ? Pour lui ? Pour moi, parce que j'avais perdu mon père ? Ou s'agissait-il de larmes de rage et de déception parce qu'il nous avait plantés là ?

Certes, il ne nous avait jamais rien raconté de ces vingt premières années de sa vie et ne nous avait donc jamais offert la chance d'en faire le deuil avec lui ou pour lui. Mais aurais-je voulu savoir tout cela ? Étais-je vraiment prête à faire preuve d'empathie ? Les enfants souhaitent-ils penser à leurs parents comme à des êtres indépendants ? Pouvons-nous les voir tels qu'ils étaient avant notre naissance ?

Je sortis un mouchoir de mon sac à dos pour m'essuyer le visage.

— Avez-vous faim ? me demanda U Ba.

Je secouai la tête.

— Soif ?

— Un peu.

Il disparut dans la cuisine et revint avec une tasse de thé froid. Le goût de gingembre et de citron vert m'aida à me calmer.

— Êtes-vous fatiguée ? Voulez-vous que je vous ramène à votre hôtel ?

J'étais épuisée mais je n'avais pas envie de rester seule. La seule idée de cette chambre me mettait mal à l'aise. Dans mon esprit, elle était plus vaste même que la salle de restaurant vide et le lit plus grand que la pelouse de l'hôtel. Je me vis allongée dessus, seule et perdue.

— Je voudrais me reposer un moment. Est-ce que cela vous dérangerait beaucoup si je… juste quelques minutes… si je… ?

— Absolument pas, Julia, m'interrompit U Ba. Allongez-vous sur le canapé. Je vais vous apporter une couverture.

J'eus beaucoup de mal à m'arracher au fauteuil tant je me sentais faible. Le canapé était plus confortable qu'il n'en avait l'air. Je me pelotonnai sur les coussins et ne sentis que très vaguement U Ba qui posait une couverture légère sur moi. Je tombai presque immédiatement dans un demi-sommeil. J'entendais les abeilles. Leur constant bourdonnement me berçait. U Ba traversa la pièce. Des chiens aboyaient. Un coq chanta. Des cochons grognèrent. Un filet de salive tomba du coin de ma bouche.

Lorsque je me réveillai, il faisait nuit. Tout était silencieux. Il me fallut un petit moment pour savoir où je me trouvais. Il faisait bon. U Ba m'avait enveloppée dans une deuxième couverture, plus épaisse, et m'avait glissé un oreiller sous la tête. Sur la table, devant moi, il y avait un verre de thé, une assiette de pâtisseries et un vase avec des branches de jasmin fleuri. J'entendis une vieille et lourde porte en bois se refermer, je me tournai sur le côté en remontant mes genoux sous le menton, tirai la couverture et me rendormis.

21

Il faisait jour lorsque j'ouvris les yeux. Devant moi, fumait un verre d'eau chaude. À côté, il y avait un sachet de Nescafé, un morceau de sucre, du lait concentré et des gâteaux frais. Un rayon de soleil passait à travers une des deux fenêtres et, du canapé, j'apercevais un bout de ciel. Le bleu en était plus foncé et plus intense qu'à New York. Ça sentait une odeur de petit matin et, brusquement, je me retrouvai en train de penser à nos week-ends d'été aux Hamptons, quand je restais couchée les yeux grands ouverts sur l'aube, petite fille écoutant la mer rugir par les fenêtres ouvertes, sentant l'air frais de la chambre, un air qui – en dépit du froid – annonçait déjà la chaleur de la journée.

Je m'étirai et me levai. Étonnamment, je n'avais nullement le dos en compote, contrairement à mes habitudes lorsque je dormais dans un lit étranger. J'avais dû passer une bonne nuit sur ce canapé, avec sa tapisserie usée jusqu'à la corde. J'allai jusqu'à la fenêtre. La maison était entourée d'une épaisse haie de bougainvillées. La cour était balayée de frais. Les bûches pour le feu étaient empilées proprement entre deux arbres, le petit bois entassé à côté. Un chien de race indéterminée se promenait et le cochon se vautrait juste devant moi.

J'allai dans la cuisine. Un petit feu brûlait dans un coin, chauffant une bouilloire. La fumée montait tout droit et disparaissait par un trou dans le toit. N'empêche, j'avais les yeux qui piquaient. Contre le mur, il y avait un buffet ouvert avec deux écuelles en métal émaillé et des assiettes, des verres et des casseroles noires de suie. Sur l'étagère inférieure, on voyait des œufs, des tomates, un énorme bouquet d'échalotes, de la racine de gingembre et des citrons verts.

— Julia ?

Il m'appelait de la pièce voisine.

U Ba était assis devant une table, tout entouré de livres. La pièce entière en était remplie. On aurait dit une bibliothèque montée en graine. Ils étaient rangés du sol au plafond sur des étagères. Ils gisaient en îles sur les lattes du parquet et sur un fauteuil. Ils s'empilaient sur une deuxième table. Certains avaient l'épaisseur d'un doigt, d'autres la taille d'un dictionnaire. Il y avait bien quelques livres de poche mais la plupart étaient reliés, certains même avec une reliure en cuir. U Ba était penché sur un livre ouvert dont les pages jaunies ressemblaient à une carte perforée. À côté, une collection de pinces à épiler et de ciseaux divers ainsi qu'un pot de colle blanche et visqueuse. Deux lampes à huile posées sur la table offraient un peu de lumière supplémentaire. U Ba me regarda par-dessus le bord de ses verres épais.

— À quoi travaillez-vous, U Ba ?

— Je passe le temps.

— À faire quoi ?

Il saisit un fragment de papier avec une longue et fine pince à épiler, le trempa rapidement dans la colle puis le déposa sur un des minuscules trous de la page. Avec un stylo noir, il traça la moitié supérieure d'un O. Je tentai de lire le texte auquel appartenait cette lettre.

Qu'est-ce que l' nfer ? L'e fer, c'est s i-même,
L'enfe est solit de, et l s autr s ne son que d s om res.
Il n' a rie à fuir. Et rien po r f ir.
On es oujour eu .[1]

U Ba me regarda et récita le texte par cœur.

— D'un recueil de poèmes de T.S. Eliot, annonça-t-il. T.S. Eliot. Je le tiens en très haute estime.

Il sourit avec satisfaction et me montra les premières pages du livre. Elles étaient cloutées de bouts de papier colles.

— Pas aussi beau que s'il était neuf, peut-être, mais en tout cas, il est de nouveau lisible.

Mon regard alla du livre à son visage et retour. Était-il sérieux ? Ce volume devait contenir au bas mot deux cents pages trouées.

— Combien de temps vous faut-il pour un livre de cette taille ?

— En ce moment, plusieurs mois. J'étais plus rapide autrefois. Désormais, mes yeux ne sont plus vraiment à la hauteur et j'ai mal au dos au bout de

---

1. T.S. Eliot, *Cocktail party [Édouard, Acte I, scène 3]*, trad. Henri Fluchère, p. 131, Le Livre de Poche n° 2846 (épuisé).

quelques heures. Et il y a des jours où j'ai les mains qui tremblent trop.

Il soupira en feuilletant les pages qu'il lui restait à faire.

— Ce livre est dans un état particulièrement lamentable. Même les vers sont friands d'Eliot.

— Mais il existe sûrement une méthode plus efficace pour restaurer les livres. Vous n'arriverez jamais au bout ainsi.

— Aucune méthode qui soit à ma portée, je le crains.

— Je pourrais vous envoyer de New York des nouvelles éditions de ceux qui sont les plus importants pour vous.

— Ne vous donnez pas cette peine. J'ai lu les plus importants quand ils étaient en meilleur état.

— Alors, pourquoi les restaurer ?

Il sourit.

Aucun de nous ne dit mot. Je regardai autour de moi. J'étais là, dans une maison en bois sans électricité ni eau courante, entourée de milliers de livres.

— Où donc les avez-vous trouvés ?

— Chez les Anglais. Même quand j'étais enfant, j'adorais les livres. Après la guerre, beaucoup de Britanniques ne sont pas revenus et, après l'indépendance, il en est parti chaque année davantage. Tous les livres qu'ils ne souhaitaient pas emporter, ils me les laissaient.

Il se leva pour se diriger vers une étagère où il prit un volume relié en cuir ; il se mit à le feuilleter. Les pages paraissaient perforées.

— Vous voyez, beaucoup partagent le même sort que le volume d'Eliot. Le climat. Les vers et les insectes.

U Ba alla ouvrir une petite armoire derrière son bureau.

— Ce sont ceux que j'ai terminés, expliqua-t-il en montrant une vingtaine d'ouvrages.

Il en prit un et me le tendit. Il était très lisse avec une solide reliure en cuir. Je l'ouvris. Même la page de titre était ponctuée de bouts de papier. L'ÂME D'UN PEUPLE, pouvait-on lire en gros caractères. Londres, 1902.

— Si vous souhaitez en apprendre davantage sur notre pays, voilà un bon point de départ.

— Ce n'est pas vraiment actuel, répondis-je, légèrement agacée.

— L'âme d'un peuple ne change pas en une nuit.

Tirant sur les lobes de ses oreilles, U Ba regardait autour de lui ; il cherchait quelque chose. Il déplaça quelques livres sur une étagère basse. Derrière, il y en avait une deuxième rangée. Puis il prit une clé dans une boîte en laque rouge posée sur son bureau et ouvrit un tiroir.

— C'est bien ce que je pensais : je l'avais mis sous clé.

Il sortit un livre.

— C'est en braille. Su Kyi me l'a donné juste avant de mourir. C'est le premier volume d'une des œuvres préférées de Tin Win. Elle a oublié de le mettre dans son sac quand il est parti à Rangoon.

C'était un gros livre encombrant. Plusieurs morceaux de papier collant maintenaient à peine la reliure.

— Vous devriez vous asseoir. Venez avec moi. Nous allons boire un café pendant que vous examinerez ce livre tout à loisir.

Dans le salon, U Ba me prépara un café en versant l'eau chaude d'une Thermos dans un verre. Je posai le livre sur mes genoux et l'ouvris. Les pages étaient tout aussi trouées que celles des autres ouvrages. Je passai mon index sur la page, tranquillement, comme si je vérifiais le travail effectué par ma femme de ménage sur une étagère poussiéreuse. Ce livre me mettait mal à l'aise. Je le refermai et le posai sur la table. Au loin, j'entendis chanter. Plusieurs voix, faibles, à peine audibles, si basses qu'elles menaçaient de disparaître avant de parvenir à mon oreille. Une vague se perdant dans le sable avant même de s'écraser sur mes pieds.

Dans le silence, j'eus beau prêter l'oreille, il n'y avait rien à entendre. Le chant revint puis je le reperdis ; retenant mon souffle, je m'assis sans bouger jusqu'à entendre à nouveau les notes, un peu plus fort même. Assez fort pour ne plus les perdre. Il ne pouvait s'agir que d'un chœur d'enfants répétant sans se lasser un mantra mélodique.

— S'agit-il des enfants du monastère ?

— Pas ceux du monastère en pleine ville. Il y en a un autre dans la montagne et quand le vent souffle de la bonne direction, le matin, leur chant parvient jusqu'à nous. Vous entendez ce que Tin Win et Mi Mi entendaient. Il y a cinquante ans, c'était identique.

Je fermai les yeux en frissonnant. Les voix enfantines semblaient traverser mes oreilles pour pénétrer dans mon corps et me toucher là où aucune parole, aucune idée, aucune personne n'avait encore eu accès.

Quelle était l'origine de cette magie ? Je ne comprenais pas un seul mot de leurs chants. Qu'est-ce donc qui me bouleversait tant ? Comment pouvait-on être émue aux larmes par quelque chose qu'on ne voyait pas, qu'on ne comprenait pas, à quoi on ne pouvait se raccrocher ; un simple son qui disparaissait presque au moment où il se créait ?

La musique, disait souvent mon père, était la seule et unique raison qui l'amenait parfois à croire en un dieu ou en quelque puissance céleste.

Tous les soirs avant d'aller se coucher, il s'installait au salon, les yeux clos, et écoutait de la musique au casque. Sinon, comment mon âme pourrait-elle trouver le repos pour la nuit ? déclarait-il tranquillement.

Je ne me souviens pas d'un seul concert, d'un seul opéra où il ne pleura pas. Les larmes ruisselaient sur son visage comme l'eau d'un lac déborde silencieusement mais obstinément de ses rives. Il pleurait sans jamais cesser de sourire.

Une fois, je lui demandai ce qu'il préférerait emporter sur une île déserte, s'il devait choisir entre la musique et les livres.

J'aurais voulu que le chant des enfants ne cesse jamais. Il aurait pu m'accompagner durant toute la journée. Durant toute ma vie. Et même après. M'étais-je jamais sentie aussi proche de mon père ? U Ba avait sans doute raison. Il était sans doute près d'ici et il ne me restait plus qu'à partir à sa recherche.

III

1

Je voulus voir la maison où mon père avait passé
son enfance et sa jeunesse. Peut-être Mi Mi et lui se
cachaient-ils là-bas ? U Ba se montra hésitant.

— Les bâtiments sont dans un état lamentable. Il
vous faudra beaucoup d'imagination pour y découvrir
des traces de son enfance, me prévint-il.

Mais déjà, j'entendais le souffle de mon père à
quelques mètres devant moi. Il était hors d'haleine
pour l'avoir portée jusqu'en haut de la montagne. Elle
était plus lourde, et il était plus vieux. Je les entendais
chuchoter. Leurs voix. Encore quelques pas et je les
surprendrais.

Encore quelques pas.

— Il y a une chose dont je dois m'occuper, me dit
U Ba. Voulez-vous continuer sans moi ?

Il m'indiqua le chemin en disant qu'il me rattrape-
rait bientôt.

Je franchis donc péniblement la crête toute seule.
U Ba l'avait décrite avec beaucoup de précision, le
sentier boueux avec tous ses trous et ses ornières.
L'endroit m'était étrangement familier. Je fermai les

yeux et tentai d'imaginer mon père marchant sur ce chemin. Je fus surprise par les bruits, nombreux et variés, que j'entendis soudain. Des oiseaux. Des sauterelles. Des cigales. Un bourdonnement désagréable de mouches, l'aboiement d'un chien au loin. Mes pieds s'embourbèrent dans les creux profonds du chemin. Je trébuchai mais sans tomber. Ça sentait l'eucalyptus et le jasmin. Un char à bœufs me dépassa. Les animaux étaient vraiment dans un triste état. La peau sur les os et les yeux exorbités, ils étaient prêts à succomber sous l'effort.

Au-delà du sommet, j'aperçus la maison. Je ralentis l'allure. À la barrière, je m'arrêtai, découragée.

Le portillon pendait de guingois, avec une charnière cassée. L'herbe poussait dans les fissures de la maçonnerie des piliers. La barrière elle-même était envahie par les ronces. Il manquait une latte sur deux. Dans la cour, l'herbe était marron, desséchée par le soleil. Le bâtiment principal, une villa Tudor jaune, avait un grand balcon à l'étage d'où on devait avoir une vue sur la ville et les montagnes. Les balustres, les avant-toits et les cadres des fenêtres étaient ornés de sculptures. Il y avait un jardin d'hiver et plusieurs bow-windows. Un arbre avait poussé dans la cheminée. Là où plusieurs tuiles manquaient, on voyait la structure délicate du toit. La balustrade du balcon avait perdu presque tous ses montants et la couleur de la façade était délavée par la pluie. La plupart des vitres étaient brisées.

Même à New York, les bâtiments vides me déprimaient. Quand j'étais enfant, je passais toujours au large, je traversais la rue quand j'en voyais un.

C'étaient des lieux hantés. Derrière leurs fenêtres barrées m'attendaient des fantômes. Je n'osais passer devant que lorsque j'étais avec mon père et même là, je devais marcher du côté de la chaussée.

Cette villa dégageait la même atmosphère inquiétante. Pourquoi n'était-elle pas entretenue ? Sa grandeur passée était encore bien visible. N'importe qui aurait pu la restaurer sans se donner beaucoup de peine. Aurait pu.

Qu'avait-il pu se passer ? Qu'est-ce qui se cachait à l'intérieur ? Des fantômes ? Deux vies jamais vécues ?

En contrebas de la maison, il y avait la cabane en ruine dans laquelle Su Kyi et mon père avaient dû vivre. C'était plus petit que notre salon à New York. Je ne voyais aucune fenêtre et un seul encadrement de porte, vide. Le toit de tôle ondulée était dévoré par la rouille, les murs d'argile s'effritaient. Je repérai l'âtre, une pile de petit bois desséché et le banc de bois. Deux jeunes femmes, leurs bébés dans les bras, étaient assises dessus. Elles me regardèrent en souriant. À côté de la cabane, quatre longyis séchaient au soleil. Deux jeunes chiens se promenaient dans la cour. Un troisième arqua le dos pour poser sa crotte puis me jeta un regard triste.

Je pris deux profondes inspirations et franchis la barrière. Devant moi, sur la pelouse, il y avait une souche d'arbre. Ce devait être celle d'un très gros pin, très ancien. Des fourmis cavalaient sur son écorce épaisse. Le bois était lisse et érodé en plusieurs endroits mais le cœur était encore solide, même après toutes ces années. Je grimpai dessus sans difficulté. C'était ferme et humide. La vue sur la vallée était barrée par plusieurs gros buissons. Je compris alors pourquoi j'avais absolument voulu voir cet endroit tout en le redoutant. La clé du récit d'U Ba se trouvait ici. Depuis que j'avais entendu les enfants du monastère chanter ce matin, l'histoire avait cessé d'être une fable. Elle résonnait dans mes oreilles, j'avais son odeur dans mes narines et je la touchais de mes mains. Voilà la souche d'arbre sur laquelle mon père avait attendu sa mère, ma grand-mère, en vain. Voilà où il avait failli se laisser mourir de faim. Dans cette cour, il avait perdu la vue et il avait vécu dans cette ville étrange où bien peu de choses avaient changé ces cinquante dernières années. Mi Mi et lui. U Ba me menait jusqu'à eux. Je les entendais chuchoter. Leurs voix. Encore quelques pas.

Et si jamais je me retrouvais devant eux ? Pareille idée avait de quoi m'affoler. Mi Mi et mon père étaient peut-être réfugiés dans cette villa en ruine. M'avaient-ils déjà repérée par la fenêtre ? Allaient-ils se cacher de moi, s'enfuir ou sortir de la maison pour me voir ? Que dirais-je ? Salut, papa ! Pourquoi tu nous as largués ? Pourquoi tu m'as jamais parlé de Mi Mi ? Tu m'as manqué.

Comment réagirait-il ? Serait-il en colère contre moi parce que j'étais partie à sa recherche, parce que je l'avais trouvé alors qu'il avait si clairement manifesté son intention de disparaître sans laisser de trace ? N'aurais-je pas dû respecter son désir et rester à New York ? Allait-il quand même me prendre dans ses bras, en dépit de tout ? Verrais-je cette lumière dans ses yeux, cette lumière qui m'avait tellement manqué ? Ignorer tout de sa réaction, comme c'était douloureux ! Pourquoi doutais-je qu'il serait heureux de me voir ?

— Mi Mi et votre père ne vivent pas ici.

C'était U Ba. Je ne l'avais pas vu arriver.

— U Ba, vous m'avez fait peur.

— Désolé. Ce n'était pas mon intention.

— Comment saviez-vous ce que j'étais en train de penser ?

— À quoi d'autre auriez-vous pu penser ?

Il sourit en penchant la tête sur le côté. Il me gratifia alors d'un regard affectueux, un regard qui m'inspira de l'audace. J'eus envie de lui tendre la main. Il fallait qu'il me guide hors de cette demeure hantée, il fallait qu'il me ramène chez moi. En sécurité.

— De quoi avez-vous peur ?

— Je ne sais pas.

— Vous n'avez aucune raison d'être inquiète. Vous êtes sa fille. Pourquoi doutez-vous de son amour ?

— Il nous a abandonnés.

— Ceci exclut donc cela ?

— Oui.

— Pourquoi ? L'amour a tant de visages différents que notre imagination n'est pas préparée à les voir tous.

— Pourquoi faut-il que tout soit si difficile ?

— Parce que nous ne voyons que ce que nous savons déjà. Nous projetons nos propres valeurs – les bonnes comme les mauvaises – sur l'autre. Ensuite, nous reconnaissons pour de l'amour ce qui, d'emblée, correspond à l'image que nous nous en faisons. Nous souhaitons être aimés comme nous-mêmes nous saurions aimer. Une approche différente nous met mal à l'aise. Nous réagissons de façon soupçonneuse et dubitative. Nous interprétons les signes de travers. Le langage nous est incompréhensible. Nous accusons. Nous affirmons que l'autre ne nous aime pas. Mais peut-être nous aime-t-il simplement selon son idiosyncrasie, que nous sommes incapables de reconnaître. J'espère que vous allez comprendre de quoi je parle une fois que j'aurai achevé mon récit.

Je ne comprenais rien. Mais je lui faisais confiance

— J'ai acheté des fruits au marché. Si vous voulez, on peut s'installer sous un avocatier et je continuerai notre histoire.

Il s'avança à grands pas vers les deux jeunes femmes, qui paraissaient bien le connaître. Ils rirent ensemble, elles me regardèrent, elles hochèrent la tête et elles se levèrent. U Ba prit le banc de bois sous son bras et l'apporta sous l'arbre dans l'ombre duquel je l'attendais.

— Si je ne me trompe pas, ce banc est l'œuvre de votre grand-père. Du teck. Il durera au moins cent ans. Jusqu'à présent, on n'a dû le réparer qu'une seule fois.

Il sortit une Thermos et deux petits verres d'un sac et versa le thé.

Je fermai les yeux. Mon père était en route pour Rangoon et je pressentais que le voyage allait être une vraie torture.

2

Fais le mort. Ne bouge pas. Attends que le temps passe. Ne fais pas de bruit. Refuse de boire et de manger. Respire à l'économie. Espère que ce n'est pas vrai.

Dans le train, Tin Win restait recroquevillé dans un coin, sans réaction. Il ne prêtait aucune attention aux questions de ses deux accompagnateurs ; ceux-ci se lassèrent et le laissèrent tranquille. Il était aussi indifférent aux conversations et aux rythmes cardiaques de ses compagnons de voyage que les passagers du train au paysage nocturne qui défilait sous leurs yeux.

Le silence qui régnait dans la maison de son oncle lui facilita un peu la vie. Plus besoin de changer de train ni d'ignorer les questions qu'on lui posait. Il était seul. Immobile sur un lit, bras et jambes étalés.

Fais le mort. Ce ne fut pas toujours évident.

Il pleura. Il succomba à des crises convulsives qui durèrent quelques minutes avant de refluer lentement. Comme l'eau que le sable absorbe.

— Pitié, murmura-t-il comme s'il s'adressait à quelqu'un dans la pièce. Pitié, faites que cela ne soit pas. Pitié, laissez-moi me réveiller.

Il s'imagina couché sur sa natte de paille à Kalaw avec Su Kyi dormant à côté de lui. Il restait au lit tandis qu'elle se levait. Il l'entendait s'activer dans la cuisine. L'odeur aigre-douce de la papaye fraîche venait lui chatouiller les narines. Il entendait Mi Mi en train de sucer un noyau de mangue, assise devant lui. Rangoon était un mauvais rêve. Un malentendu. Loin, très loin, comme une nuée d'orage à l'horizon, filant dans une autre direction.

Il sentit l'immense soulagement qu'il en retirerait. Mais c'était déjà enfui, envolé comme un peu de fumée au gré du vent.

On frappa à la porte. Tin Win ne réagit pas. On frappa de nouveau. La porte s'ouvrit et quelqu'un entra. Un garçon, pensa Tin Win. Reconnaissable à sa démarche. Les hommes et les femmes ne se déplaçaient pas de la même façon. Les hommes étaient plus balourds, ils entraient bruyamment, les pieds bien à plat alors que les femmes étaient plus discrètes, déroulant le pied du talon à la pointe. Elles caressaient le sol avec la plante de leurs pieds. Ce garçon-là marchait brutalement. Il posa un plateau sur la table à côté du lit. Un arôme de riz et de légumes. Il versa dans un verre l'eau d'une carafe. Il fallait que Tin Win boive beaucoup, dit-il. Après tout, il venait des montagnes et il n'était pas habitué à la chaleur de la capitale. Au bout de quelques semaines d'acclimatation, il résisterait mieux. Tin Win devait se reposer autant qu'il le souhaitait et qu'il n'hésite pas à appeler s'il avait besoin de quelque chose. Son oncle était absent mais il serait de retour pour le dîner.

Tin Win, à nouveau seul, se redressa sur son lit et prit le plateau. Il mangea quelques cuillerées. Le curry était bon mais il n'avait aucun appétit. L'eau le rafraîchit.

Quelques semaines d'acclimatation. Ces mots, censés le rassurer, sonnaient pour lui comme une malédiction. Il ne pouvait imaginer passer une journée de plus sans Mi Mi.

Quelque chose bourdonnait au-dessus de sa tête, un bruit profondément désagréable, sans aucun rythme, d'une monotonie repoussante. Ça ne s'arrêtait jamais, c'était d'un niveau sonore constant, sans faiblir. En même temps, il sentait un vague courant d'air venu d'en haut. Ce ne fut qu'à ce moment-là qu'il prit conscience de la chaleur. Ce vent léger ne le rafraîchissait pas. L'air était bien trop brûlant. À deux doigts de lui brûler la peau.

Il se leva pour explorer ses appartements. Il prêta l'oreille, retenant son souffle. Deux fourmis se promenaient sur le mur devant lui. Sous le lit guettait une araignée dans la toile de laquelle une mouche venait de se faire prendre. Il l'entendait se débattre, il entendait son bourdonnement de plus en plus désespéré. L'araignée s'avança vers sa proie. Deux geckos s'accrochaient au plafond, tirant la langue à tour de rôle. Aucun de ces bruits n'était particulièrement édifiant. Agitant les bras, il avança d'un pas.

Les sièges ne font pas de bruit et n'ont pas d'odeur. Il se cogna la main contre le rebord en bois et laissa échapper un petit cri. La douleur remonta jusque dans son épaule. Il tomba à genoux et se déplaça dans la pièce à quatre pattes. Les tables ne font pas de bruit et n'ont pas d'odeur. Il aurait une méchante bosse sur le front.

Comme un géomètre dressant les contours d'un nouveau territoire, Tin Win explora chaque coin de la pièce, pour ne pas se cogner encore une fois. En plus de la table et de la chaise, il y avait un grand placard contre le mur. À côté, deux tables, hautes mais petites, chacune avec une lampe. Au-dessus de la table, un tableau. Les deux grandes fenêtres, entrouvertes, descendaient presque jusqu'au sol. Les volets étaient fermés. Tin Win tapa par terre. Du teck bien sec. Une sonorité inimitable. Il envisagea d'explorer la maison tout entière mais, finalement, préféra se recoucher en attendant le retour de son oncle.

Il fut réveillé par un coup frappé à sa porte. C'était le même garçon qu'à midi. Son oncle l'attendait pour le dîner. Tin Win posa avec hésitation un pied devant l'autre pour descendre l'escalier qui formait un grand arc jusqu'au rez-de-chaussée. La façon dont ses pas résonnaient lui donna une idée des dimensions de la pièce. Elle devait être vaste, une espèce de vestibule qui profitait de toute la hauteur de la maison. Le garçon marchait juste derrière Tin Win. À la dernière marche, il lui prit le bras pour lui faire traverser encore deux pièces de belles dimensions avant d'atteindre la salle à manger.

En attendant son neveu, U Saw s'était servi un verre d'eau gazeuse parfumée au citron vert et il était sorti sur la terrasse pour inspecter le jardin derrière la maison. Une grande feuille brunie pendait d'une des palmes. Un des jardiniers avait dû l'oublier, une négligence que U Saw ne pouvait tolérer. Il se demanda s'il lui fallait déjà renvoyer un des domestiques. Il n'y avait pas plus sûr moyen pour guérir les autres de leur indolence, au moins pour quelques mois. Il avança sur la pelouse et se pencha pour vérifier que le gazon était bien tondu. Des touffes d'herbe dépassaient. Demain, il prendrait les dispositions nécessaires.

U Saw faisait partie de ces rares Birmans qui étaient parvenus à une très confortable aisance sous le règne des Britanniques. Si on additionnait ses entreprises, ses biens immobiliers à l'étranger et l'argent dont il disposait, on voyait qu'il était l'un des hommes les plus riches du pays à l'exception – évidemment – d'un certain nombre d'Anglais et de quelques autres Européens qui vivaient dans un monde à part, un monde qui n'avait pas grand-chose en commun avec le reste de la Birmanie et qui, de ce fait, ne poussait pas à la comparaison. Sa propriété de Halpin Road n'avait rien à envier aux plus somptueuses villas des seigneurs coloniaux. Une maison avec vingt-cinq chambres, une piscine et un court de tennis, ça ne se trouvait pas à tous les coins de rue, même dans les quartiers blancs. Comme U Saw lui-même ne jouait pas au tennis, il insistait pour que ses domestiques le fassent. Tous les matins, juste après le lever du soleil, deux de ses cinq jardiniers tapaient sur la balle pendant une heure, donnant ainsi l'impression que le propriétaire lui-même se servait régulièrement du court. Du coup, ses voisins et ses visiteurs le trouvaient incroyablement athlétique. En plus des jardiniers, U Saw employait deux cuisiniers, deux chauffeurs, plusieurs femmes de ménage, trois gardiens de nuit, un valet, un maître d'hôtel et une espèce de coordinateur financier, responsable des achats.

Des années auparavant, les hypothèses sur l'origine de sa fortune étaient allées bon train, mais les rumeurs s'étaient calmées à mesure que sa richesse avait augmenté. À partir d'un certain statut social, on est à l'abri des vaines spéculations.

De son histoire, tout un chacun dans la capitale savait que, encore jeune homme au début du siècle, il s'était introduit dans les cercles allemands de Rangoon. Il parlait couramment la langue et, très rapidement, il avait réussi à devenir directeur d'un grand moulin à riz appartenant à un Allemand. La Première Guerre mondiale avait contraint le propriétaire et la plupart de ses compatriotes à quitter la colonie britannique. Il avait mis son entreprise au nom d'U Saw, à la condition explicite de la récupérer quand il reviendrait à la fin de la guerre. Deux nababs du riz avaient cru bon d'agir de même en vendant leur affaire à U Saw pour le prix de quelques kyats symboliques. Personne n'avait jamais revu aucun de ces trois hommes à Rangoon. Quant à U Saw, il n'avait jamais fait la moindre allusion à cet heureux coup du destin.

Les affaires d'U Saw prirent de l'ampleur dans les années vingt et, au début des années trente, il retourna les effets de la Grande Dépression – qui fut ressentie aussi en Asie du Sud-Est – à son avantage. Il racheta des rizières et des moulins en faillite puis prit le contrôle des affaires d'un baron indien du riz, si bien que, très vite, il contrôla tout le marché depuis la production jusqu'à l'exportation. Il entretenait de bonnes relations non seulement avec ses concurrents indiens mais également avec les Anglais et la minorité chinoise. Il avait appris dès son plus jeune âge que les relations ne sont dangereuses que pour ceux qui n'en ont pas. Comme il sied à un personnage de sa stature, il faisait de généreuses donations aux deux plus grands monastères de Rangoon. Il avait déjà officiellement financé trois pagodes et dans le vestibule de sa maison se dressait un imposant autel bouddhiste.

Bref, à cinquante ans, U Saw était plus que satisfait de son sort. Même le décès tragique de sa femme deux ans auparavant n'avait pas changé sa vision des choses. Pour lui, ce mariage sans enfants n'avait été rien de plus qu'un partenariat de convenance. Sa femme était la fille d'un grand armateur, et U Saw avait espéré que le mariage réduirait ses coûts de transport. Comment aurait-il pu savoir que ce prestigieux armateur était au bord de la banqueroute ? Le mariage était officiel mais rarement consommé.

U Saw ne pouvait pas dire que sa femme lui manquait particulièrement. En revanche, les circonstances de sa mort étaient un sujet de préoccupation. Un astrologue lui avait vivement déconseillé d'entreprendre un certain voyage d'affaires à Calcutta. S'il effectuait ce déplacement, une grande catastrophe s'abattrait sur sa famille. U Saw était quand même parti. Deux jours plus tard, on avait retrouvé sa femme morte dans son lit. Un cobra dormait sur le drap, proprement enroulé. Il avait dû se glisser par la fenêtre ouverte.

Depuis, U Saw ne prenait plus de décisions importantes sans consulter d'abord les astrologues ou les cartomanciennes. Quinze jours auparavant, un astrologue lui avait prédit une catastrophe personnelle et

commerciale – une distinction qui échappait complète-
tement à U Saw mais il ne s'était pas donné la peine
de demander des détails – qui ne pourrait être évitée
qu'en aidant un membre de la famille dans une situation désespérée. Cette remontrance lui avait valu
quelques nuits d'insomnie. Il ne se connaissait aucun
parent dans une situation désespérée. Ils étaient tous
pauvres. Ils voulaient toujours de l'argent, c'était la
raison pour laquelle il avait rompu tout lien avec eux
des années plus tôt. Mais dans une situation deses-
pérée ? Il finit par se souvenir vaguement d'avoir
entendu parler du triste destin d'un lointain parent
de sa femme, un garçon dont le père était mort. Le
jeune homme lui-même avait perdu la vue en une nuit
et sa mère l'avait abandonné. À en croire la rumeur,
il vivait avec une voisine qui s'occupait également de
la maison que lui, U Saw, possédait à Kalaw. Quel
meilleur moyen pour apaiser les étoiles que d'aider
un jeune aveugle ? Il s'était enquis avec tact, auprès
de l'astrologue, si en faisant un don à un monastère –
un don généreux, s'entend – il ne parviendrait pas
à enrayer ladite catastrophe. L'affaire aurait été plus
simple. Non ? La construction d'une nouvelle pagode,
peut-être ? Ou de deux ? Les étoiles étaient inflexibles.

Dès le lendemain, U Saw avait envoyé deux de ses
hommes de confiance à Kalaw.

Entendant des voix dans la salle à manger, U Saw
revint à l'intérieur. Il eut le souffle coupé en voyant Tin
Win. Il s'attendait à rencontrer un infirme, un garçon
physiquement et mentalement sous-développé, dont
la situation critique n'aurait pu qu'inciter à la pitié.
Mais ce neveu était un robuste jeune homme, bien de

sa personne, mesurant au moins deux têtes de plus que son oncle et rayonnant d'une étrange assurance. Il était vêtu d'une chemise blanche et d'un longyi vert propre. Il ne paraissait pas vraiment dans le besoin. U Saw était déçu.

— Mon cher neveu, bienvenue à Rangoon. C'est un plaisir de te recevoir enfin ici, chez moi.

La voix d'U Saw irrita Tin Win dès la première phrase. Il ne parvenait pas à l'interpréter. Elle ne touchait aucune corde sensible chez lui. Une voix amicale, ni trop forte ni trop grave, mais à laquelle il manquait quelque chose que Tin Win aurait eu du mal à définir. Une voix qui lui rappelait le bourdonnement qui venait du plafond. Et le rythme cardiaque de son oncle était encore plus bizarre – monotone et sans relief, comme le tic-tac de l'horloge accrochée dans le couloir.

— J'espère que ce long voyage n'a pas été trop pénible, continua U Saw.

— Non.

— Comment vont tes yeux ?

— Ils vont bien.

— Je croyais que tu étais aveugle.

Tin Win perçut la perplexité dans sa voix. Il sentit le moment mal choisi pour s'embarquer dans une discussion sur la cécité et la capacité de voir.

— Je voulais seulement dire qu'ils ne sont pas douloureux.

— C'est parfait. Hélas ! je n'ai su ce malheur que récemment, par l'intermédiaire d'une de mes connaissances à Kalaw. Sinon, j'aurais évidemment tenté de t'aider beaucoup plus tôt. Un de mes bons amis, le docteur Stuart McCrae, est médecin-chef dans le plus grand hôpital de Rangoon. Il dirige le service d'ophtalmologie. Je me suis débrouillé pour qu'il t'examine dans les semaines qui viennent.

— Tant de générosité m'accable, répondit Tin Win. Je ne sais comment vous remercier.

— N'y pensons plus. La médecine progresse à grands pas. Peut-être que des lunettes ou une opération te changeront la vie, dit U Saw dont l'humeur s'améliorait nettement.

Le ton obséquieux de son neveu lui plaisait. Il le sentait déjà plein d'une opportune gratitude.

— Souhaites-tu boire quelque chose ?

— Un peu d'eau, peut-être.

U Saw versa de l'eau dans un verre qu'il posa bruyamment sur la table à côté d'eux, ne sachant comment il fallait l'offrir à son neveu. Tin Win chercha le verre à tâtons et but une gorgée.

— J'ai demandé à ma cuisinière de te préparer du bouillon de poulet et du curry de poisson avec du riz. J'ai pensé que ce serait des plats à ton goût.

— Absolument.

— As-tu besoin d'aide pour manger ?

— Non, merci.

U Saw claqua dans ses mains en appelant quelqu'un. Le garçon arriva et mena Tin Win à sa chaise. Celui-ci s'assit et tâta les objets devant lui sur la table : une assiette plate avec un bol profond, à côté une serviette, une cuillère, un couteau et une fourchette. Au monastère, U May lui avait jadis mis ces objets dans la main en lui expliquant que les Anglais mangeaient avec ces outils et non avec leurs doigts. Ayant déjà expérimenté la cuillère avec son curry de midi, Tin Win avait découvert avec surprise combien il était facile de s'en servir.

U Saw observa avec soulagement que Tin Win savait manier les couverts et que sa cécité ne l'empêchait nullement de manger convenablement. Même la soupe ne lui causa aucun souci. U Saw avait envisagé, avec terreur, qu'il allait falloir nourrir ce neveu tous les soirs, que peut-être il baverait ou qu'il renverserait la nourriture sur la table.

Aucun des deux ne disait mot. Tin Win pensait à Mi Mi. Il se demandait comment elle décrirait cet oncle. Avait-il des doigts potelés ? Était-il trop gros ? Avait-il un double menton comme le marchand de cannes à sucre de Kalaw dont le rythme cardiaque était tout aussi plat ? Avait-il les yeux brillants ? Ou son regard était-il aussi peu expressif que les battements de son cœur ? Qui allait l'aider, lui, Tin Win, à déchiffrer ce nouvel univers dans lequel il avait pénétré ? Les médecins ? Qu'allait donc faire de lui l'ami de son oncle ? Et aurait-il le droit de rentrer à Kalaw une fois qu'ils auraient compris qu'il n'y avait rien à faire ? Avec un peu de chance, il retrouverait peut-être Mi Mi à la fin de la semaine prochaine.

Et si les médecins lui rendaient la vue ? Tin Win n'avait encore jamais envisagé cette possibilité. Ni dans les années qui avaient précédé ni depuis qu'il était arrivé à Rangoon. Et pourquoi l'aurait-il fait ? Il possédait déjà tout ce dont il avait besoin.

Tin Win tenta d'imaginer les conséquences d'une opération réussie. Des yeux avec lesquels voir. Des contours définis. Des visages. Conserverait-il cette ouïe aiguë? Il se représenta en train de regarder Mi Mi. Elle était nue devant lui. Son corps mince, ses petits seins fermes. Il voyait son ventre plat et sa toison pubienne. Ses cuisses tendres, sa vulve. Bizarrement, cette image ne provoquait aucune excitation en lui. Il ne pouvait rien exister de plus délicieux que de caresser sa peau du bout de la langue, de frôler ses seins avec la bouche et d'entendre son cœur tambouriner de bonheur.

La voix de son oncle interrompit le cours de ses pensées.

— Je vais être très occupé dans les jours à venir et je n'aurai guère le temps de m'occuper de toi.

Il posa ses couverts.

— Cependant, un des domestiques, Hla Taw, sera en permanence à ta disposition. Il te montrera le jardin et même la ville, si tu en as envie. Fais-lui part de tous tes besoins. Si j'arrive à me libérer, nous dînerons ensemble le week-end. Le rendez-vous avec le docteur McCrae est prévu pour mardi.

U Saw hésita. L'astrologue avait-il prescrit le temps qu'il devait consacrer au membre de sa famille dans une situation désespérée? Il ne se souvenait de rien de tel. Pour en être certain, il retournerait le voir dès le lendemain.

— Je vous remercie, U Saw, répondit Tin Win. Je ne mérite pas tant de générosité de votre part.

U Saw se leva. Il était extrêmement satisfait. Son neveu savait se conduire. Il était enchanté à l'idée que lui, U Saw, allait peut-être rendre la vue à ce garçon. Un geste d'une telle magnanimité, une générosité si désintéressée, saurait à coup sûr trouver sa récompense.

3

Tin Win restait éveillé la nuit et dormait durant le jour. Il était en proie à une diarrhée épouvantable. Les toilettes lui paraissaient de plus en plus loin ; il passait des heures sur le carrelage, devant la salle de bains, tant il craignait d'arriver trop tard.

À tout moment, il se retrouvait nargué ou effrayé par des bruits étranges. Quelque chose vibrait et gargouillait derrière les murs et sous le sol de la salle de bains. L'araignée sous son lit était devenue vorace. Les mouches à l'agonie, leurs pattes brisées, les bruits de succion et déglutition de l'araignée, tout cela le dégoûtait. Un matin, il entendit un serpent glisser en silence sur le sol de sa chambre. L'animal s'était trahi par les battements de son cœur. Tin Win guetta son approche. Il rampa sur le lit. Sur ses jambes. Le jeune homme sentit le corps froid et humide à travers le drap mince. Le serpent vint lui siffler dans l'oreille comme s'il voulait lui raconter une histoire. Au bout de quelques heures, il fila par la fenêtre entrouverte. Les geckos sur le mur se moquaient de lui. Plus d'une fois, il se boucha les oreilles en appelant au secours.

Hla Taw mettait tous ces ennuis sur le compte de la nourriture inhabituelle et de la chaleur. Mais Tin Win savait ce qu'il lui arrivait. Il était assis sur une souche d'arbre. Il attendait. Bientôt, avait-elle dit.

Il prit une profonde inspiration et retint son souffle. Il compta les secondes. Quarante. Soixante. Dans sa poitrine, la pression monta. Quatre-vingt-dix. Cent vingt. Il se sentit pris de vertige. Son corps hurlait son besoin d'oxygène. Tin Win ne cédait pas. Il entendit son propre cœur se mettre à bégayer. Il savait qu'il possédait le pouvoir de l'arrêter. Parfait.

La mort apparut au loin, s'approchant à grands pas, silhouette menaçante qui vint se dresser juste devant lui.

— Tu m'as appelée.

Tin Win eut peur de lui-même. Il avait appelé la mort mais il ne voulait pas mourir tout de suite. Pas encore. Pas ici. Il avait besoin de revoir Mi Mi, de sentir à nouveau sa présence, son souffle sur sa peau, ses lèvres à son oreille, le chant de son cœur.

Il inspira, profondément.

Il allait découvrir ce que son oncle lui voulait. Il ferait ce qu'on lui demandait et puis il retournerait à Kalaw le plus vite possible.

Quatre jours plus tard, Tin Win, l'oreille tendue, se trouvait sur le seuil de la terrasse. Il pleuvait. Pas une averse, plutôt une pluie régulière qui tombait en un lent bruissement. Tin Win aimait la pluie, elle avait toujours été son alliée. Il y captait le murmure de Mi Mi, cette voix capable d'une telle tendresse. La pluie redessinait le jardin et la maison, elle levait le voile sur la propriété de son oncle. Elle offrait des images. Selon l'endroit de la cour où elle tombait, elle ne faisait pas le même bruit. À côté de lui, l'eau ruisselait sur le toit de tôle qui reliait la cuisine à la maison. Devant lui, elle crépitait sur les dalles de la terrasse dont il pouvait enfin déterminer la taille, merci à elle. Elle se posait en douceur sur l'herbe. Il percevait l'allée qui passait entre les massifs de fleurs, les buissons et la pelouse. Le sable absorbait l'eau presque sans bruit. Elle résonnait sur les larges feuilles de palme avant de couler le long des tiges ; elle débordait des fleurs, leur arrachant des pétales au passage. Il remarqua que la cour n'était pas plane, l'eau s'écoulait, de façon presque inaudible, vers la rue. Il avait l'impression d'ouvrir pour la première fois les volets de sa chambre et de découvrir l'endroit où il se trouvait.

La pluie augmenta d'intensité et tambourina plus fort sur le toit de tôle ; Tin Win sortit sur la terrasse. L'eau était bien plus tiède qu'à Kalaw. Il tendit les bras. C'était des grosses gouttes. Il sentit Mi Mi sur son dos. Il voulait lui montrer le jardin. Il fit quelques pas puis se mit soudain à courir. De la terrasse, il bondit dans le jardin, évita un palmier, courut autour du court de tennis, sauta par-dessus deux petits buissons, fonça vers la haie qui bordait la propriété et revint au galop sur la terrasse. Une deuxième fois. Une troisième. Courir était un acte libérateur. Courir lui permettait de lâcher l'énergie qui s'était tellement rétractée ces derniers jours.

La pluie l'arrachait à ses angoisses ; chaque goutte le rendait à la vie. Mi Mi était là, avec lui. Puisque c'était elle qui lui avait ouvert les yeux, puisque c'était elle qui, au sens littéral du terme, voyait pour lui, elle serait toujours à ses côtés. Ce qui s'interposait entre eux, c'était seulement sa peur et son chagrin. U May l'avait prévenu : la peur rend sourd et aveugle. La colère rend sourd et aveugle. Tout comme l'envie et le soupçon. Il n'existait qu'une seule force capable de vaincre la peur.

Tin Win courut jusqu'à la terrasse. Hors d'haleine, débordant de joie.

— Tin Win.

La voix de son oncle. Pourquoi avait il quitté son bureau de bonne heure ?

— Le docteur McCrae a envoyé un message. Il faut y aller aujourd'hui. Tout de suite.

U Saw observa son neveu sans rien dire pendant un long moment.

— Je t'ai vu courir, reprit-il. Tu es vraiment aveugle ?

Si proche de la vérité, et pourtant si loin.

La consultation ne dura que quelques minutes. Une infirmière lui tint la tête. Un médecin aux mains puissantes tira sur ses paupières. Stuart McCrae était penché sur lui. Son haleine sentait le tabac.

McCrae ne prononça pas un mot pendant l'examen. Tin Win se concentra sur le rythme de son cœur, se demandant même s'il ne pourrait pas en déduire le diagnostic. Un rythme imperturbable. Nullement désagréable, simplement étranger. Un rythme régulier, stable. Tout comme sa voix. McCrae parlait par phrases courtes qui commençaient n'importe où et finissaient tout aussi abruptement, toujours sur le même registre. Nullement désagréable, simplement dépourvue de toute émotion.

Le diagnostic fut simple et rapide. Tin Win était aveugle. Cataracte. Totalement inhabituelle à cet âge. Sans doute un trouble génétique. Opérable. Demain, s'ils le souhaitaient.

Le plus pénible, ce furent les injections. On le piqua avec des grosses aiguilles, bien longues, au-dessus et au-dessous des yeux ainsi que près des oreilles. Le métal froid pénétrait de plus en plus profondément dans la chair, comme si on cherchait à l'embrocher. Puis il y eut l'extraction du cristallin. Tin Win sentit les incisions mais pas la moindre douleur. Avec une aiguille et du fil, on lui recousit la peau. Comme un bout de tissu. Il porta un pansement autour de la tête les deux jours qui suivirent.

Armés de ciseaux et de pinces, les médecins s'activaient maintenant autour de lui, se donnant mutuellement des ordres que Tin Win ne comprenait pas. On allait lui rendre la vue, disaient-ils. Il aurait l'impression d'être un nouveau-né. On allait lui ôter son pansement et il pourrait percevoir la lumière – la lumière chaude, brillante. Il reconnaîtrait les contours et les formes et, d'ici quelques jours, lorsque ses lunettes seraient prêtes, il recouvrerait la vue. Une vue meilleure qu'avant de devenir aveugle.

Tin Win ne savait pas très bien s'il devait les croire. Non qu'il ne leur fît pas confiance ou qu'il les soupçonnât de l'induire en erreur de façon consciente et volontaire. Ils croyaient ce qu'ils lui disaient, mais on avait l'impression qu'ils ne parlaient pas de la même chose que lui.

— Qu'y a-t-il de plus précieux que les yeux ? lui demanda Stuart McCrae avant l'opération.

Question à laquelle il répondit lui-même immédiatement.

— Rien. Voir, c'est croire.

Ils se comportaient comme s'ils le libéraient d'une prison. Comme si la vérité était unique. Les infirmières le priaient de se montrer patient mais Tin Win avait envie de leur dire que, pour lui, il était inutile de se hâter. S'il montrait quelque impatience, c'était uniquement parce qu'il désirait retrouver une jeune femme qui se déplaçait à genoux. Elle savait que la vue ne dépend pas que des yeux et que les distances ne se mesurent pas uniquement en nombre de pas. Cependant, Tin Win estima qu'il valait mieux ne rien raconter de tout cela aux médecins et aux infirmières.

— Le grand moment est arrivé.

McCrae déroula le pansement. La tension monta dans la pièce. Même le cœur de McCrae battait un petit peu plus vite que d'habitude.

Tin Win ouvrit les yeux. Il eut l'impression de prendre un coup en pleine figure. La lumière. La lumière éblouissante, incandescente. Plus rien de terne ni de laiteux, une lumière blanche et brillante. Vraiment brillante.

La lumière faisait mal. Vraiment mal. Ça lui brûlait les yeux. Ça lui transperçait le crâne. Il serra les paupières, cherchant à retrouver l'obscurité.

— Tu me vois ? cria son oncle. Tu me vois ?

Non, il ne le voyait pas. Il n'en avait nul besoin. Le rythme de son cœur suffisait amplement. On aurait dit que U Saw était en train de s'applaudir lui-même.

— Tu me vois ? répéta-t-il encore.

Tin Win plissa les paupières. Comme si cela suffisait à filtrer la douleur.

Comme si c'était possible de retourner en arrière.

4

Les lunettes s'adaptèrent d'emblée – sur son nez, derrière ses oreilles.

Il était censé ouvrir les yeux. Comme si c'était simple. Au bout de huit ans.

Il voulait attendre que Mi Mi soit assise devant lui. Il voulait que ce fût elle, et elle seulement, qu'il découvre en ouvrant les yeux. Il leur concéda de laisser filtrer la lumière entre ses paupières mi-closes. Comme s'il se cachait pour voir le monde.

Le voile avait disparu. D'un seul coup, le brouillard laiteux et gris avait disparu.

Tout ce qu'il voyait avait des contours clairs et bien définis. Tant d'acuité vint frapper ses globes oculaires et la douleur lui traversa le front pour venir taper dans sa nuque. Le docteur McCrae et U Saw étaient debout devant lui. Ils l'observaient avec inquiétude et fierté, comme s'ils venaient de réinventer le monde, rien que pour lui.

Le visage de son oncle. Oui. Il le voyait.

Il referma les yeux. Non, il ne souffrait pas. Non, il n'avait pas de vertige. Non, il n'avait pas envie de s'allonger. Mais c'était vraiment trop pour lui. Trop de lumière. Trop de regards braqués sur lui. Trop d'expectative. Trop de couleurs. Elles le rendaient nerveux. Le blanc crémeux des dents d'U Saw avec leurs bords jaunis. Le reflet argenté de la lampe chromée sur le bureau du médecin. Ses cheveux et ses sourcils tirant sur le roux. Les lèvres rouge foncé des infirmières. Tin Win avait vécu dans un monde en noir et blanc. Les couleurs ne produisaient aucun son. Elles ne coassaient pas, elles ne bouillonnaient pas, elles ne gazouillaient pas. Le souvenir des couleurs s'était effacé au fil des années, comme des symboles écrits sur une page.

— Je vous en prie, rouvrez les yeux.

Tin Win secoua la tête.

— Ce garçon a un problème, déclara U Saw.

— Je ne crois pas. C'est le choc. Il va s'habituer.

Ils avaient tous deux raison.

Tin Win était assis sur un muret de brique rouge, au bord du fleuve Rangoon. Le port s'étendait devant lui.

Ouvre les yeux. Il devait se le répéter. Dix jours saturés de lumière. Dix jours bourrés d'images. Aux contours précis. Multicolores. Il n'y était toujours pas habitué.

En aval, il y avait des arbres de fer sans feuilles qui se déplaçaient d'avant en arrière, sur des rails. Leurs crochets disparaissaient dans le ventre des cargos pour en réémerger portant des douzaines de sacs en grappes. La veille, ils avaient hissé un éléphant à bord. Il était suspendu par des cordes au-dessus d'une bâche rouge et il agitait les pattes dans le vide. Impuissant, comme un scarabée sur le dos. Devant les entrepôts, il y avait des piles de caisses et de tonneaux dont la destination était inscrite en noir. Calcutta. Colombo. Liverpool. Marseille. Port-Saïd. New York.

Des centaines de bateaux naviguaient dans le port. Certains à voiles, d'autres à moteur. Beaucoup avec un seul rameur à bord. Ils étaient parfois tellement bourrés de passagers, de paniers et de bicyclettes que chaque vague passait par-dessus le bastingage. En amont, des familles entières vivaient sur des péniches. Entre les mâts séchait la lessive. Les enfants grouillaient sur le pont. Un vieillard sommeillait dans son hamac.

Tin Win observait les mouettes glisser dans le ciel sans le moindre battement d'ailes. Il n'avait jamais vu d'oiseaux aussi élégants. L'air était chaud et humide, en dépit du petit vent qui passait sur l'eau.

Il referma les yeux. Il entendit le martèlement des pistons d'un moteur de bateau. Les vers à bois dans le mur de l'entrepôt à côté de lui. Le cœur défaillant d'un poisson dans un panier à ses pieds. Le clapotis des vagues contre les coques. Au bruit, il savait si le bateau était en bois ou en métal. Il pouvait même faire la différence entre les bois. Ces bruits peignaient le port de façon plus claire que tout ce que ses yeux pouvaient capter. Ses yeux enregistraient des images, des torrents d'images. À chaque seconde, à chaque mouvement de ses pupilles, de sa tête, il s'en créait de nouvelles. Ces images, il les examinait mais sans qu'elles retiennent son attention. Il était un observateur curieux, rien de plus.

Pendant plusieurs minutes d'affilée, ses yeux se fixaient sur le même endroit, une voile, une ancre, un cotre ou une fleur dans le jardin de son oncle. Il touchait l'objet du regard, il le palpait, chaque recoin, chaque rebord, chaque ombre, comme s'il pouvait le démonter et le remonter pour voir sous la surface, au-delà de la façade. Le faire vivre. Ça ne marchait pas. Le fait de voir – que ce fût un oiseau, une personne ou un bateau de pêche – ne lui rendait nullement l'objet plus réel ni ne l'aidait à mieux l'appréhender. Les images devant lui retombaient dans le mouvement tout en demeurant des images. Tin Win sentait une bizarre distance entre lui et tout ce qu'il voyait. Les lunettes étaient un bien pauvre substitut aux yeux de Mi Mi.

Il sauta du muret et partit se promener dans le port. Se montrait-il ingrat ? Qu'avait-il espéré ? Certes, avoir la vue était pratique dans la vie quotidienne. Il se déplaçait plus facilement, n'avait plus besoin de s'inquiéter à l'idée de percuter murs et sièges ou de trébucher sur des racines ou sur un chien endormi. Ses yeux étaient des outils dont il aurait bientôt la maîtrise. Grâce à eux, sa vie serait plus sûre, plus simple, plus confortable.

La distance qu'ils créaient était peut-être le prix à payer. L'essence d'une chose est invisible à l'œil, disait U May. Apprends à percevoir l'essence d'une chose. À cet égard, la vue représente plutôt un obstacle. Elle distrait notre attention. Nous adorons être éblouis. Tin Win se souvenait de chaque mot.

Il longea le fleuve, passant devant des bateaux et des grues. Autour de lui, des hommes transportaient des sacs de riz du quai vers un entrepôt. Ils marchaient courbés, leur fardeau sur le dos. Ils avaient noué leurs

272

longyis au-dessus de leurs genoux. La sueur rendait leurs yeux poisseux. Leurs jambes sombres étaient minces comme des bâtons et leurs muscles se tendaient à chaque pas sous le poids. Des coolies au travail. Ce ne fut qu'en fermant les yeux que la scène réussit à émouvoir Tin Win. Ils gémissaient. Discrètement mais plaintivement. La faim faisait gronder leur estomac. Leurs poumons manquaient d'air. Leur cœur épuisé battait faiblement.

D'accord. Il avait récupéré son ouïe particulière. De quoi considérer la vue comme un sens accessoire. Il n'en sortirait rien de mauvais, tant qu'il prendrait les avertissements d'U May à cœur.

Il continua à longer le fleuve puis tourna dans une ruelle. Là, l'air était presque irrespirable. Pas un souffle de vent ne venait du port, contrairement à ces avenues bien dégagées où se promenaient les Européens. La plupart des maisons, entassées les unes sur les autres, étaient en bois, les fenêtres grandes ouvertes. Il eut le sentiment d'être descendu dans les caves de la ville. C'était sale, étouffant, bruyant. Ça puait la sueur et l'urine. Le caniveau était jonché de fruits pourris, de déchets de nourriture, de vieux chiffons et de papiers. Partout, les gens étaient assis sur des tabourets et des bancs encombraient les trottoirs bien trop petits. La foule débordait sur la chaussée. Les boutiques étaient bourrées de marchandises jusqu'au plafond : des rouleaux de tissu, du thé, des herbes, des légumes, des nouilles et surtout, du riz. Tin Win ignorait qu'il en existait tant de variétés différentes, chacune avec son arôme particulier. Les passants riaient et bavardaient dans une langue qu'il ne comprenait pas. Beaucoup le dévisageaient comme s'il était un intrus.

Tin Win se demanda s'il ne ferait pas mieux de faire demi-tour. Il ferma les yeux. Il n'y avait rien de menaçant dans les bruits autour de lui. De la graisse grésillait dans les cuisines. Des femmes pétrissaient la pâte, découpaient la viande et les légumes. On entendait des enfants rire et crier à l'étage. Les voix dans la rue n'avaient rien d'hostile.

Pas plus que les cœurs.

Il continua sa promenade, absorbant les bruits, les odeurs, les scènes, mettant tout en place, emballant ses impressions pour les conserver et les partager plus tard avec Mi Mi.

Il passa du quartier chinois à un quartier indien. Les gens étaient plus grands, ils avaient la peau plus sombre mais l'air n'était pas meilleur, les rues pas moins encombrées. Une autre pièce de la cave. Les odeurs de cuisine étaient plus familières. Curry. Gingembre. Citronnelle. Piment rouge. Les passants ne lui accordaient aucune attention. Leur rythme cardiaque n'offrait à Tin Win aucune indication lui permettant de déterminer s'il se trouvait dans une rue indienne ou chinoise, s'il déambulait au milieu d'Anglais ou de Birmans. D'un individu à l'autre, le cœur n'était jamais le même, révélant le grand âge ou la jeunesse, la joie, le chagrin, la peur ou le courage mais rien de plus.

Comme convenu, le chauffeur l'attendait en début de soirée près de la pagode Sule. Pour rentrer, ils longèrent des lacs où se reflétait la lueur rose des nuages du crépuscule.

U Saw était déjà revenu chez lui. Oncle et neveu avaient dîné ensemble tous les soirs depuis l'opération. La première fois, Tin Win s'était senti si mal à l'aise qu'il n'avait touché ni à son riz ni à son curry. Il s'en était excusé, accusant la chaleur. Mais son manque d'appétit avait échappé à U Saw. Il avait voulu savoir ce que son neveu avait fait de son cadeau – son cadeau à lui, U Saw – pour ce premier jour. Qu'as-tu vu ? Où es-tu allé ?

Des questions qui embarrassaient Tin Win. Il n'avait pas envie de partager cette expérience avec U Saw. Il la gardait pour Mi Mi. En même temps, il ne voulait pas paraître grossier ni ingrat. Il se lança dans un récit aussi succinct que possible. Le cinquième soir, Tin Win remarqua que son oncle ne réagissait pas lorsqu'il répétait les récits de la veille. U Saw n'écoutait pas. Ou ça ne l'intéressait pas. Sans doute les deux. Ce qui simplifiait la situation. Mêmes questions, mêmes réponses. Et ainsi, soir après soir, se tenait une conversation que son oncle, invariablement, interrompait au milieu d'une phrase au bout de vingt minutes exactement. Tout en avalant la dernière bouchée, il se levait en expliquant qu'il devait encore travailler. Après avoir souhaité à Tin Win bonne nuit et bonne journée pour le lendemain, il disparaissait.

Aujourd'hui, c'était différent. U Saw était dans le vestibule en train d'accueillir un visiteur. Ils se faisaient des saluts à répétition en s'exprimant dans une langue inconnue de Tin Win. Lorsque son oncle le vit, il le fit tout de suite entrer dans son bureau. Tin Win s'assit sur le bord d'un fauteuil en cuir. La pièce était sombre. Les murs disparaissaient sous les livres jusqu'au plafond. Au-dessus du bureau recouvert de cuir, un ventilateur soufflait de l'air chaud. U Saw le rejoignit quelques minutes plus tard. Il s'assit à sa table et regarda Tin Win.

— Tu as suivi les cours de l'école du monastère à Kalaw, non ?

— Oui.

— Tu sais compter ?

— Oui.

— Tu sais lire ?

— Oui. En braille. J'avais l'habitude de…

— Et écrire ?

— Je savais écrire avant d'être aveugle.

— Ça reviendra vite. Je voudrais que tu ailles à l'école à Rangoon.

Tin Win espérait obtenir son billet de train pour Kalaw. Si ce n'était pour le lendemain, dans les jours à venir. Une perspective qui lui avait donné la force de survivre à ces moments et d'explorer la ville. Et maintenant, il était censé aller à l'école. Rester ici. U Saw ne lui faisait pas de propositions. Il lui annonçait simplement ce qui allait se passer. Le respect de Tin Win envers un membre de la famille plus âgé l'empêchait de manifester autre chose que gratitude et humilité. Une seule personne dans cette maison avait le droit de poser des questions.

— Je ne mérite nullement votre générosité, Oncle.

— Ce n'est rien, je t'assure. Je connais le directeur du lycée Saint-Paul. Dès demain matin, tu iras le voir. Le chauffeur t'y emmènera. À vrai dire, tu es trop âgé mais il a accepté de te prendre à l'essai. Je suis certain qu'il va nous aider.

U Saw se leva.

— Maintenant, reprit-il, je dois m'occuper de mon invité. Demain soir, tu me feras le compte rendu de ta visite à Saint-Paul.

U Saw partit dans le salon où l'attendait le consul du Japon. La reconnaissance de Tin Win était-elle sincère ? se demanda-t-il brièvement. Cela avait-il de l'importance ? De toute façon, l'astrologue ne lui avait pas laissé le choix. Un don généreux à l'hôpital de Rangoon ne suffirait pas. Il fallait que ce soit quelqu'un de la famille et un engagement à long terme. Il devait prendre ce garçon sous son aile. En outre, les avertissements de l'astrologue et la générosité d'U Saw n'avaient-ils pas déjà porté leurs fruits ? N'avait-il pas, deux jours seulement après l'opération, signé ce contrat tant convoité : l'exclusivité de la vente de riz au gouvernement ? La totalité des garnisons britanniques de la capitale n'allaient-elles pas bientôt manger son riz à lui ? Même les négociations pour acheter des champs de coton sur les rives de l'Irrawaddy s'étaient révélées étonnamment prometteuses depuis l'arrivée de Tin Win.

Peut-être, songea U Saw, ai-je introduit un porte-bonheur dans la maison. Il faut qu'il reste à Rangoon au moins pour les deux ans qui viennent. Son oncle pourrait peut-être même lui trouver une place dans ses affaires en plein développement. Pourquoi Tin Win ne deviendrait-il pas un assistant des plus efficaces ? Le garder chez lui n'était guère dérangeant. En plus, il avait toujours des histoires inédites et distrayantes à raconter pendant les repas.

5

Tu as entendu les oiseaux ce matin, Mi Mi ? Chantaient-ils plus fort ou moins fort ? Chantaient-ils différemment ? T'ont-ils apporté mon message ? Hier soir, je me suis promené dans le jardin en le leur chuchotant et ils ont promis de le transmettre de buisson en buisson, d'arbre en arbre pendant toute la nuit, d'un bord à l'autre du delta, en passant par Sittang et à l'assaut des montagnes jusqu'à Kalaw. Ils ont dit qu'ils se percheraient dans les arbres devant chez toi pour que tu reçoives ce que j'ai à te dire.

Et toi, Mi Mi ? Je souhaite de tout mon cœur que tu te portes bien. Je t'imagine souvent vaquant à tes activités quotidiennes. Je te vois au marché, je te vois en train de traverser Kalaw sur le dos d'un de tes frères, je te vois préparer le repas dans la cuisine, chez toi. Je t'entends rire, j'entends les battements de ton cœur, le plus beau bruit que je connaisse. Je te vois malheureuse mais pas découragée. Je te vois triste mais encore capable d'être joyeuse. J'espère ne pas me bercer d'illusions. Quelque chose en moi me dit que tu ressens les choses comme je les ressens.

Ne sois pas fâchée, mais je dois interrompre cette lettre. Hla Taw attend. C'est lui qui emporte mes lettres à la poste tous les matins et je ne voudrais pas laisser passer une journée sans t'envoyer de mes nouvelles. S'il te plaît, salue Su Kyi, tes parents et tes frères pour moi. Je pense souvent à eux.

Je te serre contre moi, je t'embrasse.

Celui qui t'aime plus que tout au monde,

Tin Win

Mi Mi bien-aimée,

Lorsque je contemple le ciel la nuit, à Rangoon, je vois des milliers d'étoiles et l'idée que nous pouvons partager quelque chose tous les soirs me réconforte. Nous voyons les mêmes étoiles. J'imagine que chacun de nos baisers s'est transformé en étoile. Et de là-haut, maintenant, ils nous protègent. Ils illuminent mon chemin dans l'obscurité. Et toi, mon soleil, tu es la plus lumineuse de toutes les planètes...

U Saw n'en lut pas davantage. Il secoua la tête, reposa la lettre et prit une liasse d'enveloppes neuves dans la pile devant lui.

Mi Mi bien-aimée,

Pourquoi le temps demeure-t-il immobile lorsque tu n'es pas avec moi ? Les jours n'en finissent pas. Même les nuits conspirent contre moi. Je ne parviens pas à dormir. Je reste éveillé à compter les heures. J'ai l'impression que, petit à petit, je perds mon aptitude à entendre. Maintenant que j'ai retrouvé la vue, je n'ai plus l'oreille aussi fine.

Voir et ne plus entendre ? Quelle idée terrifiante ! Ce serait un bien triste troc. Je fais plus confiance à mes oreilles qu'à mes yeux. Encore aujourd'hui, mes yeux me restent étrangers. Peut-être m'ont-ils déçu. Avec mes yeux, je n'ai jamais vu aussi clairement les couleurs, la beauté et l'intensité du monde qu'avec les tiens. Si c'est moi qui la vois, une demi-lune n'est qu'une demi-lune et non un melon dont tu as dévoré la moitié. Si c'est moi qui la vois, une pierre n'est qu'une pierre et non un poisson magique ; et dans le ciel, il n'y a pas de buffle, pas de cœurs, pas de fleurs. Seulement des nuages.

Mais je n'ai nulle envie de me plaindre. U Saw se montre bon pour moi. Je me concentre sur mes cours et je crois que nous nous retrouverons, toi et moi, à la fin de l'année scolaire.

N'oublie pas de transmettre mes amitiés à Su Kyi, cette femme de bien. Je t'embrasse très fort.

À toi pour toujours,
Tin Win

Mi Mi bien-aimée,
Voilà maintenant sept mois que U Saw m'a envoyé suivre des cours. Hier, pour la troisième fois, ils m'ont fait passer dans la classe supérieure. Ils disent que, maintenant, j'ai rattrapé le niveau correspondant à mon âge. Personne ne comprend comment un aveugle dans l'école d'un monastère à Kalaw a pu apprendre tant de choses. Ils ne connaissent pas U May…

Mi Mi bien-aimée,
Pardonne-moi si mes lettres, ces dernières semaines, t'ont paru aussi chargées de mélancolie. Je ne voudrais

pas te faire porter le poids de ma nostalgie. Je t'en prie,
ne t'inquiète pas pour moi. Parfois, il est simplement
difficile de ne pas savoir combien de temps encore il me
faudra être fort avant de te revoir enfin. Mais ce n'est ni
la peur ni la nostalgie qui priment lorsque je pense à toi.
C'est une gratitude infinie. Tu m'as ouvert le monde et
tu es ainsi devenue une partie de moi-même. C'est à tra-
vers tes yeux que je vois le monde. Tu m'as aidé à dépas-
ser ma peur. Mes fantômes n'ont plus de pouvoir sur
moi. Ils ont rétréci à chacune de tes caresses, à chaque
heure où j'avais le privilège de sentir ton corps contre
mon dos, tes seins contre ma peau, ton souffle dans mon
cou. Rétrécis. Domptés. J'ose à présent les regarder dans
les yeux. Tu m'as libéré. Je suis à toi.

   Avec tout mon amour reconnaissant,
   Tin Win

U Saw replia les lettres. Il en avait assez lu. Où
se termine l'amour et où commence la folie ? se
demanda-t-il en remettant les lettres dans leurs enveloppes.

Pourquoi Tin Win s'obstinait-il à parler de la gratitude et de l'admiration qu'il ressentait pour cette
femme ? Même après y avoir longuement réfléchi,
U Saw ne voyait personne digne de son admiration. Certes, parmi les barons du riz, il en respectait
quelques-uns. Surtout ceux qui réussissaient mieux
que lui. Il respectait également un certain nombre
d'Anglais, même si, ces derniers temps, la tendance
était plutôt sur le déclin. Et la gratitude ? Il ne connaissait personne à qui il aurait pu manifester de la gratitude. Il était reconnaissant à sa femme lorsqu'elle se

taisait suffisamment longtemps pour lui permettre de dîner en paix.

Il regarda la pile de lettres qui s'entassaient devant lui. Son neveu avait écrit à cette Mi Mi de Kalaw tous les jours, durant l'année qui venait de s'écouler. Une année entière. Tous les jours. Sans jamais faillir. Et alors même qu'il n'avait jamais reçu la moindre réponse. Bien sûr, il avait lui-même caché les lettres de Mi Mi qui arrivaient tous les jours au courrier de l'après-midi. Ils n'avaient plus jamais eu de nouvelles l'un de l'autre et pourtant, ils continuaient à s'écrire sans faiblir. Devant pareille folie, U Saw ne pouvait que s'esclaffer bruyamment. Il tenta de se retenir mais il s'étrangla à moitié et se mit à tousser. Le souffle lui manqua. Une fois calmé, il remit les enveloppes dans le tiroir du haut et ouvrit celui du bas, là où il conservait les lettres de Mi Mi toujours fermées. Il en sélectionna quelques-unes au hasard.

... J'espère que tu as trouvé quelqu'un pour te lire mes lettres. Hier, ma mère est venue s'asseoir à côté de moi sur la véranda. Elle m'a pris les mains, elle m'a regardée et elle m'a demandé si ça allait. Elle faisait une tête comme si elle s'apprêtait à m'annoncer sa mort prochaine. Merci, maman, tout va bien, ai-je répondu. Comment acceptes-tu l'absence de Tin Win ? a-t-elle voulu savoir. Ça fait déjà plus d'un mois qu'il est parti. J'ai essayé de lui expliquer que tu n'es pas absent, que tu es à mes côtés du moment où je me réveille au moment où je m'endors, c'est toi que je sens lorsque le vent me caresse, ta voix que j'entends dans le silence, toi que je vois quand je ferme les yeux, toi qui me fais rire et

chanter quand je sais qu'il n'y a personne alentour. J'ai vu la pitié dans ses yeux, alors je n'ai rien dit. C'était un de ces malentendus où les mots ne servent pas à grand-chose.

La façon dont toute la famille s'occupe de moi, c'est vraiment gentil. Mes frères me demandent tout le temps si je veux qu'ils m'emmènent quelque part et ils me baladent dans tout Kalaw. Je pense à toi et je fredonne dans ma tête quand je suis sur leur dos. Ma joie les laisse perplexes, parfois ils en sont même perturbés. Comment leur expliquer que ce que tu représentes pour moi, ce que tu me donnes ne dépend nullement de l'endroit du monde où tu te trouves ? Qu'il est inutile de sentir la main de l'autre pour savoir qu'il y a contact ?

Hier, nous avons rendu visite à Su Kyi. Elle va bien. Elle serait contente d'avoir de tes nouvelles. Je lui ai dit que nous allions bientôt entendre parler de toi, que nous allions te revoir, le moment venu. Mais tu la connais. Elle s'inquiète…

Mon Tin Win, si grand, si fort, si petit et tant aimé,

Depuis quelques semaines, j'apprends à rouler les cigares. Ma mère a estimé que je devais apprendre un métier afin de pouvoir, quand il le faudra, gagner ma vie par mes propres moyens. J'ai le sentiment qu'elle ne compte pas sur ton retour. Elle ne le dit jamais aussi clairement. Ni mon père ni elle ne sont en très bonne forme. Ils souffrent tous deux de douleurs dans le dos et dans les jambes et mon père a le souffle de plus en plus court. Il ne travaille pratiquement plus dans les champs. Son ouïe se détériore aussi. C'est émouvant de les voir ainsi vieillir. Ils ont tous deux largement dépassé la cinquantaine, un âge que peu de gens à Kalaw atteignent. Mes parents ont beaucoup de chance. D'autant qu'ils vieillissent ensemble. Quel cadeau ! Si j'ai un vœu à formuler, c'est celui-ci : que toi et moi, on puisse profiter d'une chance identique. Je veux vieillir à ton côté. J'en rêve tout en roulant mes cigares. De toi et de notre vie.

Le travail est plus facile que ce que je croyais. Plusieurs fois par semaine, un homme vient apporter un stock de feuilles séchées, de vieux journaux et de cosses de blé (je m'en sers comme de filtres) et un sac rempli du mélange de tabac. Tous les après-midi, je m'installe quelques heures sur la véranda ; je dépose une poignée de tabac sur une feuille, je le comprime un peu, je le roule entre mes paumes jusqu'à ce qu'il soit ferme sans être trop dur, je glisse le filtre dedans, je plie la feuille et je coupe l'extrémité. D'après le bonhomme, il n'a jamais vu de femme capable de rouler des cheroots aussi vite et avec autant d'aisance. Ses clients sont ravis et affirment que mes cigares ont un parfum spécial qui les différencie de ceux des autres femmes. S'il continue à les vendre aussi bien, nous n'avons plus besoin de nous inquiéter de notre avenir.

Il commence à pleuvoir. Désormais, les trombes d'eau me donnent la chair de poule…

Mon petit tigre gentil,
J'ai trouvé ce papillon mort sur la véranda il y a quelques semaines. Je l'ai épinglé. C'est un de ceux dont tu aimes particulièrement les battements d'ailes. Tu as dit une fois qu'ils te rappelaient ceux de mon cœur. Aucun ne te paraissait plus doux…

U Saw laissa tomber la lettre. Il se leva et s'approcha de la fenêtre. Il pleuvait. Sur les flaques, les gouttes formaient des bulles qui éclataient rapidement.

Tin Win et Mi Mi étaient complètement fous. Pas un seul mot amer, même après une année entière de silence. Pas trace de la moindre accusation. Pourquoi ne m'écris-tu pas ? Où sont tes lettres ? Moi, je t'écris tous les jours, et toi ? Tu ne m'aimes donc plus ? As-tu rencontré quelqu'un d'autre ?

Il était content que l'amour ne soit pas une maladie contagieuse. Sinon, il aurait dû renvoyer la totalité de ses domestiques et désinfecter à fond la maison et le jardin. Il aurait même pu l'attraper lui-même, il aurait pu tomber amoureux d'une de ses servantes – une idée qu'il refusa d'envisager plus longtemps.

U Saw réfléchit : ces lettres devaient-elles modifier ses projets ? Il était convaincu que cet engouement allait passer. Aucun sentiment n'était assez fort pour résister à la force de corrosion du temps. Avec l'éloignement et les années, cet amour, comme les autres, était condamné à périr.

Dans tous les autres domaines, Tin Win se révélait d'une compétence et d'une efficacité hors pair. Il semblait avoir détourné la catastrophe prédite par l'astrologue. Les affaires roulaient mieux que jamais, et ceci alors même que le climat économique général se détériorait. Pour couronner le tout, les enseignants du lycée Saint-Paul – l'établissement scolaire de loin le plus prestigieux de toute la Birmanie – considéraient Tin Win comme un élève extraordinairement doué. Tout le monde s'accordait à lui prédire un avenir brillantissime. Après avoir obtenu son diplôme en un an, il serait accepté dans n'importe quelle université anglaise où on lui donnerait une bourse, estimait le proviseur. Et plus tard, le pays saurait utiliser les compétences de ses citoyens.

U Saw avait été flatté mais la guerre en Europe l'inquiétait. La situation ne pouvait qu'empirer. Les Japonais progressaient en Asie et ce n'était sans doute qu'une affaire de mois, peut-être de semaines, avant qu'ils attaquent le gouvernement colonial britannique. Les Anglais pourraient-ils résister encore longtemps aux Allemands en Europe ? Il estimait que ce n'était qu'une question de temps avant que le drapeau allemand flotte en haut de Big Ben. L'époque où Londres était la capitale du monde n'allait pas tarder à être révolue.

U Saw avait d'autres plans.

6

Tin Win s'était imaginé le départ d'un grand navire comme un moment de fête. L'équipage à bord vêtu d'uniformes blancs. Musique. Fanions et bannières dans le vent. Quelques mots du capitaine peut-être. Au lieu de ça, les marins passaient et repassaient devant lui dans des uniformes tachés d'huile. Pas d'orchestre. Pas de serpentins ni de confettis. Appuyé au bastingage, il regardait le quai. Dans l'ombre d'un entrepôt, il y avait une charrette à cheval et plusieurs rickshaws dont les conducteurs dormaient. La passe-relle avait été remontée depuis belle lurette. Devant le navire traînaient encore quelques membres de l'autorité portuaire. Les familles de certains passagers contemplaient la proue noire du bateau en faisant de grands gestes d'adieu et en tendant le cou comme des oisillons au nid. Tin Win ne voyait personne de sa connaissance. À la demande d'U Saw, Hla Taw était resté à la maison. Un chauffeur avait accompagné Tin Win jusqu'au port. Deux porteurs avaient pris sa malle et l'avaient montée à bord. Ils étaient repartis depuis longtemps.

La veille au soir, U Saw et lui avaient dîné ensemble ; après quoi, U Saw lui avait remis les documents pour le voyage. Un passeport avec un visa pour les États-Unis d'Amérique. Un billet pour le voyage jusqu'à Liverpool, un autre pour la traversée de l'Atlantique. Une lettre destinée à son associé, un importateur de riz indien à New York censé veiller sur Tin Win, en tout cas durant les premiers mois. Une enveloppe avec de l'argent. Il lui avait expliqué encore une fois ce qu'il attendait de lui. Au moins six lettres par an avec des rapports détaillés. Un diplôme universitaire. Avec mention. Il lui avait décrit encore une fois l'avenir qui l'attendait dans son pays quand il y reviendrait. Il lui offrirait d'abord un poste de direction avant de faire de lui un associé. Il ferait alors partie des hommes les plus influents de la ville. Il n'aurait plus rien à désirer.

U Saw lui souhaita tous les succès possibles. Pour le voyage, pour ses études. Puis il fit volte-face et rentra dans son bureau. Il n'y eut aucun contact physique entre eux. Ils ne devaient plus jamais se revoir.

En le regardant partir, Tin Win se demanda combien de temps il fallait à un jeune arbre pour faire pousser ses racines une fois transplanté. Quelques mois ? Un an ? Deux ans ? Trois ans ? Il avait vécu deux ans à Rangoon et, durant tout ce temps, il s'était toujours senti décalé. Il était resté un étranger dans la ville. Un arbre qu'une rafale de vent aurait pu emporter ailleurs.

Au lycée, sa réussite lui valait le respect des enseignants. Ses camarades de classe appréciaient qu'il fût toujours prêt à les aider. Des amis, il n'en avait pas. Tin Win ne laissait personne derrière lui à Rangoon.

Il contempla le port et la ville. La flèche dorée de la pagode Shwedagon brillait au loin dans le soleil de cette fin d'après-midi. Le ciel était bleu, sans un nuage. Au cours des semaines qui avaient précédé son départ, Tin Win avait passé bien des soirées à se promener dans la ville. Au gré de ses déambulations, il avait capté les rumeurs qui se répandaient comme une nuée de sauterelles dans une rizière. Le moindre chuchotement devant le moindre vendeur de soupe en lançait une inédite. Comme si les gens ne se nourrissaient de rien d'autre. Dans la baie du Bengale se préparait le typhon du siècle, affirmait une théorie. Un tigre avait traversé le port à la nage et avait dévoré une famille de cinq personnes, sans compter le cochon. Ce qui, en plus du reste – comme si le drame ne se suffisait pas à lui tout seul –, était le signe d'un tremblement de terre imminent, comme le savait n'importe qui ayant une confiance même modérée dans ceux qui prédisent l'avenir. Les navires de guerre allemands faisaient le blocus des ports anglais, disait-on, et pis encore, les Japonais se préparaient à attaquer la Birmanie. Les étoiles n'étaient pas favorables aux Anglais, tant en Europe qu'en Asie. La Birmanie était considérée comme perdue si l'invasion devait tomber un mercredi ou un dimanche.

Tin Win prenait bonne note de tous ces racontars et, à sa manière, contribuait à les répandre. Non qu'il leur accordât le moindre crédit, mais plutôt par sens civique. Ces bavardages n'avaient pour lui aucun sens. Certes, son voyage allait l'amener à traverser la baie du Bengale et à mouiller dans les ports anglais, mais il n'avait pas peur. Il n'avait pas peur des tremblements de terre ; il n'avait pas peur des Japonais. Ni des typhons. Ni des sous-marins allemands.

Sa peur avait disparu petit à petit. Tin Win ignorait quand et pourquoi elle avait commencé à céder. Le processus avait été lent. Une mangue ne mûrit pas en une nuit. Il en avait pris conscience la première fois lors d'une de ces journées d'été où la chaleur était insupportable. Baigné de sueur, il était assis dans le parc du Royal Lake. Deux colombes étaient perchées devant lui, la tête sous l'aile, trop épuisées pour roucouler. Il contemplait l'eau en rêvant de Mi Mi. Pour la première fois, penser à elle ne provoqua pas chez lui ce désir handicapant, dévorant qui sapait en lui toute force. Aucune peur. Même pas de chagrin. Il aimait Mi Mi plus que jamais mais il n'était plus consumé par cet amour. Il n'était plus prisonnier. Ni du lit de Mi Mi ni de la souche d'arbre.

Il se mit à pleuvoir et il ferma les yeux. Une averse brève mais violente. Lorsqu'il rouvrit les yeux, le crépuscule était tombé. Il se leva, fit quelques pas et sentit avec tout son corps que quelque chose avait changé. Un fardeau avait glissé de ses épaules. Il était libre. Il n'espérait rien de plus de la vie. Non parce qu'il était déçu ou amer. Il n'attendait rien parce qu'il avait déjà connu tout ce qu'il était important de connaître. Il possédait tout le bonheur auquel on peut prétendre. Il aimait et il était aimé. De façon inconditionnelle. Il prononça la phrase à voix haute, doucement, sans presque bouger les lèvres.

Tant qu'il respirerait, il l'aimerait et il serait aimé d'elle. Même si elle vivait à deux jours de voyage de lui. Même si elle ne répondait pas à ses lettres et même s'il avait renoncé à tout espoir de la revoir dans les années à venir. Il vivrait chaque journée comme s'il s'était réveillé à côté de Mi Mi et comme s'il devait s'endormir à côté d'elle.

— Larguez les amarres !

La voix d'un jeune officier sur le pont arracha Tin Win à son rêve éveillé.

— Larguez les amarres ! répétèrent deux hommes sur le quai.

Les cordes tombèrent à l'eau dans une gerbe d'éclaboussures. Une fumée noire monta des cheminées. Le navire se mit à vibrer. La sirène retentit, rauque. Tin Win se retourna. Un vieillard à côté de lui contemplait Rangoon ; il souleva brièvement son chapeau, les yeux pleins d'une étrange mélancolie. Comme s'il disait adieu à bien autre chose qu'une ville remplie de monde. Plus loin, deux jeunes Anglaises agitaient en pleurant leurs mouchoirs blancs.

7

Je pris soudain conscience que, au fur et à mesure de son récit, U Ba paraissait de plus en plus épuisé. Les rides autour de sa bouche et sur son front s'étaient marquées. Il avait les joues creuses. Il demeurait parfaitement immobile, les yeux braqués sur moi.

J'attendis.

Au bout de quelques minutes de silence, il mit la main dans sa poche et, sans un mot, en sortit une vieille enveloppe. Elle était toute froissée et déchirée, ayant été manifestement ouverte et fermée bien des fois. Elle portait le tampon de Rangoon et était adressée à Mi Mi. Les lettres avaient un peu pâli mais l'encre bleue, les grosses lettres et l'écriture étrangement extravagante étaient encore parfaitement lisibles. Au dos de l'enveloppe, l'adresse de l'expéditeur : 7 Halpin Road, Rangoon.

Ce n'était pas l'écriture de mon père. J'ouvris l'enveloppe.

Rangoon
14 décembre 1941

Chère Mi Mi,
Mon neveu Tin Win me demande de vous informer qu'il a quitté le pays il y a plusieurs jours. Au moment où je vous écris, il est en route pour l'Amérique où, une fois arrivé à New York, il suivra les cours de la faculté de droit.

Absorbé par ses préparatifs de départ pendant les semaines qui ont précédé le voyage, il n'est pas étonnant qu'il n'ait pas réussi à communiquer directement avec vous ni même à vous écrire quelques lignes. Je suis certain que vous comprendrez. Il m'a demandé de vous remercier de sa part pour les innombrables lettres que vous lui avez écrites au cours de ces deux dernières années. Ses études et ses obligations personnelles à Rangoon ne lui ont malheureusement pas laissé le temps de répondre.

Comme il ne pense pas rentrer avant d'avoir achevé son diplôme, donc pas avant plusieurs années, il vous demande de bien vouloir cesser toute correspondance.

Il vous envoie toutes ses amitiés.

Bien à vous,
U Saw

Je lus la lettre une deuxième fois puis une troisième. U Ba me dévisageait d'un air intéressé. Il paraissait à nouveau détendu et en forme. Comme si l'évocation de ces souvenirs n'avait que momentanément assombri son humeur.

Je ne savais vraiment pas quoi dire. À quel point Mi Mi avait dû être blessée par cette lettre, on l'ignorait. À quel point elle avait dû se sentir trahie, abandonnée. Depuis plus de deux ans, elle n'avait pas eu de nouvelles de mon père. Elle lui avait écrit des centaines de lettres et, pour toute réponse, elle n'avait droit qu'à ces quelques lignes. Là-bas à Kalaw, occupée à rouler des cigares, à rêver de mon père, d'une vie avec lui, sans même savoir si elle le reverrait un jour, dépendante de ses frères qui ne la comprenaient pas vraiment. Sa solitude me fit de la peine. Pour la première fois, je ressentis quelque chose pour elle.

Au début de mon voyage, elle était un nom, une première étape dans la quête de mon père, rien de plus. Le temps passant, elle avait acquis un visage et un corps. Elle était infirme et elle m'avait volé mon père. Et maintenant ? Elle avait été dupée, trompée. La lettre d'U Saw me mettait en rage.

— Comment a-t-elle réagi à cette lettre ? demandai-je.

De sa poche, U Ba tira une deuxième missive, encore plus froissée que la première. Tampon de la poste : Kalaw, 26 décembre 1941.

Destinataire : U Saw, 7 Halpin Road, Rangoon
Expéditeur : Mi Mi

Honorable U Saw,

Comment puis-je vous remercier d'avoir pris la peine de m'écrire ? Tant d'efforts de votre part sont pour moi une leçon d'humilité. Vous n'auriez vraiment pas dû vous donner tant de mal.

Votre lettre m'a remplie d'une joie que je ne saurais vous décrire. Tin Win est en route pour l'Amérique. Il va bien. Vous auriez difficilement pu m'envoyer plus heureuses nouvelles. En dépit de toutes ses obligations et des exigences de la préparation de son voyage, il a tout de même trouvé le temps de vous demander de m'écrire. Si seulement vous saviez le bonheur que vous me donnez ! Une fois encore, je tiens à ce que vous sachiez à quel point je vous suis reconnaissante d'avoir souscrit à son désir.

Bien entendu, je me conformerai en tout point à sa requête.

Avec l'expression de ma plus respectueuse considération,
Mi Mi

U Ba replia la lettre et la glissa dans l'enveloppe. Nous échangeâmes un sourire. Je l'avais sous-estimée. Je l'avais vue comme une victime impuissante, incapable de se défendre contre les machinations d'U Saw. Elle était plus forte et plus intelligente que ce que j'avais cru. Et pourtant, je continuais à me sentir triste pour elle. Comme elle avait dû se sentir seule ! Comment avait-elle réussi à vivre sans Tin Win ? Comment avait-elle survécu à la longue séparation avec mon père ?

— Ce n'était pas facile au début, déclara U Ba sans que j'aie rien demandé. Ses parents sont morts l'année suivante. D'abord son père puis sa mère deux mois plus tard. Son jeune frère a rejoint le mouvement indépendantiste et s'est retrouvé à faire la guérilla en pleine jungle. Elle ne l'a jamais revu. On a dit que les Japonais l'avaient torturé à mort. La famille de son frère aîné a péri en 1945, au cours d'un raid aérien anglais. C'était une période difficile. Et pourtant – j'en reste presque muet, Julia –, plus les années passaient, plus elle embellissait. Elle avait à faire le deuil de sa famille, sans aucun doute. Tin Win lui manquait, lui aussi, mais elle n'avait pas le cœur brisé. C'est une douleur qui marque un visage à jamais mais cette douleur-là, Mi Mi ne l'a jamais vécue. Ses traits ne se sont jamais durcis, même lorsqu'elle était âgée. Cela peut sembler difficile à comprendre, Julia, mais l'éloignement physique ou la proximité, cela ne comptait pas pour elle.

« Je me suis souvent demandé quelle était la source de sa beauté, de son éclat. Ce n'est ni la taille du nez, ni la couleur de la peau, ni la forme des lèvres ou des yeux qui rendent quelqu'un laid ou beau. Alors, qu'est-ce que c'est ? Vous, qui êtes une femme, sauriez-vous me le dire ?

Je secouai la tête.

— Moi, je vais vous le dire, reprit-il. C'est l'amour. L'amour rend beau. Connaissez-vous une seule personne qui aime et qui est aimée, qui est aimée de façon inconditionnelle, et qui soit laide ? Inutile de répondre à cette question. Il ne peut pas exister pareille personne.

Il se versa un peu de thé et en but une gorgée.

— À cette époque, je crois qu'il n'y avait pas un seul homme à Kalaw qui n'aurait pas souhaité l'épouser. Je n'exagère pas. Après la guerre, des prétendants venus de tous les coins de l'État de Chan se présentèrent ; on disait même que certains venaient de Rangoon ou Mandalay. La rumeur de sa beauté était parvenue jusque-là. Ils apportaient des cadeaux, des bijoux d'or et d'argent, des pierres précieuses, des tissus somptueux que Mi Mi redistribuait ensuite dans le village. Elle a refusé toutes les propositions. Même beaucoup plus tard, alors que Tin Win était déjà parti depuis dix, vingt, trente ans.

« Il y avait des hommes prêts à mourir dans l'espoir de revenir dans le monde des vivants sous la forme d'un de ses animaux, un cochon, une poule ou un chien.

« Mi Mi vivait dans la maison de ses parents et des membres de sa famille prenaient soin d'elle. Elle, elle s'occupait du cheptel : les poules, les deux cochons, le vieux buffle décharné et le chien. Elle s'aventurait rarement hors de la propriété. Elle passait ses après-midi sur la véranda à rouler des cigares en se berçant doucement, les yeux clos. Ses lèvres bougeaient comme si elle racontait une histoire. Quiconque avait eu le privilège de la voir à la tâche n'oubliait jamais l'élégance gracieuse de ses mouvements.

« Ses cigares avaient vraiment un arôme particulier. Ils étaient plus doux, avec une trace de vanille qui s'attardait dans la bouche. Quelques années après l'indépendance, il y eut une rumeur : non seulement ses cigares avaient un goût extraordinaire, mais ils possédaient des pouvoirs surnaturels. Ce qui ne va pas vous surprendre, Julia. Vous avez vu à quel point les Birmans sont superstitieux.

« Un soir, un veuf a fumé un de ses cigares. Dans la nuit, sa défunte femme lui est apparue et lui a donné sa bénédiction pour qu'il épouse la fille des voisins qu'il convoitait depuis longtemps. Jusque-là, cette jeune demoiselle avait scrupuleusement repoussé toutes ses avances ; cependant, le lendemain, lorsqu'il est venu la voir pour lui jouer la sérénade sur sa véranda, exactement comme il l'avait fait la veille, elle est sortie de chez elle, elle s'est assise à côté de lui et elle a passé la journée entière et la soirée avec lui. N'en pouvant plus de bonheur, l'homme a fumé un autre des cigares de Mi Mi ce même soir, rien que pour revoir sa femme lui adresser un sourire encourageant au milieu des volutes de fumée. Le lendemain matin, à nouveau, la jeune femme est venue s'asseoir à côté de lui et, une semaine plus tard, elle a accepté sa demande. Le veuf a attribué cette bonne fortune aux cigares de Mi Mi et depuis, pas un seul célibataire à Kalaw n'a manqué de fumer au moins un de ses cigares avant d'aller se promener avec l'objet de son désir. Ces cigares ont été très vite considérés comme le remède à toutes sortes de maux, en particulier la perte des cheveux, la constipation, la diarrhée, la migraine, les maux de ventre et, en fait, à n'importe quel type d'affection.

« Au fil des années, Mi Mi est devenue la grande sage de Kalaw, mieux considérée que le maire, les astrologues et les guérisseurs tout à la fois. Les gens qui n'avaient que mépris pour les astrologues venaient chercher conseil auprès d'elle quand il fallait régler des querelles entre époux, entre frères et entre voisins.

U Ba se leva, replia soigneusement les enveloppes et les glissa dans la ceinture de son longyi. Comment étaient-elles tombées entre ses mains ? Où avait-il appris le contenu de la correspondance entre Mi Mi et Tin Win ? Pas de mon père qui, lui, ignorait tout des lettres de Mi Mi. Dans le récit des événements tel que l'avait fait U Ba, de nombreux détails ne pouvaient venir de mon père.

— Vous permettez que je vous pose une question ?

Il attendit.

— Qui vous a raconté l'histoire de Mi Mi et de Tin Win avec tant de détails ?

— Votre père.

— Il n'y a pas eu que lui. Vous décrivez tant d'impressions, tant de sentiments dont mon père ne pouvait qu'ignorer l'existence.

— Une fois que vous connaîtrez l'histoire dans son intégralité, vous ne vous poserez plus ces questions.

— Où vous êtes-vous procuré ces deux lettres ? insistai-je.

— Auprès de Su Kyi. U Saw s'est rendu à Kalaw au début des années cinquante. Après la guerre, il a subi des revers de fortune. Ou devrais-je dire que la chance a tourné, ce qui n'est pas exactement la même chose. Pendant l'Occupation, il a collaboré avec les Japonais, ce qui lui a valu l'antipathie aussi bien des Anglais que du mouvement indépendantiste birman. Quand les Anglais ont repris le pays, deux de ses moulins à riz sont partis en fumée. On n'a jamais pu déterminer la cause de ces incendies. Dans les années qui ont suivi l'indépendance, il y a eu plusieurs assassinats dans ce pays et un déferlement de violence entre factions. Plus souvent qu'à son tour, U Saw s'est trouvé du côté des perdants, une situation qui lui a coûté une grande partie de sa fortune. Il a prétendument tenté de s'acheter un poste de ministre. Il est venu à deux reprises à Kalaw passer quelques jours. Nous avons soupçonné que la situation était devenue un peu trop périlleuse pour lui dans la capitale. Les deux fois, il a apporté des masses de bagages, surtout des documents, des classeurs et des dossiers qu'il a laissés dans la maison. Il n'a pas survécu à sa troisième visite. Su Kyi a trouvé les lettres parmi ses affaires.

— Comment est-il mort ? A-t-il été assassiné ?

— Quelqu'un qui le connaissait a dit ça rétrospectivement. Il a été frappé par la foudre pendant une partie de golf.

— Vous le connaissiez personnellement ?

— Je l'ai brièvement croisé une fois à Rangoon.

— Vous êtes allé à Rangoon ?

— J'ai fait des études là-bas. J'étais un très bon élève. Un ami de notre famille s'est montré assez généreux pour payer ma scolarité au lycée Saint-Paul pendant quelques années. J'ai même obtenu une bourse pour aller étudier la physique dans une université de Grande-Bretagne. J'avais un truc avec les sciences.

— Vous avez fait des études en Angleterre ?

— Non, j'ai dû rentrer à Kalaw.

— Pourquoi ?

— Ma mère est tombée malade.

— C'était grave ?

— La vieillesse. Elle ne souffrait pas, mais la vie quotidienne devenait de plus en plus compliquée pour elle.

— Vous n'avez ni frère ni sœur ?

— Non.

— Dans la famille, il n'y avait personne d'autre ?

— Si.

Je hochai la tête, perplexe.

— Alors, pourquoi ne se sont-ils pas occupés de votre mère ?

— C'était ma responsabilité. J'étais son fils.

— Mais U Ba ! Votre mère n'était pas gravement malade. Vous auriez pu la faire venir en Angleterre après avoir obtenu votre diplôme.

— Ma mère avait besoin de moi sans délai.

— Était-elle invalide ?

— Non, qu'est-ce qui vous fait dire ça ?

Nous tournions tous deux autour du pot. Chacune de ses réponses m'énervait plus que la précédente et, en même temps, il était évident que poursuivre cette logique ne me mènerait nulle part.

— Pendant combien de temps vous êtes-vous occupé de votre mère ?

— Trente ans.

— Quoi ?

— Trente ans, répéta-t-il. Elle a vécu très âgée par rapport aux critères birmans.

Je fis un rapide calcul.

— Entre l'âge de vingt ans et celui de cinquante ans, vous n'avez rien fait d'autre que vous occuper de votre mère ?

— Le travail ne manquait pas.

— Je ne suis pas en train de dire que vous vous tourniez les pouces. Je… Je… Aller à l'université en Angleterre. Vous auriez eu toutes les occasions du monde.

Maintenant, c'était lui qui ne parvenait pas à me comprendre.

— Vous auriez pu devenir chercheur en sciences physiques. Avec un peu de chance, vous auriez décroché un travail en Amérique.

Pourquoi étais-je aussi remontée ?

— Je suis tout à fait satisfait de ma vie, Julia. Même si ma femme, que j'aimais tendrement, est morte trop jeune. Mais cela aurait pu m'arriver n'importe où dans le monde.

Impossible de trouver un terrain commun. N'avait-il vraiment pas idée de ce que je voulais dire ? Chacune de mes questions ne faisait qu'élargir le fossé entre nous. Alors que la moutarde me montait au nez, lui conservait tout son calme. Comme si c'était moi qui avais gâché ma vie.

— Vous n'avez jamais regretté d'être revenu à Kalaw ?

— Je ne peux regretter qu'une décision prise consciemment et de mon plein gré. Regrettez-vous d'écrire de la main gauche ? Ce que j'ai fait, je l'ai fait sans y penser. N'importe quel Birman dans ma situation aurait agi de même.

— Pourquoi n'êtes-vous pas retourné à Rangoon après la mort de votre mère ? Il y avait peut-être encore une chance de pouvoir émigrer en Angleterre.

— Pourquoi ? Est-ce obligatoire d'avoir parcouru le monde ? Dans ce village, dans chaque maison, dans chaque cabane, vous trouverez toute l'étendue des émotions humaines : l'amour et la haine, la peur et la jalousie, l'envie et la joie. Inutile de partir à leur recherche ailleurs.

Je le regardai. Une vision émouvante : un petit homme vêtu de haillons, avec des chicots en guise de dents qui, avec un peu de chance, aurait pu tout aussi facilement se retrouver professeur avec un somptueux appartement à Manhattan ou une maison dans la banlieue de Londres. Lequel d'entre nous avait raté quelque chose ? Était-ce moi avec mes exigences ou lui avec sa modestie ? Je n'étais pas très sûre de ce que je ressentais pour lui. Ce n'était pas de la pitié. Une sorte d'affection étrange. J'avais envie de le protéger tout en sachant pertinemment qu'il n'avait nul besoin de ma protection. En même temps, je me sentais en sécurité avec lui – presque intime. Comme s'il était un rempart entre le monde et moi. Il m'inspirait confiance. Jusqu'à ce jour, j'avais toujours pensé qu'il fallait bien connaître quelqu'un pour l'aimer ou se sentir proche de lui.

8

Mon père et moi, sur le pont de Brooklyn, à New York. J'ai huit ou neuf ans. Un jour d'automne avec un vent coupant qui annonce déjà le froid de l'hiver. Je suis habillée trop légèrement et je suis gelée. Mon père pose sa veste sur mes épaules. Les manches sont beaucoup trop longues. Je flotte dedans mais ça me réchauffe. À travers les interstices des planches, sous mes pieds, je vois les rayons de soleil danser à la surface de l'East River loin en dessous. Mon père serait-il capable de me sauver si le pont s'écroulait, là, tout de suite ? J'évalue la distance jusqu'à la berge. C'est un bon nageur et je n'ai aucun doute. J'ignore combien de fois nous sommes venus là. Souvent sans prononcer un mot.

Mon père aimait ces quartiers de New York qui n'ont d'intérêt que pour les touristes. Le ferry de la Circle Line qui fait le tour de Manhattan. L'Empire State Building. La Statue de la Liberté, les ponts. Comme si, lui aussi, n'était là qu'en passant. Il était surtout attiré par le ferry de Staten Island. Parfois, après une grosse journée de travail, il descendait jusqu'à l'embarcadère rien que pour faire la traversée aller et retour. Je me souviens d'une fois où nous étions accoudés au bastingage, juste au-dessus des voitures, et où il avait dit qu'il était sidéré par les changements intervenus dans le port et la silhouette de la ville. Lorsqu'il fermait les yeux, il revoyait cette image d'un matin froid de janvier 1942 où le vent était tellement glacé que presque personne, lui excepté, ne pouvait supporter de rester sur le pont.

À l'époque, je ne comprenais pas l'intérêt qu'il manifestait pour ces endroits que la plupart des New-Yorkais évitaient sauf quand ils avaient des visiteurs à initier. Plus tard, je trouvais cela ennuyeux. Adolescente, ça devint embarrassant et je refusai de l'accompagner. Maintenant, je me dis que c'était au milieu des touristes qu'il trouvait la distance nécessaire entre lui-même et cette ville qui ne fut jamais vraiment la sienne. Je soupçonne que ces lieux étaient ses points de fuite lorsque la nostalgie le prenait trop à la gorge. Était-ce là qu'il se sentait le plus près de Mi Mi ? S'imaginait-il en train de quitter New York par bateau ou par avion ? En rêvait-il ?

Je marchais derrière U Ba sur le sentier des bœufs. L'après-midi tirait à sa fin. Les premiers feux flambaient déjà devant les cabanes et le vent rabattait la fumée dans les cours. J'étais désormais habituée à cette odeur de bois brûlé qui montait tous les soirs.

J'ignorais où nous allions. U Ba avait dit qu'il n'existait qu'un seul endroit où achever son histoire. Il s'était levé, il avait rangé sa Thermos et sa tasse dans son sac, il avait rendu le banc et m'avait fait signe de le suivre.

Il ralentit le pas après avoir regardé sa montre. Comme si nous étions en avance à un rendez-vous.

Je me sentais nerveuse.

— Je ne peux pas vous raconter grand-chose de plus, dit U Ba en interrompant un moment sa marche. Vous connaissez mieux que moi le temps qu'il a passé en Amérique.

Elle revenait en force, la question que je repoussais depuis deux jours : que savais-je exactement ?

J'avais des souvenirs, de nombreux souvenirs, beaux et tendres, dont j'étais très reconnaissante, mais à quoi me servaient-ils s'il s'agissait de comprendre mon père ? C'était le monde vu à travers les yeux d'un enfant. Ces souvenirs-là n'auraient pu répondre aux questions qui virevoltaient dans ma tête. Pourquoi mon père n'était-il pas rentré à Kalaw après la guerre ?

Pourquoi avait-il épousé ma mère ? L'aimait-il ? Lui était-il infidèle avec Mi Mi ou infidèle à Mi Mi avec elle ?

— U Ba, pourquoi mon père est-il resté à New York une fois qu'il a eu fini son droit ?

Je fus étonnée par le son de ma voix. C'était celui de ma mère lorsqu'elle s'efforçait de maîtriser sa colère.

— Qu'est-ce que vous en pensez, Julia ?

Je n'avais rien envie d'en penser. Je voulais des réponses. La vérité.

— Je ne sais pas.

— Votre père avait-il le choix ? S'il était rentré en Birmanie, il aurait dû s'incliner devant la volonté de son oncle. Il avait une dette à son égard. U Saw avait joué un rôle paternel et un fils ne résiste pas à la volonté de son père. Ce n'était pas Mi Mi qui l'attendait à

Rangoon, mais une vie arrangée. Une jeune épouse. Une grosse société. New York représentait la seule chance d'échapper à tout cela.

Il me regarda comme s'il pouvait déchiffrer au fond de mes yeux si oui ou non il m'avait convaincue.

— C'était il y a cinquante ans, reprit-il. Nous sommes un pays conservateur, aujourd'hui comme à cette époque.

Je pensais à la décision qu'avait prise U Ba : prendre soin de sa mère plutôt qu'aller à l'université. Peut-être avais-je tort de les juger, mon père et lui, à l'aune de mes propres critères. Était-ce mon rôle de le condamner ? Étais-je venue ici pour retrouver mon père, pour le comprendre, ou pour instruire son procès ?

— Il aurait pu rentrer après la mort d'U Saw.

C'était une suggestion, une question implicite, plus du tout une accusation.

— U Saw est mort en mai 1958.

Trois mois avant la naissance de mon frère.

— Pourquoi a-t-il épousé ma mère ? Pourquoi n'a-t-il pas tout simplement attendu la mort d'U Saw pour rentrer retrouver Mi Mi ?

— Je crains de ne pouvoir répondre à cette question.

Pour la première fois, je décelai une certaine irritation dans la voix d'U Ba. Il était plus perturbé que fâché. Je me souvins de ce que m'avait raconté ma mère juste avant mon départ. Mon père avait long-temps refusé de l'épouser. Il l'avait maintes fois pré-venue à propos de leur mariage. Pourquoi avait-il finalement cédé ? Avait-il besoin de compagnie après toutes ces années solitaires à New York ? Cherchait-il qu'on le console ? Avait-il espéré qu'elle l'aiderait à

307

oublier Mi Mi? À la lumière de tout ce que j'avais déjà appris, cela semblait infiniment peu probable. L'aimait-il? Apparemment pas. En tout cas pas de l'avis de ma mère. Espérait-il parvenir à l'aimer un jour? L'envie de fonder sa propre famille était-elle si grande qu'il avait faibli?

Peut-être l'aimait-il, mais elle ne pouvait pas s'en rendre compte, elle ne pouvait pas y croire parce que ce n'était pas un amour à sa mesure.

Ma pauvre mère. Je voyais son visage dur et plein d'amertume. J'entendais sa voix froide et coupante lorsque mon père rentrait tard à la maison parce que, une fois encore, il avait pris le ferry pour Staten Island. Je me souvenais des journées qu'elle passait à intervalles réguliers dans l'obscurité de sa chambre. Enchaînée à son lit par quelque mystérieuse maladie dont nous, les enfants, avons toujours ignoré le nom. Personne, à l'exception du médecin de famille, n'avait le droit de la voir; même pas mon père. Maintenant, je sais qu'elle souffrait de dépression. Chacun de mes parents se serait bien mieux porté sans la présence de l'autre.

J'étais navrée pour les deux. Quels que fussent les sentiments de mon père pour ma mère, quel que fût le plaisir qu'il ait pris à passer du temps avec nous, ses enfants, il n'était jamais là où il aurait dû être. Il n'était pas avec Mi Mi.

Fallait-il lui reprocher d'avoir succombé aux cajoleries de ma mère? Ou bien avait-elle eu tort de vouloir de lui quelque chose qu'il n'aurait jamais pu lui offrir?

Nous marchions en silence. Le chemin descendait en pente douce et obliquait radicalement devant une

haie qui poussait de façon envahissante. Nous conti-
nuâmes tout droit, nous frayant un chemin dans la
végétation, traversant des rails de chemin de fer, passant dans un pré avant de nous engager dans un autre
chemin qui nous emmena dans un coin plutôt isolé
de Kalaw. Suivant U Ba, je dépassai plusieurs cours
dans lesquelles des enfants jouaient. Nous fîmes halte
devant la barrière d'un jardin. La propriété était bien
entretenue. Quelqu'un l'avait balayée récemment.
Dans une auge, il y avait du grain frais pour la volaille.
Sous la véranda s'empilaient des bûches et du petit
bois pour le feu. La maison n'était pas grande mais
en excellent état. Je vis des couverts et des ustensiles
de cuisine en métal sur la véranda. Nous nous assîmes
sur les marches pour attendre.

J'examinai la cour. Un eucalyptus marquait la limite
avec la propriété voisine. Devant le poulailler, il y avait
une planche en bois sur laquelle s'asseoir. Un mortier
de pierre était posé là. Je regardai les larges montants
de la balustrade, sur la véranda – un enfant aurait pu
facilement se hisser debout en s'y agrippant. Il me
fallut quelques instants pour mettre tout en place.
Je savais où nous étions. Je me levai d'un bond et fis
volte-face.

J'entendis le souffle de mon père dans la maison.
J'entendis Mi Mi se déplacer à quatre pattes. Je les
entendis chuchoter. Leurs voix. Je les avais enfin rat-
trapés.

U Ba continua son récit.

9

Lorsque Tin Win acheva son récit, le silence régnait dans la maison de thé. On entendait les bougies grésiller et les clients respirer. Personne ne bougeait. Même les mouches, immobiles sur leurs pâtisseries poisseuses de sucre, avaient cessé de bourdonner.

Tin Win avait dit tout ce qu'il avait à dire. Il n'avait plus de voix. Ses lèvres formaient des mots mais on ne les entendait plus. Aurait-il jamais l'occasion de parler encore ? Il se leva, prit une gorgée de thé froid, s'étira brièvement et se dirigea vers la porte. L'heure était venue. Il se retourna une dernière fois en faisant un geste d'adieu. Il les quitta sur un sourire.

Dans la rue, il y avait un camion rempli de soldats. Des enfants en uniforme vert. La foule faisait mine de ne pas les voir mais chacun s'arrangeait pour éviter le véhicule. Il était tard.

Tin Win resserra son longyi et descendit lentement la rue principale. Le monastère était sur sa droite. Des planches s'étaient effondrées en plusieurs endroits, laissant des brèches béantes dans le mur et le toit de tôle rouillée ne semblait plus une protection très efficace contre la pluie. Seules les petites clochettes de la pagode tintaient comme elles le faisaient autrefois. Deux jeunes moines pieds nus venaient à sa rencontre. La poussière avait terni leurs robes rouge-brun. Il leur fit un sourire. Ils le lui rendirent.

Il traversa la place du marché déserte et, à la petite gare, franchit la voie ferrée et entreprit d'escalader la colline sur laquelle se trouvait la maison de Mi Mi. Il était persuadé qu'elle vivait encore dans la propriété de ses parents. Il s'arrêtait régulièrement pour regarder autour de lui. Il n'était pas pressé. Pas après cinquante ans. Il n'était même pas inquiet. Au moment où le Boeing 737 de Thai Air avait atterri à Rangoon, toute sa nervosité s'était envolée et, à présent, il se permettait même le luxe d'être joyeux. Une joie dépassant toute mesure, une joie délivrée de toute peur et de toute prudence, une joie qui ne faisait que grandir à chaque pas. Il s'y abandonnait pleinement et, déjà, elle était si prégnante qu'il avait bien du mal à retenir ses larmes. Un demi-siècle s'était écoulé. Et il revenait.

Voir Kalaw l'avait fasciné. Une vision à la fois inconnue et familière. Il se souvenait des odeurs. Il savait ce que sentait la ville en hiver et en été, les jours de marché et les jours de fête, quand le parfum de l'encens flottait dans toutes les ruelles et les maisons. Et il connaissait les bruits de la ville. Son Kalaw à lui gémissait et sifflait. Il grinçait et cliquetait. Il pouvait pleurer et chanter. Mais Tin Win ignorait à quoi il ressemblait. Quand il l'avait quitté, il était encore un enfant et il ne le voyait qu'à travers sa vision très obscurcie. Il atteignit l'English Club où de jeunes arbres poussaient dans la piscine vide. Derrière, il y avait les courts de tennis, au-dessus le Kalaw Hotel de style Tudor avec un toit rouge. Exactement comme Mi Mi le lui avait décrit. Quelque part derrière la colline, il y avait l'endroit où il avait vécu avec Su Kyi.

Il fit halte à un carrefour, ne sachant quelle route prendre. Tout droit ou à gauche, le chemin le plus escarpé ? Quatre ans durant, il avait porté Mi Mi sur ce trajet sans l'avoir jamais vu lui-même. Il ferma les yeux. Désormais, ils ne pourraient plus lui être d'aucune utilité. Il fallait laisser ses jambes, son nez, ses oreilles se souvenir. Quelque chose le poussa à aller tout droit. Les yeux clos, il continua sa route. Il sentit une odeur de jasmin et de mangues mûres. Une odeur qu'il reconnut. Il devait être arrivé au rocher plat où ils se reposaient parfois. Il le trouva sans difficulté.

Il entendait les cris et les rires des enfants qui jouaient dans les cours. Ce n'étaient plus les voix de son enfance mais le timbre en était identique. Qu'il pût marcher avec autant d'assurance les yeux fermés le sidérait. Lorsqu'il avait tenté de le faire à New York, il avait bousculé des passants, heurté des arbres et des réverbères. Une fois, il avait même failli se faire écraser par un taxi.

Là, il ne trébucha pas une seule fois.

Il s'arrêta devant la barrière d'un jardin.

L'odeur de l'eucalyptus. Il avait si souvent pensé à cet arbre. Combien d'heures avait-il passé allongé dans son lit à New York, les yeux grands ouverts, à imaginer ce parfum dans ses narines ?

Il ouvrit la barrière. Combien de fois avait-il imaginé ce moment ?

Il entra. Deux chiens détalèrent sous ses pieds. Les poules étaient dans le poulailler.

Tin Win entendit des voix dans la maison. Il retira ses sandales. Ses pieds n'avaient pas oublié la terre. Cette terre douce et tiède qui le chatouillait entre les orteils. Il se dirigea à tâtons vers l'escalier et saisit la rampe. Ses mains n'avaient pas oublié le bois. Rien n'avait changé.

Il monta l'escalier, une marche après l'autre. Il n'était pas pressé. Pas après cinquante ans.

Il longea la véranda. Les voix n'étaient plus aussi fortes. Lorsqu'il s'encadra dans la porte, le silence tomba.

Il entendit des gens passer devant lui et disparaître. Même les papillons de nuit qui tournaient autour de l'ampoule s'envolèrent dans le crépuscule. Les scarabées et les cafards filèrent se réfugier dans les fissures du bois.

Plus rien ne bougeait.

Il s'avança vers elle sans ouvrir les yeux. Désormais, il n'avait plus besoin de ses yeux.

Quelqu'un lui avait construit un lit.

Tin Win s'agenouilla devant elle. Sa voix. Ses chuchotements. Les oreilles de Tin Win n'avaient rien oublié.

Ses mains sur son visage. La peau de Tin Win n'avait rien oublié.

Sa bouche et ses lèvres n'avaient rien oublié. Ses doigts et son nez n'avaient rien oublié. Il y avait si longtemps que cette odeur lui manquait affreusement. Comment avait-il pu vivre sans cette femme ? Où avait-il trouvé la force de vivre jour après jour sans elle ?

Il y avait assez de place pour deux dans le lit.

Comme elle était devenue légère !

Sentir sa chevelure contre son visage. Sentir ses larmes.

Tant à partager, tant à donner, si peu de temps.

Au matin, leurs forces étaient épuisées. Mi Mi s'endormit dans ses bras.

Le soleil n'allait pas tarder à se lever, Tin Win le savait grâce au chant des oiseaux. Il posa la tête sur son sein. Il ne s'était pas trompé, Le cœur fatigué de Mi Mi battait faiblement. Il était prêt à s'arrêter.

Il était arrivé à temps. Juste à temps.

10

Un membre de la famille les trouva le lendemain vers midi. Il était déjà passé dans la matinée et il avait cru qu'ils dormaient.

La tête de Tin Win reposait sur le sein de Mi Mi. Elle lui entourait le cou de ses bras. Lorsqu'il revint quelques heures plus tard, ils étaient froids et blêmes.

L'homme courut en ville chercher le médecin de l'hôpital.

Celui-ci ne fut pas étonné. Mi Mi n'était pas sortie de la propriété depuis plus de deux ans. Elle ne quittait plus son lit depuis un an. Il s'attendait à la voir mourir d'un jour à l'autre. Les bruits qu'il entendait dans son stéthoscope n'avaient rien d'encourageant. Il ne comprenait pas comment elle continuait à vivre alors qu'elle avait le cœur affaibli et les poumons enflammés. Il lui avait proposé à plusieurs reprises de l'amener jusqu'à la capitale. Les soins médicaux, même s'ils étaient encore assez rustiques, étaient tout de même meilleurs qu'à Kalaw. Mais elle avait refusé d'y aller. Lorsqu'il lui avait demandé comment, au nom du ciel, elle parvenait à rester en vie en dépit de ses innombrables affections, elle s'était contentée de sourire. Quelques jours auparavant, il était passé la voir et lui apporter un remède. Il avait été surpris de la voir aussi vive. Bien plus qu'au cours des mois qui venaient de s'écouler. Elle était redressée dans son lit, elle fredonnait et elle avait piqué une fleur jaune dans ses cheveux. Comme si elle attendait de la visite.

Il ne reconnut pas l'homme mort à côté d'elle. Il avait l'âge de Mi Mi, sans doute d'origine birmane, mais sûrement pas de Kalaw ni des environs. En dépit de cet âge avancé, il avait des dents impeccables. Et le médecin n'avait jamais vu des pieds aussi bien entretenus. Ce n'étaient pas ceux d'un homme qui a passé presque toute sa vie à marcher pieds nus. Ses mains n'étaient pas des mains de paysan. Il portait des lentilles de contact. Peut-être venait-il de Rangoon.

Il semblait avoir été en bonne santé et le médecin ne pouvait qu'émettre des hypothèses sur la cause de sa mort.

Arrêt du cœur, écrivit-il sur un morceau de papier.

La nouvelle de la mort de Mi Mi se répandit dans toute la région aussi vite que la rumeur du retour de Tin Win s'était répandue la veille au soir. Pendant l'après-midi, les premiers habitants de la ville se rassemblèrent dans la cour avec des couronnes de jasmin frais et des bouquets d'orchidées, de freesias, de glaïeuls et de géranium. Ils les déposèrent sous la véranda et – quand il n'y eut plus de place – sur les marches, devant la maison, dans la cour. D'autres apportèrent en haut de la colline des offrandes de mangues et de papayes, de bananes et de pommes qu'ils empilèrent en petites pyramides. Mi Mi et son bien-aimé ne devaient manquer de rien. On alluma des bâtonnets d'encens qu'on enfonça dans le sol ou dans des vases remplis de sable.

Des paysans vinrent de leurs champs, des moines de leurs cloîtres, des parents avec leurs enfants et quiconque était trop faible ou trop vieux pour escalader la montagne se faisait porter par des voisins ou des amis. Le soir venu, la cour était pleine de gens, de fleurs et de fruits. C'était une nuit claire et paisible et, lorsque les montagnes se retrouvèrent baignées par le clair de lune, la route et les propriétés adjacentes débordaient d'une foule endeuillée. Ils avaient apporté des chandelles, des torches et des lampes à gaz ; quiconque se trouvait sur la véranda de Mi Mi contemplait une véritable marée lumineuse. Tout le monde chuchotait. Ceux qui ignoraient encore l'histoire de Tin Win et de Mi Mi l'écoutaient racontée à voix basse par un de leurs voisins. Parmi les plus vieux, certains affirmaient avoir connu autrefois Tin Win et n'avoir jamais douté de le voir un jour revenir.

Le lendemain matin, les écoles, les maisons de thé et même le monastère étaient vides et plus personne dans Kalaw n'ignorait ce qui s'était passé. Dans le cortège qui suivit les défunts jusqu'au cimetière, la foule pleurait et chantait, dansait et riait. Après avoir consulté les autorités militaires, le père abbé et d'autres dignitaires locaux, le maire avait décidé d'offrir à Mi Mi et Tin Win, à titre posthume, le plus grand honneur qu'on pût avoir à Kalaw : que la crémation de leurs corps ait lieu au cimetière.

Dès les premières lueurs de l'aube, une douzaine de jeunes gens avait rassemblé du petit bois, des brindilles et des branches dont ils avaient fait deux tas. Il fallut près de trois heures au cortège funèbre pour aller de la maison de Mi Mi au cimetière, situé de l'autre côté de la ville.

Il n'y eut ni discours ni cérémonie. Les gens n'avaient pas besoin d'être consolés.

Le bois était bien sec, les flammes s'en emparèrent. Les corps s'enflammèrent en quelques minutes.

Il n'y avait pas un souffle de vent. Les colonnes de fumée étaient aussi blanches que des fleurs de jasmin. Elles montaient tout droit dans le ciel bleu.

11

Le récit que me fit U Ba de la mort de mon père me prit de court. Pourquoi ? J'avais eu amplement le temps de m'y préparer. Mais, dans la vie, qu'est-ce qui nous prépare à la perte d'un père ?

Plus je l'avais écouté parler, plus j'avais retrouvé confiance en moi. Son récit avait fait revivre mon père bien plus efficacement que tous mes souvenirs. À la fin, je le sentais si proche de moi que je ne pouvais plus imaginer qu'il fût mort. Il était vivant. Je ne le reverrais jamais. Assise à côté d'U Ba sur les marches, j'étais certaine qu'ils étaient dans la maison. Je les entendais chuchoter. Leurs voix.

La fin de l'histoire. J'avais envie de me lever et d'entrer. Je voulais les saluer et serrer encore une fois mon père dans mes bras. Plusieurs secondes s'écoulèrent avant que je comprenne ce que venait de dire U Ba. Comme si je n'avais prêté aucune attention à ce dernier chapitre de son récit. Je ne pénétrai pas dans la maison. Je ne souhaitais pas en connaître l'intérieur. Pas encore.

U Ba me ramena chez lui où, épuisée, je m'endormis sur le canapé.

Je passai les deux jours suivants assise dans un fauteuil, dans sa bibliothèque, à le regarder restaurer ses livres. Nous ne parlions pas beaucoup. Il était penché sur sa table, absorbé par son travail. Il examinait les pages. Il trempait des morceaux de papier dans la colle. Il transcrivait des A et des O. Il faisait fi de tous les principes d'efficacité.

La sérénité avec laquelle il accomplissait sa tâche ne pouvait que m'apaiser. Il ne posait aucune question, n'exigeait rien de moi. De temps en temps, il me regardait en souriant par-dessus le bord de ses lunettes. Je me sentais parfaitement en sécurité avec lui, même sans le secours des mots.

Le matin du troisième jour, je l'accompagnai au marché. Je lui avais proposé de lui préparer à manger. Comme je le faisais pour mes amis à Manhattan. Il avait paru surpris mais content. Nous achetâmes du riz, des légumes, des herbes aromatiques et des épices. Je voulais faire un curry végétarien comme j'en fais souvent avec une amie indienne à New York. Je lui demandai où était son éplucheur. Il ignorait tout de cet objet. Il n'avait qu'un couteau. Émoussé.

Je n'avais jamais cuisiné sur un foyer ouvert. Je fis brûler le riz. L'eau des légumes déborda et noya le feu. Il le ralluma patiemment.

Pourtant, il trouva ça bon. Du moins c'est ce qu'il dit.

Nous mangeâmes assis en tailleur sur son canapé. M'occuper de la cuisine m'avait changé les idées. Mais le chagrin était déjà de retour.

— Vous croyiez que vous alliez le retrouver? me demanda-t-il.

Je hochai la tête.

— Ça fait mal.

U Ba ne répondit pas.

— Votre père est-il toujours vivant ? demandai-je au bout d'un moment.

— Non, il est mort il y a quelques années.

— Était-il malade ?

— Mes parents étaient âgés, surtout si on se réfère aux critères birmans.

— Leur mort a-t-elle changé votre vie ?

U Ba réfléchit.

— J'avais l'habitude de passer beaucoup de temps avec ma mère ; donc, maintenant, je suis plus souvent seul. Sinon, cela n'a pas changé grand-chose.

— Combien de temps vous a-t-il fallu pour accepter ce deuil ?

— Accepter ? Je ne suis pas sûr de jamais répondre à cette question. Quand on accepte quelque chose, on avance, on met cela derrière soi. Laissons-nous les morts derrière nous ou les emmenons-nous avec nous ? Je crois qu'on les emmène. Ils nous accompagnent. Ils restent avec nous, sous une autre forme. Il nous faut apprendre à vivre avec eux et avec leur mort. Dans mon cas, ce processus a duré quelques jours.

— Seulement quelques jours ?

— Une fois que j'ai compris que je ne les avais pas perdus, je me suis vite remis. Je pense à eux tous les jours. Je m'interroge sur ce qu'ils diraient à tel et tel moment. Je leur demande conseil, même aujourd'hui à l'âge que j'ai, alors qu'il sera bientôt temps de songer à ma propre mort.

Il prit encore un peu de riz avant de continuer.

— Il est inutile d'avoir du chagrin pour mes parents. Ils étaient vieux, fatigués et prêts à mourir. Ils avaient eu des vies bien remplies. La mort ne leur causait aucune inquiétude. Ils n'ont pas souffert. Je suis convaincu que, au moment où leur cœur a cessé de battre, ils étaient heureux. Peut-on imaginer une plus belle mort ?

— Peut-être faut-il avoir cinquante-cinq ans pour voir les choses ainsi.

— Peut-être. C'est plus difficile lorsqu'on est jeune. J'ai mis très longtemps à accepter la mort de ma femme. Elle n'était pas vieille, pas encore trente ans. Nous venions de bâtir cette maison et nous étions heureux ensemble.

— De quoi est-elle morte ?

U Ba réfléchit un long moment.

— C'est une question que nous refusons de poser car nous n'aurions que trop rarement une réponse. Vous voyez dans quelle pauvreté nous vivons. Pour nous, la mort fait partie de la vie quotidienne. Je soupçonne que, dans mon pays, on meurt plus jeune que dans le vôtre. La semaine dernière, le fils d'un voisin, âgé de huit ans, s'est réveillé au milieu de la nuit avec une très forte fièvre. Deux jours plus tard, il était mort. Nous manquons de médicaments même pour soigner les maladies les plus courantes. Rechercher la cause de la mort est un bien trop grand luxe dans pareilles circonstances. Ma femme est morte en pleine nuit. Je me suis réveillé un matin et je l'ai trouvée morte à mon côté. C'est tout ce que je sais.

— Je suis navrée.

Nous restâmes silencieux pendant un long moment. J'étais en train de réfléchir : avais-je déjà perdu quelqu'un de proche, en dehors de mon père ? Les parents de ma mère étaient encore vivants. Le frère d'une amie s'était noyé dans l'Atlantique l'année dernière. Nous étions allées plusieurs fois passer le week-end avec lui à Sag Harbor et à Southampton. Je l'aimais bien, mais nous n'étions pas particulièrement proches. Je n'avais pas assisté à son enterrement. J'avais au même moment un rendez-vous à Washington. La mère de mon partenaire au tennis était récemment morte d'un cancer. J'avais pris des leçons de piano avec elle quand j'étais enfant. Elle avait souffert longtemps et j'avais repoussé la visite que j'avais promis de lui faire à l'hôpital jusqu'à ce qu'il soit finalement trop tard. Apparemment, pour moi, la mort n'était pas omniprésente. Il y avait le monde des malades et des moribonds et celui des bien-portants. Les robustes et les vigoureux ne voulaient rien savoir des malades et des moribonds. Comme si ces deux mondes-là n'avaient rien en commun. Comme si un faux pas sur de la glace trop mince, comme si une bougie oubliée ne suffisaient pas pour vous arracher d'un des mondes pour vous expédier dans l'autre. La radiographie d'un sein avec un nodule opaque.

U Ba emporta les assiettes dans la cuisine. Il souffla vigoureusement sur le feu, ajouta une bûche et mit de l'eau à bouillir.

— Pas de thé pour moi, merci ! dis-je en me levant. Vous voulez bien venir avec moi ? ajoutai-je.

— Bien sûr, répondit U Ba de l'autre côté de la cloison de bois. Où ça ?

Nous ralentîmes l'allure. J'étais hors d'haleine mais ce n'était pas à cause de la colline. La pente n'était pas si forte. Nous étions en route pour l'ultime étape de ma quête. J'avais vu la maison dans laquelle mon père était mort. J'avais mangé dans le jardin où il avait passé son enfance et sa jeunesse. Maintenant, je désirais connaître l'endroit où il avait achevé son voyage.

— Il n'y a ni tombe ni pierre tombale. Le vent a dispersé ses cendres dans toutes les directions, m'avait avertie U Ba.

J'appréhendais de voir le cimetière. Comme si c'était admettre que mon propre voyage allait bientôt s'achever.

La rue insuffisamment pavée laissa peu à peu place au sable avant de devenir un étroit sentier boueux. Assez vite, je distinguai les premières tombes dissimulées dans les taillis et l'herbe sèche. Des blocs de ciment d'un brun grisâtre, la plupart ornés d'inscriptions birmanes, même si certains gisaient dans la poussière sans ornement ni inscription, comme des gravats dans un chantier abandonné depuis belle lurette. De l'herbe poussait dans les fissures de certaines pierres. D'autres étaient envahies de ronces. Aucune fleur fraîche en vue. Pas une tombe n'était entretenue.

Une fois au sommet de la colline, nous nous assîmes. Un endroit abandonné. Les seules traces d'une quelconque activité humaine, c'étaient les chemins qui quadrillaient la montagne comme une toile d'araignée. Le silence régnait. Même le vent évitait de souffler.

Je pensai à nos promenades. Au pont de Brooklyn et au ferry de Staten Island, à notre maison et à l'odeur des petits pains à la cannelle le matin.

Je n'aurais pas pu être plus loin de Manhattan. Pourtant, ma ville ne me manquait pas. Au contraire, je me sentais plongée dans une paix presque inquiétante. Je pensais à ces soirées où il me racontait des histoires. Les opéras en plein air à Central Park. Les chaises pliantes et un panier de pique-nique beaucoup trop lourd. Mon père ne supportait ni les couverts ni les verres en plastique. Il portait un costume noir comme s'il était au Metropolitan. Une chaude soirée d'été. La lumière des bougies. Je m'endormais sur ses genoux à chaque fois. Je pensai à sa voix douce et à son rire, à son regard et à ses mains fortes qui savaient me lancer en l'air et me rattraper.

Je savais pourquoi il était resté avec nous et pourquoi il était retourné voir Mi Mi au bout de cinquante ans. S'il n'avait pas quitté New York, ce n'était pas seulement par sens du devoir. J'étais certaine qu'il avait aimé sa famille, ma mère, mon frère et moi, chacun différemment. Et il aimait Mi Mi. Il demeurait fidèle à ses deux amours et je ne pouvais que lui en être reconnaissante.

— Il y a encore un autre détail qui pourrait vous intéresser, dit U Ba.

Je le regardai d'un air interrogateur.

— Le bûcher funéraire de Mi Mi était là, déclara-t-il en montrant un cercle quelques mètres plus loin, et celui de votre père, là-bas, à vingt mètres d'ici. Les deux feux ont pris simultanément. Le bois était sec et les flammes dévoraient les bûches. L'air était très calme ce jour-là. Les colonnes de fumée montaient tout droit dans le ciel.

Il m'avait déjà raconté cela et je me demandais où cela allait mener.

— Et ?

— Et puis tout est devenu silencieux, dit-il en souriant.

— Silencieux ?

— Complètement silencieux. En dépit de la foule présente. Personne ne disait mot. Même le feu a cessé de crépiter et s'est mis à brûler sans bruit.

Mon père était à nouveau là, assis sur le bord de mon lit. Une chambre rose pâle. Un mobile d'abeilles rayées de jaune et noir pendait du plafond.

— Et les animaux ont commencé à chanter ? questionnai-je.

U Ba hocha la tête.

— Dans la foule, des gens ont raconté après qu'ils avaient entendu les animaux chanter.

— Et soudain – sans que personne sache pourquoi – les deux colonnes de fumée se sont mises à bouger ?

— Je peux personnellement attester de ce fait.

— Alors qu'il n'y avait pas un souffle de vent, elles se sont penchées l'une vers l'autre jusqu'à…

— Toutes les vérités ne sont pas explicables, Julia. Et tout ce qui est explicable n'est pas vérité.

Je regardai l'endroit où avaient été les corps et les bûchers ; puis je regardai le ciel. Il était bleu. Bleu et sans un nuage.

12

J'ouvris les yeux dans l'obscurité. J'étais dans ma chambre d'hôtel. Un rêve m'avait arrachée au sommeil. J'avais douze ou treize ans. C'était le milieu de la nuit chez nous, à New York. J'entendais du bruit qui venait de la chambre de mon père. Les voix de mon frère et de ma mère. Mon père avait le souffle court, il haletait bruyamment, un son terrifiant, inhumain qui envahissait toute la maison. Je me levai dans ma chemise de nuit blanche et traversai l'entrée. Le parquet était froid sous mes pieds nus. Il y avait de la lumière dans la chambre de mon père. Ma mère était agenouillée à côté de son lit. Elle pleurait.

— Non, bredouillait-elle. Pour l'amour du ciel, non. Non, non, non.

— Réveille-toi, papa, réveille-toi, disait mon frère en le secouant.

À genoux au-dessus de lui, il lui massait la poitrine en lui faisant du bouche-à-bouche pour le ranimer. Mon père agitait les bras. Il avait les yeux prêts à jaillir des orbites. Les cheveux trempés de sueur. Les poings serrés. Il s'étouffait. Il ne voulait pas partir.

Il poussa un nouveau grognement brutal. Ses bras bougèrent plus lentement. Ils se contractèrent avant de devenir tout mous. Quelques instants plus tard, ils pendaient sans vie de chaque côté du lit.

Le rêve m'avait éveillée et j'appréciai la clémence de la réalité.

Je fermai les yeux et tentai d'imaginer les dernières heures de mon père en compagnie de Mi Mi. Ça m'était impossible. Il me fallait bien admettre que c'était une partie de lui-même dont j'ignorais tout. Pourtant, plus j'y songeais et mieux je comprenais que je n'avais aucune raison de pleurer sa mort. Je me sentais proche de mon père d'une façon que je n'aurais su ni expliquer ni décrire. C'était l'intimité d'un enfant, spontanée et inconditionnelle. Sa mort n'avait rien d'une catastrophe, ni pour moi ni pour lui. Il n'avait pas cherché à résister. Il avait accepté de partir. Il était mort à l'heure et à l'endroit de son choix. Avec la personne de son choix. Que je n'aie pas été celle qui était à son côté n'avait pas d'importance. Cela ne diminuait en rien l'amour qu'il me portait. Je me rendormis quelques minutes plus tard.

Lorsque je m'éveillai à nouveau, il était tard. Il faisait chaud dans la chambre et la douche froide me rafraîchit.

Le serveur somnolait dans un coin de la salle à manger. Il devait sans doute être là depuis 7 heures du matin. Brouillés ou au plat. Thé ou café.

J'entendis la réceptionniste se lever et traverser lourdement le hall. Elle vint droit sur moi et, avec une courbette de pure forme, déposa une enveloppe marron sur ma table. U Ba l'avait apportée de bonne heure ce matin, dit-elle. C'était trop épais pour être une lettre. Je l'ouvris. Elle contenait cinq vieilles photographies colorées à la main, qui me rappelèrent les cartes postales des années vingt. Au dos, les dates étaient inscrites au crayon. La première était de 1949. Une jeune femme assise en tailleur devant un muret. Elle portait une veste et un longyi rouges, ses cheveux noirs étaient coiffés en chignon dans lequel elle avait piqué une fleur jaune. Une ombre de sourire. Ce devait être Mi Mi. U Ba n'avait pas exagéré. Elle dégageait une grâce et une beauté impressionnantes et il y avait tant de sérénité sur ses traits que j'en fus étrangement émue. Elle avait un regard intense, comme si ses yeux étaient braqués exclusivement sur moi. À côté d'elle, se tenait un garçon de huit ans – peut-être neuf – vêtu d'une chemise blanche. Le fils d'un de ses frères ? Il fixait l'objectif d'un air grave.

Les photos, prises à dix ans d'intervalle, montraient toujours Mi Mi dans la même position. Sur la deuxième, elle paraissait à peine plus âgée. Derrière elle se tenait un jeune homme qui avait posé les mains sur ses épaules. Ils avaient tous deux un sourire amical et sympathique mais avec une nuance évidente de tristesse.

Sur la photo suivante, les années commençaient à la marquer même si elle n'avait rien perdu de son éclat. Au contraire, Mi Mi plus âgée me paraissait encore plus belle. Dans mon pays, il n'y avait pas une seule femme qui n'avait pas recours aux cosmétiques ou à la chirurgie pour combattre avec acharnement – ou en tout cas masquer – les signes de vieillissement. Mi Mi, elle, prenait de l'âge en toute dignité.

À nouveau, il y avait un homme sur la photo.

La dernière avait été prise en 1989, deux ans avant le retour de mon père. Mi Mi avait perdu du poids. Elle paraissait fatiguée et malade. U Ba était assis à côté d'elle. Je ne le reconnus pas d'emblée. Il paraissait plus jeune qu'aujourd'hui. J'étalai les clichés devant moi pour les réexaminer à loisir.

Ce fut mon cœur qui sentit en premier la ressemblance. D'un seul coup, il se mit à battre si violemment que cela faisait mal. Il fallut quelques secondes à mon cerveau pour articuler cette idée absurde et la mettre en mots. Mon regard passa d'une photo à l'autre, vite. L'homme sur la photo de 1969 était sans aucun doute U Ba. Celui de dix ans plus tôt probablement aussi et la ressemblance de cet enfant avec Mi Mi était indéniable. Je fis des calculs. Je revis le visage d'U Ba. Son nez fort. Son rire. Sa voix douce. La façon dont il se grattait la tête. Je sus alors qui il me rappelait. Pourquoi n'avait-il rien dit ?

Il fallait que je le voie immédiatement. Il n'était pas chez lui. Un voisin me dit qu'il était parti en ville. C'était déjà la fin de l'après-midi. J'arpentai la rue principale en m'enquérant de lui. Mais personne ne l'avait vu.

Il était déjà passé à la maison de thé. Il s'y arrêtait généralement deux fois par jour, m'expliqua le serveur qui m'avait reconnue. Aujourd'hui, cependant, il ne reviendrait plus. Aujourd'hui, on était le 15. Tin Win et Mi Mi étaient morts un 15, vous savez, et depuis plus de quatre ans, le 15 de chaque mois, les habitants de Kalaw organisaient une soirée à la mémoire des amants. U Ba devait être en route pour la maison de Mi Mi. Je n'avais qu'à traverser la voie de chemin de fer et suivre la foule.

Je ne pouvais pas me tromper. Dès que je parvins à la gare, je vis la procession qui montait la colline. Les femmes portaient en équilibre sur leur tête des saladiers et des paniers de bananes, de mangues et de papayes. Les hommes portaient des bougies, de l'encens et des fleurs. Leurs longyis rouges, bleus et verts, le blanc éclatant de leurs chemises et de leurs vestes brillaient dans les derniers rayons du soleil. À mi-chemin, j'entendis des voix d'enfants. Accompagnées par le bruit des clochettes qui tintaient dans le vent, elles chantaient la même mélodie que j'avais entendue s'échapper du monastère quelques jours plus tôt.

Je n'aurais pas reconnu la maison de Mi Mi. Elle était toute décorée de fanions multicolores. Sous le toit était accrochée une chaîne de clochettes. La cour et la véranda fourmillaient de gens qui m'accueillirent en souriant. Je me frayai un chemin dans la foule. Les enfants chantaient à côté de la véranda et beaucoup d'adultes fredonnaient tranquillement. Sans arrêt, les gens entraient dans la maison tandis que d'autres en ressortaient. Où était U Ba ?

Je continuai à avancer, suivant le flot de ceux qui montaient l'escalier.

La maison consistait en une seule grande pièce, vide de meubles, à l'exception d'un lit. Les volets étaient clos. Des douzaines de bougies, disposées partout sur le sol, baignaient la pièce d'une chaude lumière rouge orangé. Sur une étagère haut placée siégeait un gros Bouddha. Des fleurs, des assiettes de fruits, des feuilles de thé, des cigares et du riz étaient entassés sur le lit qui était entièrement recouvert de feuilles d'or – les montants, la tête et le pied, même les lattes sur lesquelles reposait autrefois le matelas. Il brillait de mille feux dans la lumière vacillante des bougies. À terre, il y avait des vases remplis d'encens et encore des cuvettes et des saladiers pleins d'offrandes. Ça sentait l'encens et le cigare. Les femmes remplaçaient les fruits abîmés par des fruits frais, jetaient les fleurs fanées et disposaient des nouveaux bouquets sur le lit.

Ils s'inclinaient devant le Bouddha puis s'avançaient vers le lit ; là, ils fermaient les yeux, levaient les mains et, du bout des doigts, caressaient le bois. Comme s'il pouvait ainsi réveiller le virus. Le virus qui se tapit en chacun de nous.

— La mort, avait dit U Ba, n'est pas la fin de la vie mais une étape.

Il n'aurait pas eu besoin de donner plus amples explications à tous ceux qui se trouvaient là.

Je me réfugiai dans un coin et n'en bougeai plus. Dans la cour, la nuit était tombée. À travers une fissure dans le mur, je vis que la cour tout entière était éclairée par des bougies.

Soudain, U Ba se retrouva à côté de moi. Il souriait comme si rien ne s'était passé. Je voulus dire quelque chose mais il posa un doigt sur ses lèvres, pour m'imposer silence.

REMERCIEMENTS DE L'AUTEUR

Je tiens à remercier mes amis en Birmanie, surtout Winston et Tommy qui m'ont aidé, avec tant de générosité et sans jamais se lasser, dans mes recherches à Kalaw et Rangoon.

J'ai une dette de reconnaissance toute particulière envers ma femme, Anna. Sans ses conseils, sans sa patience et sans son amour, ce livre n'aurait jamais vu le jour.

PAPIER À BASE DE
FIBRES CERTIFIÉES

Le Livre de Poche s'engage pour
l'environnement en réduisant
l'empreinte carbone de ses livres.
Celle de cet exemplaire est de :
350 g éq. CO₂
Rendez-vous sur
www.livredepoche-durable.fr

Composition réalisée par Datamatics

Imprimé en France par CPI
en octobre 2015
N° d'impression : 3013756
Dépôt légal 1ʳᵉ publication : mars 2015
Édition 08 - octobre 2015
LIBRAIRIE GÉNÉRALE FRANÇAISE
31, rue de Fleurus - 75278 Paris Cedex 06

18/3334/8